Susanne Heinrich

Die Andere

Susanne Heinrich

Die Andere

Roman DuMont

Erste Auflage 2007

Umschlag: Zero, München
Gesetzt aus der Dante
Gedruckt auf säurefreiem und chlorfrei gebleichtem Papier
Druck und Verarbeitung: Clausen & Bosse, Leck
Printed in Germany

ISBN: 978-3-8321-8013-3

Für Fabian

Es war ein verregneter Märztag, vor einem dämmrigen Blumengeschäft in der Nähe der Gare de l'Est, an dem ich ohne besonderen Grund mit einer eben im Bahnhof gekauften deutschen Zeitung vorbeilief und einen kurzen Blick durch das verdreckte Schaufenster auf die Tulpen warf, die so frisch waren, dass noch der Tau auf ihren Blüten glänzte, als ich ihr begegnete. Sie hatte sich kaum verändert. Zumindest glaubte ich das anfangs. Sie trug ein eng anliegendes Kleid aus cremerosa Seide und hatte das Haar nachlässig zu einem Knoten im Nacken gebunden. Es dauerte eine Weile, bis sie mich erkannte, um in ihrer vertrauten Art zu blinzeln und schließlich in ein Lachen auszubrechen, das sich ganz an mich zu richten schien. Für einen Moment sah es aus, als wolle sie mir entgegenfallen und mich in die Arme schließen, dann aber blieb sie direkt vor mir stehen.

»Was machst du in Paris?«, fragte ich, da sie die Frage nicht zuerst stellen wollte.

»Oh«, sagte sie und schwenkte den in Papier gewickelten Blumenstrauß in ihrer Hand, »nichts Besonderes. Ich habe eine kleine Rolle für einen Fernsehfilm. Du weißt doch, dass ich so etwas mal wieder machen wollte.«

Das stimmte nicht, jedenfalls konnte ich mich nicht daran erinnern, dass sie in einem unserer Gespräche je erwähnt hatte, wieder schauspielern zu wollen. Ich nickte, ich hatte nicht die Absicht, ihr zu widersprechen. Genau genommen hatte ich überhaupt keine Absicht, und auch Luna schien keine zu haben, und so standen wir eine Weile schweigend voreinander, bis ich zögernd vorschlug, uns für ein paar Stunden später auf einen Kaffee zu verabreden. Luna willigte ein, ohne dass ich an ihrem Gesicht erkennen konnte, ob ihr die Idee wirklich gefiel. So gingen wir auseinander, um uns zwei Stunden später wieder zu treffen, ich sah Luna noch hinterher, ihrem Gang, der immer ein wenig zu weich wirkte. Da ich nichts zu tun hatte, beschloss ich, schon jetzt die Metro nach Saint-Germain zu nehmen und meine Zeitung zu lesen.

*

Ich war seit zwei Wochen in Paris. Ich mochte diese Stadt nicht mehr als andere Städte, aber vor vier Jahren hatte ich begonnen, einen Teil meines Sommers hier zu verbringen, und weil sich mit der Zeit nichts anderes ergeben hatte, war es dabei geblieben. Ich verdiente mittelmäßiges Geld mit Übersetzungen französischer Fernsehbeiträge und gelegentlich einiger Hörspielmanuskripte, und da ich mir antrainiert hatte, überall arbeiten zu können, hatte ich viel freie Zeit, und die Möglichkeit, praktisch ständig zu reisen. In diesem Sommer aber gab es noch einen anderen Grund, aus dem ich Hamburg verlassen hatte und hierher gekommen war. Ich hatte mich von meinem Freund getrennt. Es hatte keinen besonderen Anlass gegeben, aber Trennungen, für die es einen besonderen Anlass gibt, sind ohnehin meist zu früh oder zu spät, und ich hatte das Gefühl, es sei genau der richtige Zeitpunkt dafür. Tatsächlich hatte die Dauer unserer Beziehung nichts mit meiner Mutter zu tun, aber als ich bei Richard auszog, musste ich daran denken, dass meine Mutter sich nach sechs Jahren Ehe von meinem Vater hatte scheiden lassen, mit der Begründung, es genüge ihr jetzt, sie habe ihn lange genug geliebt. Obwohl mich die Erkenntnis hin und wieder traurig macht, schließe ich mich ihrer Meinung an: Alles dauert seine begrenzte Zeit, und man sollte diese Grenzen nicht auszudehnen versuchen. Wahrscheinlich hat sie sogar recht mit der Behauptung, es gebe keine Liebe, die sich nicht erschöpft. Wenn ich an meine Mutter denke, fallen mir zuerst ihre Sprüche ein, mit denen sie ihr Leben pflasterte: Ich sehe sie neben mir am Fenster stehen, in ihrem blauen Bademantel, den sie ganze Tage über trug, um nicht aus dem Haus gehen zu müssen, und mir, wenn ich wieder einmal als stille Beobachterin an einem Streit unserer Nachbarn teilnahm, die Hand auf die Schulter legen und sagen: »Fremde Leute, fremde Wege.« Dieser Ausspruch hatte aus ihrem Mund nichts Abschätziges, und auch wenn sie damit vielleicht nur ihre Teilnahmslosigkeit gegenüber dem Schicksal anderer zu bemänteln versuchte, lehrte sie mich doch, mich niemals in fremdes Glück oder Unglück hineinziehen zu lassen, und wenn ich mich jetzt an ihren hingeworfenen Rat erinnere, der mir damals furchtbar bieder und hochmütig vorkam, so weiß ich doch, dass vieles anders gekommen wäre, hätte ich ihn mir mehr zu Herzen genommen. Daran dachte ich auch, als ich meine wenigen Kisten in den Wagen vor Richards Wohnung lud. Und doch hatte auch dieses Ende seinen Zauber, und als ich den Kofferraum schloss und Richard in der Tür stehen sah, an den Pfosten gelehnt, den Kopf noch voller Schlaf, den er bis zu den Nachmittagsstunden mit sich herumtragen würde, als falle er wie gemächlich trocknender Sand sehr langsam von ihm ab, gab es einen Moment, in dem ich mir wünschte, zu kapitulieren, mich zufriedenzugeben mit den wenigen Stunden, in denen uns der Verfall unserer Beziehung, der Verlust unserer Begierde, die Trägheit unserer Liebe unbewusst bliebe, weil wir uns ganz nach außen und der Welt zuwendeten, nicht einander.

Ich setzte mich in ein Café nahe der Seine und schlug einen dieser »Classiques universels«-Bände auf, die für einen Euro in beinahe allen Buchhandlungen zu haben waren und von denen ich vielleicht ein Dutzend gekauft hatte, aus dem plötzlichen Impuls heraus, die fatalsten meiner unzähligen Leselücken zu schließen. Ich war fast ein wenig euphorisch, schon voll des Lobes gegen mich selbst, bis ich nach zwei Wochen feststellen musste, dass ich mein Vorhaben nicht annähernd erfüllt hatte. Die Bücher waren noch immer unberührt, nur »Les Fleurs du Mal« von Baudelaire trug ich oft mit mir herum, vielleicht aus Faszination, vielleicht aus ehrlichem Interesse. Ich dachte über Baudelaire nach: seine Erbschaft und das daraus folgende Dandytum, die Duval, die ihm die Syphilis brachte, die Sabatier, die niemals hätte mit ihm schlafen dürfen, die Depressionen und sein jämmerlicher Tod.

Menschen wie Baudelaire waren mir immer schon fremd, aber nicht auf eine bedrohliche, vielmehr auf eine erregende Art und Weise. Mit Menschen wie Baudelaire meine ich solche, deren Grundwesen auf einer düsteren, zähen Substanz zu basieren scheint, die das Dunkle, das Morbide gewissermaßen anzieht, die überall Morbidität wittert und gleichzeitig selbst verströmt, Menschen, die an ihrem eigenen Intellekt und ihren moralischen und ästhetischen Ansprüchen ebenso zu kranken wie zu wachsen scheinen, die aus einem Gefühl dauernden Zwiespalts zwischen sich und dem Außen ihre schöpferische Kraft beziehen. Es war nicht nur dieses Uneins-Sein, das mich faszinierte, vielleicht war es vor allen Dingen meine Ahnung, sie trotz aller Anstrengungen und Überlegungen gründlich und für immer misszuverstehen.

Ich schlug noch einmal dieses Gedicht auf: »La Mort des Amants«, die letzten drei Zeilen. Eine Übersetzung geisterte mir durch den Kopf: »Und lächelnd tritt ein Engel in das Zimmer / Und weckt zu neuem Leben, neuem Schimmer / Erloschne Spiegel, toter Kerzen Strahl.«

Ich hob den Blick und ließ ihn um die Tische und über die Köpfe der Menschen streichen, die mit übergeschlagenen Beinen einander zugewandt ihre ersten kalten Getränke in den beschlagenen Gläsern hin und her drehten. Die Eiswürfel klingelten fröhlich und fast ein wenig sehnsuchtsvoll. Es war ein ungewöhnlich warmer Märztag, die Häuser in Paris standen leer. Auf den Straßen war reges Treiben, und viel zu leicht bekleidete Leute riefen mit heiseren, aufgeregten Stimmen einander Dinge zu. Es fielen sich so viele Menschen in die Arme, dass ein großer Teil von ihnen Fremde sein mussten oder Menschen, die einander seit Jahren gründlich ignoriert hatten. In ihren Gesichtern lag eine Euphorie, deren einzige Steigerungsform der Wahnsinn war, und die Geschäfte in Paris quollen über vor Leuten, die unnützes, buntes Zeug kauften, zum Anziehen, Hinstellen oder Einpflanzen. Selbst die Kinder waren aufgekratzt, und zwei Jungen balgten sich so heftig, dass einer den anderen fast in die Seine gestoßen hätte.

Es war viertel vor drei, und gegen meinen Willen war alles in mir von großer Gespanntheit und Neugier. Wenn wir uns erst einmal gegenübersitzen würden, gäbe es keine Möglichkeit mehr, einander auszuweichen. Wir würden uns unterhalten müssen. Luna würde mich ansehen, mit leicht zur Seite geneigtem Kopf, einer Haltung, die ich niemals vergessen hatte über die Zeit, die äußerste Erwartung und Aufmerksamkeit ausdrückte und gleichzeitig mitteilte, dass Luna selbst unter keinen Umständen ein Gespräch beginnen, geschweige denn etwas Persönliches oder gar Intimes offenbaren würde. In dieser Haltung lagen sowohl höfliche Distanz als auch scheinbar ehrliches Interesse, das, wenn ihr Gegenüber nicht sofort zu erzählen, mitzuteilen, zu enthüllen und preiszugeben begänne, eine tiefe, nie wieder gutzumachende Enttäuschung nach sich ziehen würde, und einen rohen Ernst, mit dem Luna jedem Gesprächspartner ein schlechtes Gewissen bereitete, und das Gefühl, sie wirklich verletzt zu haben und darum in ihrer Schuld zu stehen.

Mit diesem Blick hatte mich Luna zum letzten Mal im Sommer vor sechs Jahren angesehen, wenige Tage nach jener schwülen, seltsamen Nacht, in der das Schicksal seinen Anfang genommen oder sein Ende gefunden hatte, je nachdem, aus welchem Blickwinkel man es betrachten wollte. Sie war damals zwanzig Jahre alt gewesen und ihre Schönheit war so berückend wie nie, da sie aus zwei Schönheiten bestand, der des Kindes und der der Frau, und darin war nichts Unpassendes, nichts Unfertiges, sondern etwas zutiefst Vollkommenes. Ich hatte ihr gesagt, was sie hören wollte, »ja«, hatte ich gesagt, »du hast dich richtig entschieden«, und eine gute Woche später war sie verschwunden gewesen, plötzlich und leise, ohne ein Aufhebens zu machen und ohne sich von mir oder irgendwem verabschiedet zu haben. Ich hatte Luna einmal gut gekannt, so gut, wie man Luna eben kennen kann, darin war ich mir, zumindest bis zum Tag ihres Verschwindens, sicher gewesen.

⋆

»Oh«, sagte Luna, »wartest du schon lange?«

»Ich habe ein wenig gelesen. Ich hatte nichts zu tun.«

Als warte sie auf ein Zeichen von mir, eine eindeutige Einladung, blieb sie noch stehen, den Henkel ihrer Handtasche fest mit beiden Händen umschließend, leicht vorgebeugt. Mir fiel auf, dass sie ein anderes Kleid trug als noch vor zwei Stunden. Dieses war mintgrün und mit Rüschen und silbernen Knöpfen verziert. Auch ihr Haar trug sie anders: Es fiel ihr offen über die Schultern und auf den Rücken. Ihre Locken schienen immer ein wenig zu rauschen, sich zu bewegen, als sei ihr Haar ohne Gewicht.

»Setz dich doch.«

Luna nahm umständlich Platz, legte ihre Handtasche auf den Stuhl, der zwischen uns stand, und strich das Kleid in ihrem Schoß glatt.

»Es ist warm«, sagte sie.

»Ja.«

Sie sah mich an, als hätte dieses »Ja« sie überrascht, dann aber hob sie schon den Kopf und zog den Blick einmal im Kreis, konzentriert, aber ohne Neugier. Sie würde nichts sagen, das wusste ich. Alles, was sie mir jemals in Gesprächen mitgeteilt hatte, hatte sie mit ihrem Blick und der Melodie ihrer Stimme zu einer Vertraulichkeit gemacht, einem Vertrauensbeweis, sodass selbst die scheinbar unwichtigsten und fernsten Dinge seltsam intim geworden waren. Nur selten war das andere geschehen: Gelegentlich passierte es, dass Luna aus der Fassung geriet und in einem Anfall von Zärtlichkeit oder Zorn ungeahnt viel von sich preisgab, überstürzt und atemlos, ohne Maß. Nach solchen Veräußerlichungstiraden war sie für gewöhnlich stumm, kühl beinahe, und erschöpft, als habe sie stundenlang schwere körperliche Arbeit geleistet. Diese plötzlichen Mitteilungen waren zusammenhanglos, in keine ihrer vorherigen Erzählungen eingebettet, sie sprach von Dingen, die sie niemals auch nur angedeutet hatte, und wenn alles vorbei war, ließ sie ihren Blick wie eine Murmel auf den Tisch fallen, als habe sie in diesem Moment ihre letzte

Hoffnung verloren. Heute würde dergleichen nicht geschehen, ich erkannte es in ihrem Blick. Ich würde also reden müssen.

»Ich bin seit zwei Wochen da. Ich bin oft hier in Paris. Seit ich Übersetzerin geworden bin, kann ich viel reisen.«

Ich war mir nicht sicher, ob Luna meinen Sprüngen folgen konnte, ich war mir nicht einmal sicher, ob sie es wollte. Während der gesamten Zeit, in der ich redete, beobachtete Luna den Paarungstanz zweier Zitronenfalter, der auch ein Streit gewesen sein könnte.

»Wahrscheinlich bleibe ich den Sommer über. In Frankreich ist die Temperatur genau die richtige. Ich habe mir eine Menge Material mitgenommen, Hörspiele, kleinere Fernsehsachen. In den Pausen sehe ich mich in der Stadt um, besuche Museen, Ausstellungen. Deutsch zu träumen und französisch zu sprechen ist die ideale Kombination.«

Sie lachte nicht darüber, sie lächelte nicht einmal, und so stach mein Lachen wie eine hässliche Stichflamme in die ohnehin heiße Luft.

»Aber fangen wir von vorn an. Ich habe fertig studiert. Ein paar Praktika, in Bibliotheken, an Literaturhäusern, beim Radio. Schließlich habe ich beschlossen, doch noch Französisch zu studieren. Die Übersetzungen waren zuerst als Nebenerwerb geplant gewesen, aber dann hat es sich eben so ergeben. Es genügt. Ich habe in Hamburg gewohnt, eine Zeit lang auch in München. Den Sommer verbringe ich oft hier. Ich wohne in einem hübschen Appartement in Montparnasse, mit einem winzigen Balkon voller Blumen. Komm mich doch mal besuchen!«

Diesen letzten Satz hatte ich gegen meinen Willen gesagt, ich hatte ihn zugelassen als den Ausdruck dieser plötzlichen, energischen Zärtlichkeit, die mich durchfuhr, obgleich ich sicher war, dass dies keine gute Idee war, so sicher, wie man sich sein kann, dass es an einem bestimmten Tag regnen würde oder dass man selbst in den nächsten Tagen eine Erkältung bekommt.

Luna schien aus einer Fantasie herauszufallen, ungelenk und unsanft spiegelte sich der Aufprall, das Erwachen in ihrem Gesicht. Dann lächelte sie.

»Außerdem«, sagte ich schnell, »habe ich mich von Richard getrennt, und ein wenig räumlicher Abstand kann nicht schaden.«

»Oh, ja«, sagte sie, »Richard.«

Ich wusste zwar, dass es nicht unverschämt gemeint war, vielmehr als ein Angebot von Nähe, und ich wusste auch, dass Luna einkalkuliert hatte, dass ich mir sicher war, dass sie Richard nicht kennen konnte, und also damit zu rechnen schien, ich würde ihr diese Lüge, diese Übertretung nicht übel nehmen, aber ich hatte das deutliche Gefühl, ihr das nicht durchgehen lassen zu dürfen.

»Ich war drei Jahre mit Richard zusammen«, sagte ich also. »Es war nach … nach dem Sommer, dass wir uns kennengelernt haben.«

Luna ging darüber hinweg. Sie verlor von diesem Moment an niemals wieder ein Wort über Richard. Ich bin mir sicher, dass ihr Desinteresse echt war. So demütigend und taktlos konnte sie sein, wenn sie nachtragend war – als wolle sie mit aller Kraft eine Kränkung zurückgeben.

Ich blickte einen Moment lang auf. Die Sonne stand schon viel tiefer, als ich sie in Erinnerung gehabt hatte: Voll und golden schwebte sie über den Dächern wie eine polierte Münze. Die Gesichter der Menschen lagen jetzt zum großen Teil im Schatten. Sie waren so viel weniger erregend als vorher, als hätten sie ihre

Leuchtkraft verloren. Auch Luna schien das zu bemerken, ihr Gesicht hatte den Ausdruck enttäuschter Müdigkeit angenommen. Plötzlich sagte sie: »Lass uns doch zum Centre Pompidou gehen. Ich mag den Springbrunnen so sehr.«

Dieser Satz schien mir absurd. Sowohl der Vorschlag, unseren Nachmittag weiterhin gemeinsam zu verbringen, als auch die Aussage über den Springbrunnen überraschten mich. Aber da ich es nicht gewohnt war, einen Vorschlag Lunas abzuwehren, stimmte ich zu, zahlte die Rechnung und kehrte an den Tisch zurück, an dem Luna saß und geistesabwesend in eine Ferne blickte, die es nicht gab. Ohne sich zu bedanken, erhob sie sich von ihrem Stuhl, schob ihn sauber an den Tisch und begann zu laufen.

⋆

Meine Vermieterin, eine rundliche Frau in den Fünfzigern, nett, unkompliziert und voll spöttischem Charme, der sich in jeder Bewegung ihrer stattlichen Figur ausdrückte, hatte mir frische Blumen vom Markt mitgebracht, die sie mir, während sie mit einem prüfenden Blick in die Wohnung Pflegehinweise vor sich hin plapperte, aushändigte. »Sie können sie auf den Balkon stellen, Mademoiselle, dort haben sie genug Licht.« Der Balkon war nicht größer als eine Dusche, gerade zwei schlanke Klappstühle aus Stahl hatten darauf Platz. Auf dem linken der Stühle saß ich für gewöhnlich den Nachmittag über. Ich blieb nie länger als eine halbe Stunde am Stück in der Sonne, und in den Pausen trank ich Wasser mit ausgepressten Zitronen in der kleinen Wohnküche. Unter dem rechten Stuhl lag ein Stapel veralteter Ausgaben von Le Figaro, Le Monde, Libération und La Tribune, versehen mit einer Menge Markierungen unbekannter oder interessanter

Wörter. Ihre Seiten wogten in der Luft wie eine Wasseroberfläche und erzeugten ein freundliches Geräusch. Die Bewegungslosigkeit der letzten Tage hatte mich an die Grenze meines Wachseins geführt, und der Beginn des Sommers löste auch in mir ein süßlich-zähes Gefühl von Betäubung aus. Seit mindestens einer Woche war die Luft dünn und heiß. Die halbe Stadt hatte einen Sonnenstich und schlief diesen dumpfen, ohnmachtähnlichen Schlaf, dessen Wogen mit einem flappenden Geräusch über einem zusammenschlugen und aus dem man halberstickt auffuhr, um sich an nichts zu erinnern, nicht den Fetzen eines Traumes.

Ich ging die Post durch, die mir meine Vermieterin jeden Morgen nach oben brachte. Ich ließ sie mir nachschicken. Ich bekam nicht viel Post, selten mehr als einen Brief am Tag. Heute waren es drei, und zwei davon größere Umschläge, sodass ich davon ausging, dass es Aufträge sein würden. Man hatte mir die Manuskripte zweier Kultursendungen zukommen lassen, die im deutschen Fernsehen ausgestrahlt werden sollten, eine davon über Jean Cocteau. Ich blätterte die Seiten achtlos durch und legte die Briefe zur Seite. Ein Vogel hatte sich auf das schmiedeeiserne Gitter vor mir gesetzt und beobachtete mich. Er hatte trockene Zweige im Schnabel. Offenbar suchte er nach einem geeigneten Ort, um ein Nest zu bauen.

Ich blickte zur Seite, auf den Stuhl rechts von mir, wo Lunas Armband lag, das sie bei ihrem letzten Besuch vergessen hatte. Ich erinnerte mich daran, dass sie ein hellgelbes Tüllkleid getragen hatte, das ein grillenhaftes Geräusch machte, wenn sie sich bewegte. »Was ich mache?«, hatte sie gefragt. »Ich mache nichts. Ich sitze in den Parks und sehe mir die Menschen an.« Als ich sie nach Alexander gefragt hatte, war sie still geworden und hatte mich um eine Zigarette gebeten, obwohl sie wissen musste, dass ich nie geraucht habe. In diesem Moment war mir ihre Hochzeit wieder eingefallen. Hastig, am Ende dieses Sommers vor sechs Jahren, als sollte es unbedingt noch in diesem Sommer geschehen, hatten Alexander und sie sich das Ja-Wort gegeben. Ich erfuhr nur durch Zufall davon, als ich eine Zeitung durchblätterte und auf eine Hochzeitsanzeige stieß, die doppelt so groß war wie die anderen. »Alexander Jessen und Luna Kindler haben beschlossen zu heiraten.« Darunter stand in altmodischer Schrift ein Bibelspruch: »Nun aber bleiben Glaube, Hoffnung, Liebe, diese drei; aber die Liebe ist die größte unter ihnen. 1. Korintherbrief, Kapitel 13, Vers 13.« Zur Feier war ich nicht eingeladen worden, und aus irgendeinem Grund entschied ich mich, mir den Gottesdienst anzusehen. Es schien mir seltsam überstürzt, dass Luna noch im September heiraten wollte, es hatte keine Anzeichen gegeben, am wenigsten dafür, dass es Alexander sein würde, den sie heiratete, nicht Viktor.

Der Gottesdienst war eine einzige Verschwendung. Luna trug ein Kleid, in dem sie fast ertrank, und Alexanders neuer Smoking glänzte bis in die hinterste Ecke der Kirche. Eine Schar putziger, blonder Blumenkinder warf ununterbrochen Rosen. Die Kirche war bis auf den letzten Platz besetzt mit Menschen, die mir unbekannt waren, und als der Gottesdienst vorbei war, verschwanden Alexander und Luna in einer weißen Limousine. Das war das letzte Mal, dass ich sie gesehen hatte.

*

Das Trommeln der ersten Sonnentage, wie träges Hufescharren, wie leises Flügelreiben, erfüllte die Luft: ein einziges Schnurren, wie der Ton von Grillen, aber die Grillen schliefen noch bis in den Juni hinein. Nur die Vögel waren wach und irr geworden, dieselben, die uns vor Tagen noch fett und apathisch von ihren Ästen herunter angestarrt hatten, verfolgten nun den verrückten Plan, um zwei Uhr in der Nacht die Sonne herbeizuschreien.

Luna hatte sich bei mir untergehakt. Sie hatte diesen Blick, der in ein blasses Gesicht gehörte, dabei war sie braun gebrannt. Dieser Blick, ich erinnerte mich, konnte wahnsinnig machen, und in der Zeit, als wir uns täglich sahen, hatte ich geglaubt, Luna könnte jeden Moment sterben, am Stich eines Insekts, einem zu großen Stück Brot, einem zu laut gesprochenen Satz. In gewissen Abständen drückte sie leicht gegen meinen Arm, aber ohne danach etwas zu sagen oder mich auch nur anzusehen. Sie musste viele Dinge sehen, die ich nicht sah, und alle diese Dinge bewegten und rührten sie oder brachten sie aus dem Konzept.

Wir waren beinahe angelangt. Ich sah das Centre Pompidou schon von ferne, unelegant und plump, mit seinen bunten Röhren und dem Lärm der Musiker und Zehn-Minuten-Maler, die in einem fort die Passanten beschrieen und ihnen an den Kleidern herumrissen. »Pas cher, Madame! Very cheep! Vous êtes très chic!« Wie immer verlangsamten wir unseren Schritt, wenn wir fast am Ziel waren, vielleicht, so dachte ich, nur, damit Luna länger bei mir untergehakt bleiben konnte, dann bogen wir nach links und setzten uns wieder in eines der überteuerten Cafés mit Blick auf den Niki-de-Saint-Phalle-Springbrunnen, in dem sich ein Dutzend Kinder jauchzend gegenseitig unter Wasser drückten.

»Ich weiß nicht, warum ich es hier so mag«, sagte Luna. »Es erinnert mich an irgendetwas.«

Dabei legte sie den Kopf leicht in den Nacken, als könne sie so besser hören oder sehen oder fühlen, und als fröstele sie mitten in der Hitze eines Märztages, zog sie die Schultern ein wenig nach oben. Mit jeder ihrer Gesten, jedem Blick, jedem Mienenspiel war es, als kehrte Luna sehr langsam aus weiter, unklarer Ferne zurück, über die Landesgrenze erst, in die Stadt dann, und bis hierher, auf den Messingstuhl mir gegenüber, von dem aus sie mich milde anlächelte. Selbst das – diese Fähigkeit, in wenigen Minuten jeden Anflug von Fremde zwischen uns, jede verstrichene Zeit, und sei sie noch so groß, zu tilgen – war mir vertraut. Aber unter all diesen vertrauten Gesten, in diesen kleinen Kreis bekannter Bewegungen und Gesichter, mischte sich etwas Neues. Eine kleine Regung nur, etwas Verschwiegenes war da, am Ende ihrer leicht geschwungenen Braue, eine Unruhe. War es ein Geheimnis? Eine Euphorie?

Luna bestellte Cidre, ich Milchkaffee, und dann schwiegen wir. Es war, glaube ich, das fünfte Mal, dass wir uns hier trafen, und zwei, drei Mal war Luna in meiner Wohnung zu Besuch gewesen. Ich hatte keine Ahnung, wo sie selbst wohnte, ich wusste nicht einmal, ob sie in einem Hotel residierte oder sich in einem Appartement eingemietet hatte. Jedesmal war sie es, die sich meldete, und manchmal musste sie vier Mal anrufen, bis sie mich erreichte, und niemals bisher hatte sie Anstalten gemacht, mir ihre Telefonnummer zu geben, geschweige denn mir zu bedeuten, ich wäre auch bei ihr willkommen. Wenn sie mich dann erreichte, sagte sie nur: »Ach, du bist da.« Und: »Treffen wir uns doch morgen.« Ich hatte es mir nicht ein einziges Mal erlaubt, eine unserer Verabredungen auch nur zu verschieben, aus Angst, das seidene Band zwischen uns könnte reißen.

Eine Spinne hing über meiner Tasse. Sie schien zu schweben. Erst als die Sonne ihn streifte, erkannte ich den winzigen Faden, der mit ihr in der Luft trieb.

»Die kleinen Spinnen sehen aus, als könnten sie fliegen«, sagte Luna, »nicht wahr? Sie sind sehr leicht, sie lassen sich vom Wind tragen.«

Luna sah mich aufmerksam an. Ich entfloh ihrem Blick und beobachtete einen kleinen Jungen, der nackt im Brunnen stand und an seinem Penis herumspielte. Obwohl ich sicher war, dass es sich um ein natürliches Bild handelte, ekelte es mich. Das Sonnenlicht lag in Reifen um uns und den Springbrunnen und die Kinder. Mir kam es plötzlich sehr heiß vor. Die Menschen, die um uns herum saßen, plapperten schnell und leise. Ein Kellner tanzte um die Tische. Die Sonne schnitt mir den Scheitel entlang eine Wunde in den Kopf. Oder war es Lunas Blick, der mich lähmte?

»Du bist abwesend.«

»Ja. Es tut mir leid. Ich habe nachgedacht.«

»Ja«, sagte Luna ernst, »ich bin auch nachdenklich. Es sind die ersten warmen Tage, die einen unruhig machen.«

Sie trank den letzten Schluck Cidre. Auf ihrem Glas leuchtete ein sauberer Lippenstiftabdruck, als hätte sie sich angestrengt, ihn perfekt zu machen. Es ärgerte mich, dass Luna schwieg und dass sie dieses Schweigen für ein harmonisches Einverständnis hielt.

»Bist du eigentlich fertig? Mit dem Film, meine ich.«

»Oh, ja. Der Film. Ja, ich bin fertig. Es war nur eine winzige Nebenrolle. Zwei Drehtage.«

»Und du bleibst trotzdem in Paris?«

»Ja.«

Ich konnte meine Neugier nicht verhehlen. Missmutig bemerkte ich, dass meine Finger einen unruhig klappernden Rhythmus auf der Tischplatte spielten.

»Du musst doch sicher zurück nach Hamburg. Alexander wartet doch, oder nicht?«

»Alexander wartet. Oder nicht mehr. Es ist mir auch ganz egal.«

Es kam mir so vor, als wäre ich Luna mit dieser Frage zu nahe getreten. Zumindest machte sie den Anschein, als halte sie mein Interesse für indiskret. Ihre Augen zogen einen sauberen Strich zwischen uns, einen, wie man ihn als Kind über die Schulbank gezogen hatte, um den Nachbarn mit dem Zirkel zu belauern: Wenn du über die Grenze kommst, steche ich dir in die Hand.

»Was macht Alexander jetzt eigentlich?«

»Dies und das. Ich habe keine Ahnung. Es ist mir auch zu kompliziert. Er macht Pressetouren und Messen und ist Teamleiter in einer Agentur.«

»Und du?«

»Ich weiß nicht.«

»Sorgt er für dich?«

»Das war sein Versprechen.«

»Und bist du damit zufrieden? Ich meine: Wünschst du dir nicht manchmal, unabhängig zu sein in irgendeiner Form?«

»Unabhängig ...«

Luna hatte das Wort abschätzig ausgesprochen, widerwillig oder aufgebracht, aber nicht ohne Lust daran, es wie ein Bonbon mit der Zunge im Mund herumzuschieben, um es schließlich am Gaumen zu zerdrücken und genüsslich zu zerbeißen. Ihr Kinn schwang sich wie ein hochmütiger Vogel in die Luft, und ich wusste, dass ich sie auf der Spitze ihrer einsamen Überlegenheit hatte, dort, wo sie sein musste, um Fehler zu machen.

»Habt ihr Kinder?«

»Einen Sohn. Er rechnet schon. Nächstes Jahr kommt er in die Schule.«

»Wie lange seid ihr eigentlich genau verheiratet, du und Alexander?«

»Es waren sechs Jahre.«

Sie hatte sich versprochen. Ich atmete langsam aus und hatte schon vergessen, woher meine Wut gekommen und wohin sie verschwunden war. Stattdessen empfand ich nichts als Mitgefühl. Oder noch nicht einmal das erlaubte ich mir. Es war Scham, die in mir aufstieg, wie Quecksilber in einem Fieberthermometer, um mir anzuzeigen, dass ich krank war, ich oder etwas anderes oder Luna. Ein aufgeblasener Wasserball flog über unseren Tisch, als ich aufblickte, mit Pinguinen darauf.

Dann, plötzlich, trat eine einzige Träne aus Lunas rechtem Auge, theatralisch und vorwurfsvoll, um langsam eine Spur über ihre Wange zu ziehen und mir dabei unablässig zuzuflüstern: »Du verstehst mich nicht. Du verstehst nicht, warum ich weine.« Mehr, als ihre Hand zu halten und über ihre Finger zu streichen, war mir in diesem Moment nicht möglich. Ich hatte begonnen, sie trösten zu wollen.

⋆

Es war der erste April dieses seltsamen Sommers in Paris, als ich einen Brief aus Hamburg bekam. Es war noch immer sonnig, und das Wetter machte den Anschein, als würde es sich bis weit in den September hinein nicht ändern wollen. In der letzten Woche waren plötzlich und ohne Vorwarnung sämtliche Knospen in den Parks der Stadt explodiert, und selbst die Blumen auf meinem Balkon strengten sich an, mich zu entzücken. Ich arbeitete an der Übersetzung eines Hörspiels, das mich entsetzlich langweilte, und hatte begonnen, mich wegen der Sendungen ausgiebiger mit Cocteau zu befassen. Außerdem hatte ich mir ein Notizbuch gekauft, in dem ich Wörter sammelte, die mich interessierten. Ich hatte mich an Baudelaires »La Muse malade« festgelesen: »Ma pauvre muse, hélas! Qu'as-tu donc ce matin? …« Derselbe Vogel, der mich vor einiger Zeit auf dem Balkon besucht hatte, begann nun, ein Nest unter dem Dachvorsprung zu bauen. Ich hörte ihn neben mir arbeiten, als ich den Brief noch einmal in die Hand nahm und ihn wog, als könne ich am Gewicht ablesen, welcher Art die Nachrichten wären, die er enthielt. Anfangs traute ich mich nicht, ihn zu öffnen, ich vermutete, er könnte von Richard sein und also nur Erklärungen enthalten, welcher Art auch immer. Vielleicht, überlegte ich, würde er mich dazu bewegen wollen, zu ihm zurückzukehren, vielleicht sogar, indem er verklärte alte Zeiten beschwor. Oder aber er würde mir in dem Brief kühl und sachlich, womöglich sogar mit dem Unterton des verzeihenden Opfers, mitteilen, er habe sich vollends von mir gelöst, was mir, wie ich zu meiner Überraschung und Verärgerung feststellte, ebenso unlieb wäre.

Als ich es lange genug hinausgezögert hatte, öffnete ich den Brief. Er enthielt eine hässliche Karte mit der Fotografie einer Taube, die einsam über eine Allee spazierte, und auf der Rückseite standen wenige maschinengeschriebene Wörter: »Helmut Wende ist im Alter von zweiundvierzig Jahren von uns gegangen. Wir alle trauern um sein zu früh beendetes Leben. Die Beerdigung findet am 13. April um 10 Uhr auf dem Ohlsdorfer Friedhof in Hamburg statt.«

Ich las die drei Sätze noch einmal und mir fiel auf, dass ich automatisch an jedem der Satzenden die Stimme senkte. Als ich aufschaute, bemerkte ich, dass der Vogel in seiner Nestarbeit innegehalten hatte und mich mit schief gelegtem Kopf beobachtete. Ich blickte befremdet zurück: Aus unerfindlichen Gründen fühlte ich mich ihm und seinem ewigen Schweigen unterlegen. Also beschloss ich, in die Küche zu gehen und ein Glas Zitronenwasser zu trinken.

Ich heftete die Karte an die Pinnwand, zu einem Dutzend kleiner Zettel, auf denen Notizen wie »Muskat kaufen«, »Deadline Hörspiel 30. April«, »Bei Wetterumschwung Basilikum reinholen« oder »Cocteau und Piaf: ›schwarzer Engel des Liedes‹ – gleichzeitiger Tod« standen. Mir fiel auf, dass der Termin nicht einmal zwei Wochen entfernt lag. Auch machte ich mir erst jetzt darüber Gedanken, um wen es sich bei dem Toten handelte.

Helmut Wende war der zweite Mann meiner Tante gewesen, der Schwester meines Vaters. Ein hagerer, freundlicher Herr, dessen Haltung stets eine unangenehme Form der Demut verraten hatte. Wenn ich mich recht erinnerte, hatte er einen kleinen, recht gut laufenden Teeladen in Altona besessen, weswegen er immer ein bisschen nach Darjeeling roch. Auf den wenigen Familienfeiern, auf denen wir uns flüchtig begegnet waren, hatten wir nie mehr als ein paar Sätze gewechselt. Und dann war die Zeit gekommen, in der meine Familie sich in zwei Lager geteilt hatte, und ich war, zusammen mit meiner Tante Liliane, von der Verwandtschaft abgefallen. Dies hatte verschiedene Gründe, die mir bis heute nicht wirklich klar geworden sind. Vor allem das strenge Christentum meiner Eltern und Großeltern spielte dabei eine Rolle, ihr Unmut gegenüber jeder Form der Selbstständigkeit und dieser »Rumkünstlerei«, wie sie Lilianes und meinen Beruf abschätzig nannten (Liliane hatte sich als Bühnenbildnerin fürs Theater selbstständig gemacht). Seitdem hatten

Liliane und ich uns zwangsläufig häufiger getroffen, als wäre es nötig, eine Art Bündnis zu schließen, eine Notgemeinschaft der Verstoßenen. Natürlich hielt auch das nicht lange an. Einmal besuchte ich Helmut und Liliane zu Hause. Sie wirkten unausgeglichen und seltsam distanziert. Die leise Fremdheit in ihrer Art, sich die Rücken zuzukehren, in unterschiedliche Richtungen zu blicken und mich unabhängig voneinander auf die gleichen Dinge anzusprechen, beflissen, als trügen sie einen Wettbewerb um meine Aufmerksamkeit aus, war schwer zu ertragen, und ich verließ sie früh am Abend wieder, um mich mit einer Freundin zu verabreden. Zum Abschied umarmte Liliane mich heftig. Ich sah sie unter meiner Umarmung kleiner werden, farblos und mit einer Stimme wie ein Nadelöhr, und nicht ihre Hilflosigkeit war es, die Mitleid in mir auslöste, sondern das Wissen darum, dass uns nichts verband.

Er war mit zweiundvierzig Jahren gestorben. Unwillkürlich begann ich zu rechnen, wie viel Zeit mir noch bliebe. Wer starb so früh? Und woran? Ich konnte mich nicht daran erinnern, dass er eine Krankheit gehabt hatte. Und wenn, hätte ich wahrscheinlich nie davon erfahren. Woran starb man so früh? Herzinfarkt? Krebs? Zu früh. Ein Unfall?

Wie immer, wenn ich mir entfernt Gedanken über Todesursachen machte, erschreckte mich das Potenzial meiner eigenen Fantasie. Eine lange Reihe grausamer, unnatürlicher Tode marschierte hinter meiner Stirn auf und ab. Offenbar übten außergewöhnliche Todesumstände eine ungeheure Faszination auf mich aus, der ich nur entgehen konnte, indem ich meine Gedanken absichtlich verlangsamte und auf uninteressante, aber harmlose Details lenkte.

Meine Familie würde, mit Ausnahme von Liliane, nicht auf der Beerdigung erscheinen, soviel war sicher. Aber warum war ausgerechnet ich dazu eingeladen worden? Ich hatte Liliane seit vielleicht sechs, vielleicht sieben Jahren nicht gesehen. Damals war sie etwa fünfunddreißig gewesen, ich ein Mädchen von einundzwanzig Jahren. Vielleicht war es ein Irrtum, dass ich diese Einladung erhalten hatte? Aber immerhin hatte jemand herausfinden müssen, dass ich mich in Paris aufhielt. Was, wenn ich eine der wenigen war, die überhaupt in Frage kamen, zu der Beerdigung erscheinen zu wollen? Was, wenn es außer mir, Liliane und ein paar Angehörigen von Helmut niemanden gab, der kommen würde? Schon während dieser Gedanken wurde mir klar, dass ich nach Hamburg fahren würde. Vielleicht lag es an mir, vielleicht an der Unerbittlichkeit solcher Einladungen aus der Halbfremde, dass ich unfähig war, sie ohne Scham, ohne die Last eines schlechten Gewissens auszuschlagen oder gar zu ignorieren. Womöglich, dachte ich, ließe sich am Ende sogar alles auf eine Schuldfrage zurückführen, den irrationalen und sinnlosen Wunsch, etwas Geschehenes verändern, etwas Getanes oder nicht Getanes ausmerzen zu können. Einen leisen, schwarzen Fluch dachte ich noch, bevor ich zurück auf den Balkon trat, um in meinen Zeitungen zu blättern und mich abzulenken.

Ich kam nicht dazu. Es war Lunas Stimme, die durch die Leitung huschte, um sich an meine Wange zu schmiegen und um meinen Hals zu legen.

»Hallo«, sagte sie, »da bist du ja.«

»Ja.«

»Ich wollte dich nicht stören.«

»Du störst nicht.«

»Ich habe einen Brief bekommen, aus Hamburg. Es ist wegen Alexander. Ein Freund von ihm ist gestorben. Ich werde wahrscheinlich hinfliegen.«

Sie machte eine Pause, in der ich mir darüber klar wurde, dass es sich bei Alexanders Freund um eben jenen Helmut Wende handeln musste, auf dessen Beerdigung ich eingeladen war.

»Ich wollte dich bitten, mich zu begleiten.«

Mein Blick blieb an einer Fliege an der Wand hängen, an dem, was von ihr übrig geblieben war. Ich konnte mich nicht daran erinnern, hier jemals ein Insekt erschlagen zu haben. Es kam mir völlig unmöglich vor.

»Was ist?«, fragte Luna, »kommst du mit?«

*

Natürlich wusste ich, dass Luna, mehr aus Gewohnheit denn aus Hochmut, unter keinen Umständen irgendwelche Reisevorbereitungen treffen würde, und so war es an mir gewesen, uns die Air-France-Tickets zu besorgen, die sie nun, mit einem unruhigen Blick auf eine der Uhren über uns, nervös zwischen ihren Fingern rieb.

»Wir haben noch Zeit«, sagte ich, »eine Dreiviertelstunde mindestens.«

Eine dünne Strähne hatte sich aus dem Zopf an Lunas Hinterkopf gelöst und schlängelte sich hinunter in ihren Nacken, der von der Sonne ausgespart worden war und jetzt, im Gegensatz zu ihrem Gesicht, den Armen und den Schultern, hell wirkte, blass beinahe. Es fiel mir schwer, mich von meiner Lust abzulenken, die beiden Leberflecke links und rechts der Strähne zu berühren.

Heute war Luna ganz in Weiß gekleidet. Sie trug einen Spitzenrock, dazu ein dünnes Jerseytop mit Rüschen. Nervös lag ihre Hand auf der zierlichen Handtasche in ihrem Schoß. So übertrieben ihre Orientierungslosigkeit in Gesellschaft wirken konnte, so berechnend Luna sie einsetzte, um magnetisch zu werden, so ehrlich war ihre Hilflosigkeit im Grunde. Natürlich spricht man Sätze wie diesen gern aus: »Wenn du mich loswerden willst, setz mich irgendwo aus. Ich werde niemals zurückfinden.« Sie zeigen ihre Wirkung. Trotzdem musste jeder, der Luna so neben sich sitzen sah wie ich jetzt, zugeben, dass sie natürlicherweise zu den Frauen gehörte, die überall auf der Welt aufgrund eines Mangels verehrt und begehrt werden: Die Aura der Lebensunfähigkeit machte sie unwiderstehlich.

Ich erklärte Luna den Ablauf unserer Reise. Ich hatte nicht das Gefühl, dass sie mir zuhörte, aber mein Reden beruhigte sie. Die Unübersichtlichkeit des Charles-de-Gaulle-Flughafens setzte ihr zu, fast unwirsch beäugte sie aus ihrer steifen, leicht gekrümmten Haltung die vorübereilenden Familien in ihren weiten Shirts und den Bermudas. Als ich mit meiner Erklärung zu Ende war, sagte Luna unvermittelt:

»Männer in kurzen Hosen sind immer unsouverän. Es ist eine Schande.«

Zwei Flughafenclowns huschten vorüber. Sie winkten uns zu und riefen: »A bientôt! A bientôt!« Ich musste lachen. Als unsere Maschine aufgerufen wurde, zog Luna mich von meinem Platz. »Wir verpassen den Flug«, sagte sie, »wir verpassen ihn.« Wir setzten uns in den bereitgestellten Bus und fuhren auf das Rollfeld hinaus, das im gleißenden Licht der Nachmittagssonne funkelte wie Wasser. Obwohl wir nur nach Hamburg flogen, erfüllte mich ein Gefühl von Weite und Erwartung, als wir in wehenden Kleidern aus dem Bus stiegen. Die Sonne machte Lunas Gesicht milder und kindlicher, aber das Blau ihrer Augen zu Metall.

Im Flugzeug versuchte ich, mich auf das Feuilleton zu konzentrieren, während Luna unverwandt auf einen der Bildschirme über uns starrte, um zu verfolgen, in welcher Höhe wir uns befanden und mit welcher Geschwindigkeit wir uns fortbewegten. Es verwunderte mich nicht, dass ihr Blick kindlichen Respekt, kindliches Staunen verriet.

Das Feuilleton war durchschnittlich langweilig, zu viel Theater, zu wenig Literatur, ein Nachruf, ein lange toter Maler. Wie so oft zwang ich mich trotz allem durch ein gutes Drittel der Artikel. Danach stellte sich, wie erwartet, die übliche Befriedigung ein, mich gut informiert zu fühlen und eine augenscheinlich sinnvolle Aufgabe erfüllt zu haben. Als ich die Zeitung zusammenfaltete und sie Luna anbot, blätterte sie nur einmal alle Teile durch, um sie dann gleichgültig zu zerknüllen und unter ihre Füße zu schieben. Danach konzentrierte sie sich darauf, die Wolken vor unserem Fenster zu betrachten. Nur einmal unterbrach sie ihr Schauen, um das Wort an mich zu richten: »Es ist verrückt«, sagte sie, ohne sich dabei umzudrehen, »jedes Mal, wenn ich fliege, überwältigt mich das Gefühl einer großen, wohltuenden Sinnlosigkeit.«

Ich hatte den Eindruck, dass sie mir etwas mitteilen wollte, aber ich verstand sie nicht, und so blieb es bei der Verfehlung zweier vorsichtiger Blicke, die kurz ineinander aufglühten, um schließlich getrennt voneinander zurückzukehren hinter müde, von trockener Luft gerötete Lider.

Als die Stewardessen an unserer Reihe Halt machten, bestellte Luna einen Rotwein. Ich wollte nur Wasser trinken, aber Luna bat mich, von ihrem Wein zu nehmen, und ließ sich von ihrem Wunsch nicht abbringen, bis ich mich genötigt fühlte einzuwilligen. Ich wusste, dass ich ihrer speziellen Vorstellung von freundschaftlichen Akten, ihrem Tempo, ihrem Rhythmus kameradschaftlicher Riten nichts entgegenzusetzen hatte. Es bedeutete ihr scheinbar viel, mit mir zu trinken, denn als sie meinen Becher vollschenkte, berührte sie meinen Handrücken, ehe sie sich selbst eingoss.

»Santé«, sagte sie, »auf die Liebe«, und es wirkte überhaupt nicht albern, dass sie so etwas sagte, nur ein wenig verloren, so hoch über den Wolken, weit weg von allem, was man lieben konnte, aber vielleicht, dachte ich bei mir, funktionierte Lunas Liebe ohnehin anders, und ich verstand sie noch weniger, als ich geglaubt hatte.

Wir landeten gut eineinhalb Stunden später in Hamburg. Gegen die aufkommenden Kopfschmerzen nahm ich eine Tablette. Luna zeigte keine Anzeichen von Übelkeit oder Schwäche, obwohl sie den Wein beinahe allein getrunken hatte. Immer wieder waren es Vorfälle wie dieser, die mich über Lunas Wesen staunen ließen. Trotz der ungeheuren Konsequenz, mit der sie Wohlstand und Dekadenz auszustrahlen versuchte, hatte sie sich nie die Mühe gemacht, ihren Geschmack wirklich zu verfeinern und darüber hinwegzutäuschen, dass sie nicht in der Lage war, zwischen einem guten und einem ungenießbaren Wein zu unterscheiden.

Mit einem Bus wurden wir über das Rollfeld zum Flughafengebäude gebracht.

»Es ist noch so früh«, sagte Luna, ohne einen Blick auf die

Uhr, aber mit einem scheuen Ausdruck im Gesicht, den ich kannte, wenn sie etwas so weit wie möglich hinauszögern wollte, »lass uns noch einen Kaffee trinken gehen.«

⋆

In St. Georg war die Luft schon braun wie ein abgeerntetes Feld, und die Beleuchtung in den Kneipen begrüßte die Nacht. Leichter Wind wehte die Servietten von unserem Tisch, und unter Lunas unruhigem Blick leerte ich mein Glas wieder und wieder.

In mir wuchs Neugier auf Alexander, ihren Sohn Jakob, ihre Wohnung und die Umstände, in denen sie lebte, in denen sie gelebt hatte. Ich kannte Alexander kaum, aus diesem Sommer vor sechs Jahren, als er noch nichts gewesen war als ein flüchtiger Schatten, so wie mir alles außer uns wie ein flüchtiger Schatten erschienen war.

Ein Falter verirrte sich in mein Glas, ich zog ihn heraus, setzte ihn auf den Tisch und sah zu, wie er trocknete. Der blondgefärbte Kellner brachte uns neue Gläser. Lunas Angst saß zwischen uns wie ein verstörtes Gespenst.

»Entschuldige bitte«, sagte Luna. Zunächst glaubte ich, sie entschuldige sich für ihr Schweigen, für ihre Abwesenheit, für ihre Einladung, für einen ihrer Befehle, bis ich sah, dass sie ihr Glas umgeschmissen hatte, das noch am Tischrand hin und her rollte, aus dem noch der letzte Rest Wein auf den Stein tropfte, bis ich sah, dass sie es absichtlich getan hatte, um mich aufmerksam zu machen oder um nicht trinken zu müssen.

»Nichts passiert«, sagte ich.

Luna lächelte.

Vom Wasser her zog Kühle hinauf und tastete nach unseren Füßen.

»Wie war er?«, fragte sie.

»Ruhig«, sagte ich. »Ich kannte ihn kaum.«

Luna lachte gegen geschlossene Lippen.

»Ich meine Richard.«

Ich versenkte den Blick in meinem Glas. Der Falter kroch an die Tischkante. Er richtete sich auf. Es sah fast so aus, als spanne er noch einmal jeden einzelnen Muskel, probeweise, wie Sportler es taten, Turmspringer oder Boxer.

Durfte sie so etwas fragen? Durfte man so etwas fragen? Gab es eine adäquate Antwort? Eine gelungene Reduktion, eine, die funktionierte, die für sich stand? Aber darum ging es Luna nicht. Darum ging es nie.

Einer der Flügel war leicht zerknittert, wie gerade noch feuchte Wäsche. Zwei, drei mühsame Schläge, dann landete der Falter auf dem Boden, einen Fingerbreit neben Lunas Fuß. War es eine Täuschung oder sah er zu uns auf, erwartungsvoll, als hoffe er auf Zuspruch, auf Lob?

»Er ist nicht schön und nicht unschön. Er ist attraktiv. Informatiker, nicht viel älter als ich. Im Mai wären es drei Jahre gewesen. Wir haben uns in einer Bibliothek kennengelernt.«

»Oh«, sagte Luna. »Wie wild! Wie romantisch!«

Romantisch war es nicht gewesen, und alles andere als wild. Es war dieses Jahr, in dem ich so viel arbeitete, dass ich kaum zum Schlafen kam. Ich hätte mir eine Matratze in die Bibliothek legen können. Der Einzige, der Punkt neun Uhr, zur Öffnung der Eingangstür, neben mir stand, war Richard. Da war noch ein letzter Streifen Dunkelheit über der Stadt, beharrlich über den Dächern schwebend, und so standen wir meist zehn Minuten nebeneinander, schweigend, noch voller Bereitschaft und Neugier, die uns im Laufe des Tages über der Arbeit verloren gehen würden. Vielleicht waren jene zehn Minuten überhaupt die wachsten, die intensivsten des ganzen Tages. Es war, als kämen wir beide nur deshalb zu früh, um mit weit geöffneten Poren die letzten zehn Minuten einer unwirklichen Freiheit zu genießen, die es im Grunde genauso wenig gab wie ihr Gegenteil. Ich bildete mir nichts darauf ein, dass Richard jeden Morgen zur selben Zeit wie ich um die gegenüberliegende Ecke bog, um auf mich zuzulaufen und, mit dem Rücken zum Eingang der Bibliothek, direkt neben mir auf dem Gehsteig anzuhalten, aber irgendetwas an der Sache störte mich. Vielleicht war es weniger die Intimität dieser kurzen Zeit, in der der Reif auf dem Geländer unter unseren Händen schmolz, vielleicht war es viel eher sein Eifer, der mich belästigte, ein Eifer, der meinem glich.

Ich könnte es so sagen: In den nächsten Wochen entstand ein komisches Spiel zwischen uns, ein ernsthafter Wettkampf, den wir verbissen und ohne Rücksicht Tag für Tag miteinander austrugen. Es zählten die Arbeitsgeschwindigkeit, die Menge der bearbeiteten Bücher, die Kürze der Pausen, Anfangs- und Schlusszeiten. Wir belauerten uns. Es kam vor, dass Richard an meinem Tisch vorbeistrich, nur um zu erspähen, wie viele Seiten Notizen ich bereits auf meinem Stapel liegen hatte. Es kam vor, dass ich seinen Platz umschlich, nur um herauszufinden, wie viel er in einer Stunde gelesen hatte. Es kam vor, dass einer von uns andere Besucher der Bibliothek bat, den Platz zu wechseln, nur damit wir uns gegenübersitzen konnten, mit diesem geraden Blick von einer Wand zur anderen.

Als wir uns über die Regeln unseres Spiels klarer wurden, als wir registrierten, dass auch der andere sich auf diese Regeln eingelassen hatte, verschärften wir sie und formten sie nach unseren Kräften um. Es war jetzt erlaubt, dass der eine die Notizen des anderen durchsah. Am Ende des Tages wurde ein Sieger festgestellt. Da wir noch immer kein Wort miteinander gewechselt hatten, funktionierte das über Schriftverkehr. Derjenige, der sich vom anderen geschlagen sah, schob ihm einen Zettel zu: »Du hast gewonnen.« Nur in Ausnahmefällen war es möglich, dass der Zettel zurückgegeben wurde, mit einem Hinweis, der dem anderen den Sieg einräumte. Dann bemerkte ich, dass Richard immer öfter zu meinem Tisch herüberkam, um mir meinen Zettel zurückzugeben. Bald hatte ich den Verdacht, er tue das nicht, weil er meine Tagesarbeit für gelungener befand, sondern aus Mitleid oder Sympathie. Da das aber die Regeln unseres Spiels verletzte, musste ich etwas dagegen unternehmen. Also beschloss ich, an den nächsten Tagen absichtlich weniger zu arbeiten. Ich erschien erst kurz nach elf Uhr und beendete meine Arbeit bereits am Nachmittag. Wenn ich in der Bibliothek eintraf, erwartete mich ein ungewohntes Bild: Da saß Richard, vor einem Stapel unberührter Bücher, einen Stoß weißer Blätter vor sich, und wartete aufmerksam, bis ich meinerseits alle Materialien zusammengesucht hatte, um schließlich zeitgleich mit mir den Stift zu zücken. Aus unerfindlichen Gründen empfand ich darüber keinen Ärger, sondern Rührung.

Ich hatte während der letzten Wochen so hart gearbeitet, dass ich mir eine Erkältung zuzog, und so lag ich die nächsten Tage im Bett, was mir sehr recht war. Es fiel mir schwer, meine Gedanken so weit von Richard abzulenken, dass sich den ganzen Tag über kein einziger in seine Richtung verirrte. Auch wenn ich es nicht als Sehnsucht bezeichnen wollte, fühlte ich doch einen Mangel, wenn es auch nur der Wettbewerb war, der mir fehlte.

Am fünften Tag meiner Krankheit ging ich, elektrisiert von erhöhter Temperatur und unerträglicher Neugier, in die Bibliothek. Ich hatte weder Block noch Stift bei mir und beabsichtigte auch gar nicht, Arbeitswillen vorzutäuschen. Richard war nicht da. Enttäuscht und verärgert über diese Enttäuschung wollte ich mich wieder auf den Heimweg machen, als mich die Bibliothekarin ansprach. Sie holte einen Strauß schon leicht verblühter Blumen unter ihrer Theke hervor. Er sei bereits vor drei Tagen für mich abgegeben worden. Auf der beiliegenden Karte stand: »Du hast gewonnen. Richard.« Darunter seine Telefonnummer. Ich brauchte eine weitere Woche, bis ich mich überwand, ihn anzurufen. So nahm alles seinen Lauf.

*

»Oh. Ich finde das sehr wohl romantisch«, sagte Luna und beobachtete einen älteren Mann, der beim Verlassen des Cafés seiner Begleitung den eigenen Mantel um die Schultern legte, »auf eine schrullige Art und Weise.«

Sie intonierte den Satz, als handele es sich dabei um ein ehrliches Kompliment. Wenn sie amüsiert war, verbarg sie es zumindest gut.

Es dämmerte schon. Die Dunkelheit brach aus den Rinnsteinen und überzog die Straßen. Die Geräusche klangen, als müssten sie durch tausend Filzdecken, ehe sie zu uns gelangten. Die Schritte der Menschen verkürzten sich, Lichter sprangen an, ein neues Lied setzte ein. Lunas Gesicht, im Schein einer Lampe, wirkte mager, als hätte man falsche Polster daraus entfernt: ein

Heiligenbild, knochenfarben, mit hungrigen, feurigen Augen, die auf mich zielten. Ein Stern über Lunas Hinterkopf wurde vom Himmel verschluckt. Wäre in diesem Moment ein Zuckerstreuer auf den Boden gefallen, ich wäre schreiend verschwunden, die Straße hinunter, zum Wasser hin.

»Oh, oh«, sagte Luna, und es klang wie zwei letzte gehauchte Töne, fremd und verhallt, »ich glaube, wir müssen gehen.«

Ich wendete mich ab von der weißen Scheibe ihres Gesichts, um nach dem Kellner zu suchen und zu zahlen. Ich erschrak, als ich Luna neben mir stehen sah, dünn wie eine Geheimschrift, aus schmalen Streifen Silber gemacht, zum Hindurchgreifen. Ich hatte nicht bemerkt, dass sie aufgestanden war.

Wir fuhren mit dem Taxi in die Vororte. Ich war noch nie so weit außerhalb des Zentrums gewesen. »Es ist die Endhaltestelle«, hatte Luna gesagt. Die schwarzen Klumpen der Bäume und Häuser rauschten an uns vorüber. Die Fahrt dauerte, ausgedehnt durch unser zähes Schweigen, ewig. Eine seltsame Veränderung ging mit Luna vor. Je näher wir dem Ziel kamen, umso rascher verwandelte sich ihre ängstliche Steifheit in Härte. Unbewegter als auf dieser Fahrt hatte ich ihr Gesicht nie gesehen.

Als wir ausstiegen und ich den Fahrer bezahlt hatte, liefen wir eine Weile, bis Luna vor einem eisernen Tor stehen blieb.

»Da ist es«, sagte sie.

Ich traute mich nicht, ein Kompliment zu versuchen, etwas wie »Schön habt ihr's hier«, stattdessen sog ich die Abendluft tief in meine Lungen und atmete laut aus. Luna sah mich bestürzt an und ergriff meinen Oberarm.

»Sollen wir reingehen?«, fragte sie, und diese Frage war so absurd wie aus einem Kindergruselfilm herausgeschnitten, die übliche Mutprobe vor der Geistervilla, voll toter Familien und Spinnweben und halber Träume. Aber ihre Augen geboten Ernst.

»Ich denke schon«, sagte ich also.

Das Geräusch der Klingel hallte durch die Räume des Hauses, bis hinaus vor die Tür. Ich fand es merkwürdig, dass Luna geklingelt hatte. Sie musste noch einen Schlüssel besitzen.

Wenig später summte das Tor, und wir stießen es auf und liefen hintereinander den schmalen, gepflasterten Weg entlang, der zur Haustür führte. Im Rahmen, umgeben von Wohnzimmerlicht, stand Alexander.

Er sah anders aus, als ich ihn in Erinnerung gehabt hatte. In seinem Pullover und den Jeans wirkte er größer. Kräftige Hände ragten aus den Ärmeln, über dem Kragen ein kurzer Hals und das Gesicht eines gleichmütigen Jungen. Ich hatte wohl geglaubt, einen gebrochenen Mann vorzufinden, stattdessen strahlte Alexander mich an und reichte mir seine Hand.

»Du musst Marion sein«, sagte er.

Er ging uns voraus, ohne Luna begrüßt zu haben, und führte uns die Treppe hinauf ins Wohnzimmer. Es war eingerichtet mit Kronleuchter, Zeitungstisch, Bücherborden, Regalen und einer Vitrine voller Sonntagsgeschirr. Auf der dunklen Ledercouch, ganz außen, als wolle er im Spalt zwischen Armlehne und Polster verschwinden, saß ein kleiner, blassblonder Junge mit zusammengepressten Lippen. Erst jetzt fiel mir auf, dass neben dem Sofa ein Stapel Umzugskartons lag.

»Jakob!«, rief Luna und lief hastig auf den Jungen zu, der ihr verschreckt, wie einer Fremden, entgegensah, als wisse er nicht, was diese Frau von ihm wolle, ob es Gutes oder Schlechtes war, das sie ihm ins Ohr flüstern würde. Im letzten Moment erhob er sich zögernd und stand nun vor der Couch, und Luna hob ihn hoch, als hätte er kein Gewicht, und zog ihn an ihre Brust. Die Geste kam mir albern vor, unangemessen für ein Kind seines Alters, aber Jakob presste sein Gesicht gegen die kleinen Schultern seiner Mutter und schlang seine Arme um ihren Hals.

Ich spürte Alexanders Anwesenheit in meinem Rücken, seine gestreckte, abwartende Haltung. Er schien peinlich berührt von dieser plötzlichen intimen Szene und räusperte sich schamhaft, wie um deutlich zu machen, dass er im Raum sei, und sich gleichzeitig dafür zu entschuldigen. Luna hielt Jakob noch immer in ihren Armen, auch wenn er ihr allmählich zu schwer werden musste. Schließlich setzte sie ihn vorsichtig, wie eine Porzellanfigur, auf den Fußboden und strich schamhaft über ihr Kleid.

»Ich habe etwas zu essen vorbereitet«, sagte Alexander schließlich, weil eine Stille wie diese sich nur mit solchen Sätzen brechen ließ. Für einen Moment richteten sich alle Augen auf ihn, selbst der leere Blick des Kindes, als könne nur Alexander bestimmen, was an diesem Abend geschehen würde, als wäre er der Einzige, der durch seine Kraft zumindest einen Rahmen vorgeben könnte, in dem sich die Tragödie fortsetzte.

*

Die Küche dominierte ein schwerer Esstisch aus Eiche, der so groß wirkte, dass ich mich unwillkürlich an die Tischkante presste, als ich mich auf den Stuhl setzen wollte, obwohl zwischen Kante und Wand noch reichlich Platz war. Darauf standen dampfende Schüsseln, Geschirr und Weingläser. Der Junge war stehen geblieben, bis Luna an der Stirnseite Platz genommen hatte. Die Verteilung der Stühle schien eine alte Ordnung zu haben, also hatte ich gewartet, wo Jakob sich hinsetzen würde. Er saß hinten links, weit von seinem Vater und seiner Mutter entfernt. Alexander saß rechts vorn, von Luna nur durch eine Ecke getrennt. Ich setzte mich an die linke Längsseite, zwischen Jakob und Luna.

Nichts geschah. Wir sahen zu, wie der Dampf aus den Schüsseln sich über unseren Köpfen zu einer flächigen Wolke zusammenschloss. Alexander faltete die Hände wie einer, der es gewohnt war, allein zu beten. Der Kleine zog ein Netz aus Blicken zwischen seinen Eltern. Mir schien es unvorstellbar, dass Luna seine Mutter sein sollte, ich konnte mir nicht vorstellen, dass sie es ertragen hatte, zuzusehen, wir ihr Bauch sich aufblähte, wie er ihr so liebliches Bild zerstörte mit dieser erschreckenden Beule, diesem Auswuchs, ihre aquarellene Schönheit, es war unmöglich, dass sie mit anderen Frauen in einem Krankenhaus gelegen haben sollte, mit lose zusammengebundenen Haaren, ungeschminkt, ungepudert, mit schmerzenden Beinen und einem Bauch, der nicht ihrer war, unverständlich, wie sie überhaupt die letzten Wochen hatte überleben können, als aus der Gesellschaft Ausgeschiedene, sie, der Schmetterling, das weiße, schöne Gespenst, nach dem alle griffen, sie, die Elfenhafte, es war undenkbar, dass sie schwitzend und blutend, blass auf blassen Laken diese Schmerzen ertragen haben sollte, fremde Schmerzen, für einen anderen, mit verklebter Stirn und hervortretenden Adern, fett wie ein kleiner, gestrandeter Wal, gefangen auf diesem Laken, wo Fremde ihre Hand hielten, es war unvorstellbar, dass sie hatte aufsehen können mit geschwollenem Gesicht, auf einen schreienden, blutigen Haufen, dass sie sich gefreut haben sollte, dass sie jemals wieder schlafen konnte, mit diesem Bauchlappen, hinter dem jetzt eine Höhle war, eine sinnlose Leerstelle, es war undenkbar, dass sie dieses Kind akzeptiert hatte als das, was sie ausgehöhlt hatte, es war undenkbar, dass sie den Vorgang der Geburt akzeptierte, diese ganze tierische Angelegenheit, die ihrer unwürdig war, sie konnte unmöglich glauben, dass er ihr Junge war, sie, die Dünnwandige, die Flüchtige, das ewige Kind, nein, es war nicht möglich.

»Ich möchte Kartoffeln, bitte.«

Jakob hatte so leise gesprochen, dass man es für eine Sinnestäuschung halten konnte. Seine stumpfen Augen ruhten auf der Schüssel in der Mitte des Tisches. Luna folgte seinem Blick, ohne jedoch den Versuch zu unternehmen, ihm behilflich zu sein. Schließlich stand Alexander auf und reichte zwei große Kartoffeln quer über den Tisch. Er ließ sie so achtlos auf den Teller des Kindes fallen, dass das patschende Geräusch als Vorwurf verstanden werden musste, obwohl es sicher nicht so gemeint war. Es erschien ohnehin an diesem Abend vieles anders, als es gemeint war, und wenn Luna und Alexander sich in die Augen schauten, war es, als wischten die Blicke viele Male aneinander vorbei, ehe sie sich kurz begegneten, nur um aneinander abzukühlen. Diese Kühle lag wie ein Vergrößerungsglas vor allen unseren Gesten, und sosehr wir uns auch bemühten, sie klein und beiläufig erscheinen zu lassen, so riesig und bedeutsam gerieten sie uns. Als Jakob sagte: »Mama, du sitzt so weit weg von mir«, brach Luna in ein unheimliches Weinen aus, das Alexander, Jakob und mich im Essen unterbrach und erstarren ließ. Ein derartiges Jaulen hatte ich erst ein einziges Mal gehört, und zwar, als mein Großvater einen halben Wurf Katzen in einem zugeschnürten Sack gegen die Wand schlug, um nicht alle Jungen behalten zu müssen, und ihm der Schweiß auf die Stirn trat, weil es zu lange dauerte, bis auch der letzten das Schreien verging. Ein jämmerliches Heulen, das von irgendeinem Grund zu kommen schien, von so weit unten, dass es nach der feuchten Kühle von Kellergemäuer klang, nach dem schwärzesten Schwarz der Höhlen und Schächte, ein Ton, der durch nichts gedämpft wurde, von keiner Hoffnung, von keiner Vernunft, keiner Mäßigung.

»Luna«, sagte ich, und da mir nichts weiter zu sagen einfiel, legte ich meine Hand auf ihren Unterarm. Das machte alles nur noch schlimmer, und Luna, die die Fassung gänzlich verlor, ließ den Kopf auf ihre Brust sinken und heulte so laut, dass sie sogar die Geräusche der in kurzen Abständen vorbeirauschenden Wagen übertönte, die durchs Fenster hereinwehten.

Jakob schien wenig überrascht von der Situation, als handele es sich dabei um ein alltägliches Schauspiel, das er in verschiedenen Variationen schon oft gesehen hatte. Auch Alexander griff nicht ein. Er stand nur auf, räumte das Geschirr zusammen, verstaute es im Geschirrspüler und öffnete eine Flasche Bier.

»Setzen wir uns doch ins Wohnzimmer«, sagte er schließlich, an mich gerichtet, und mit einem Blick auf Luna, die in sich zusammengesunken, ohne etwas zu hören, ohne auch nur Notiz von der Welt außerhalb ihrer Trauer zu nehmen, in ihrem Stuhl hing, erhob ich mich zögernd, um mit Alexander ins andere Zimmer zu gehen. Wir setzten uns auf die große, dunkle Couch und wurden nur einmal noch in unserem Sitzen und Schweigen unterbrochen, als Jakob, im Schlafanzug, mit geputzten Zähnen und gekämmtem Haar, zu uns trat, um sich wortlos, mit einem schmallippigen Wangenkuss, von seinem Vater zu verabschieden.

*

»Schade, dass wir uns auf diese Weise begegnen müssen«, sagte Alexander.

Ich wusste zunächst nicht, ob er damit Lunas plötzlichen Zusammenbruch oder die Beerdigung am nächsten Morgen meinte, entschied mich aber schließlich dafür, er habe mit diesem Satz auf den Tod von Helmut angespielt.

»Ihr kanntet euch, wie?«, fragte ich also und bemühte mich um einen arglosen Ton.

»Wir waren im selben Ruderclub«, gab Alexander mit ebenso unbeschwerter Stimme zurück. »Ich mochte ihn sehr.«

»Er war der Mann meiner Tante«, sagte ich, um auch etwas beitragen zu können.

»Ja, er hat oft von ihr erzählt.«

Mein Blick fiel auf eine überdimensionierte Standuhr, die ein betäubendes Ticken von sich gab. Der Kronleuchter verströmte sein unangenehm süßliches Licht, Muster fielen gegen die Wände. Ich richtete meine Gedanken wieder auf den nächsten Morgen und suchte nach einer unverfänglichen Frage.

»Wer kommt morgen denn noch? Verwandte von Helmut?«

»Ja, sicher. Und Vanessa.«

»Vanessa?«

»Du solltest sie von früher kennen.«

Ich musste mich wieder erinnern. An den Sommer vor sechs Jahren und alles, was damals vorgefallen war. Es passte in diesen dunklen, zu großen Raum, dass ich mich erinnerte, und die Erinnerung nahm mir eine Zeit lang den Atem. Wir unterhielten uns später noch, leise, mit gedämpften Stimmen, und irgendwann kam Luna aus der Küche und setzte sich zu uns, als wäre nichts geschehen. Damit war der Abend beschlossen und fand sein Ende, und wir trennten uns, um auf die Zimmer zu gehen.

Stunden später erwachte ich mitten in einen dieser unentschiedenen Morgen hinein, an denen sich die Gegensätze ineinanderschoben und die Launigkeit der Natur sich still auf die Menschen übertrug, die von einem Zustand in den anderen fielen und den ganzen Tag ein dunkles, nebliges Gefühl von Ohnmacht verspürten, nicht deutlicher als einen leicht fauligen Geschmack auf der Zunge.

Ich spülte mir den Mund aus und zog mich an, dann stellte ich mich ans Fenster und genoss die verträumte Stille des noch schlafenden Hauses und seiner schlafenden Bewohner. Ich kam nicht umhin, einen Gedanken an den Abend zu verschwenden: Vielleicht hatte ich mich zu wenig um Luna gekümmert, vielleicht hatte ich mich zu schnell von der höflichen, abgehärteten Ignoranz Alexanders mitreißen lassen. Vielleicht war es ein Fehler, Luna nicht ernst zu nehmen. Vielleicht war es jedoch ein noch größerer, sie immerzu ernst zu nehmen.

Schnelle Schleierwolken zogen über den Himmel, kilometerlang, woher kamen sie alle? Zwischen den Wolken, in die hauchdünnen Lücken, wie mit einer Nadel gestochen, presste sich die Sonne, um für den Bruchteil einer Sekunde ihr hartes Licht herunterzuschleudern.

Aus dem Haus gegenüber trat ein kleines Mädchen in einem rosafarbenen Baumwollkleid. Mit noch vom Schlaf weichen Knien lief es über den weißen Zierkies zum Briefkasten. Kurz bevor es ihn öffnete, hob es den Kopf, den Blick, die Oberlippe, es spähte zum Himmel und folgte einer bogenförmigen Bewegung, der eines Vogels oder eines Flugzeugs, ehe es die Hand in den Kasten schob und die Briefe herauszog, dass sie auf den Boden fielen und zu seinen Füßen einen flachen Hügel bildeten. Es wühlte darin herum, sichtlich erregt, die Augen von Vorfreude geweitet, bis es einen der Briefe aus dem Haufen zog und ihn triumphierend in der Luft schwenkte, als würde es jemandem in der Ferne ein Zeichen geben wollen. Dann besann es sich auf den Rest der Post, sammelte ihn zusammen und knüllte ihn nachlässig in den Schoß seines Kleides. Den einen Brief hielt es fest zwischen Hand und Brust. Es rannte mit großen, jungenhaften Schritten, und im Moment des größten Jubels stolperte es plötzlich und fiel der Länge nach auf den Boden. Ich verharrte erschrocken hinter der Scheibe. Das Fensterkreuz trennte, wie mir jetzt auffiel, das Kind vom Haus, es zog einen geraden Schnitt zwischen dem Mädchen in der linken unteren Scheibe und dem Haus in den oberen beiden. Ich spürte die Bewegung in meinem Brustkorb. Das Kind rollte sich zur Seite, mit schmerzverzerrtem Gesicht. Es hielt sich das Bein und drehte den Kopf. Für einen Moment bewegte sich nichts als die über den Himmel ziehenden Wolken, ehe das Mädchen vorsichtig aufstand, die Briefe zusammenraffte und hinter der Tür verschwand.

In diesem Augenblick schien ein kurzes Beben durch das Haus zu gehen, von unten nach oben, ein Schütteln wie das eines Hundes, nur schwächer. Ein altes Cabrio schoss die Straße herauf, bremste scharf und kam direkt unter meinem Fenster zum Stehen. Ein kurzer Moment der Stille folgte, wie zur Eröffnung eines Rituals, das sogar die Straßenlaternen, die Zäune, die Giebel der Dächer einschloss, nur ich kam mir ausgeschlossen vor, ich, die ich aus einer ängstlichen Ahnung heraus innehielt. Auf der Beifahrerseite leuchtete ein ausladender, orangefarbener Hut in einem flüchtigen Bündel Sonnenstrahlen.

Es war Viktor, der sich aus dem Wagen schälte. Der weiße Anzug, den er wie seine Haut trug, strahlte, die weiße Kappe wirkte zu klein für sein Gesicht. Er sah aus, als wäre er in Blüten gefallen. Mit den Schritten eines Panthers umrundete er den Wagen, einmal beugte er sich halb hinab, um seine Felgen zu begutachten, dann schritt er unbeeindruckt weiter. Er öffnete die Beifahrertür, nahm eine Frauenhand, und der Hut schwebte über der Erde, neben Viktor her, der nun den Kopf in den Nacken legte und blinzelnd das Kinn in den Himmel reckte. Das war sein Gesicht: das breite, gierige Kinn, die flache Nase, wulstige Lippen, es war das Gesicht von vor sechs Jahren, nur etwas ausgedehnt von der Zeit, so schien es mir, ein wenig derber, gröber noch. Eine Weile verharrte er so, mit diesem Gesicht, das nichts Schönes hatte, dann plötzlich löste sich ein Kuss von seinen Lippen, ein eindeutiger Kuss, der in die Luft stieg, ins Nichts, an meinem Fenster vorbei, von dem ich mich unwillkürlich ein Stück zurückzog, ein Kuss an den Himmel oder eine Wolke oder einen entfernten Schwarm stiller Vögel, und ich erinnerte mich: Schon damals hatte Viktor diese Eigenheit gehabt, er hatte Dinge geküsst, eine Gardine, einen Blumentopf, Kleider, alles, was um ihn war, was in seine Nähe kam, hatte er geküsst, es war in den ausufernden Kreis seiner Liebe geraten, einer unpersönlichen, alles meinenden Liebe, die sich nicht beschränken wollte, die in ihm begann, in Viktor und seiner Einigkeit, seinem Eins-Sein mit sich und der Welt.

Ich zog den Kopf ein, aus Angst, sein Blick könnte mich streifen, am Rand meines Blickfeldes sah ich ihn die Frau unter dem Hut verabschieden, ich sah ihn in den Wagen steigen und verschwinden, und die Straße, die zurückblieb, vom grauen Licht unter Wolken ausgefüllt, war leerer geworden.

*

Es dauerte nicht lange, bis Leben in das Haus kam. Ich hörte, wie im Bad die Dusche angestellt wurde, später das scheinbar vertraute Gurgeln der Kaffeemaschine, Kinderschritte auf Holz. Ich war fertig angezogen, gewaschen und geschminkt, und sah auf die Uhr. Es war erst halb acht.

Als es an meine Tür klopfte, stand Luna davor, zerzaust und mit nichts als einem Negligé und dem Duft von Schlaf bekleidet. Sie hatte Augenringe, und Haare verklebten ihre Stirn.

»War er hier?«, fragte sie atemlos, als wäre sie stundenlang gerannt.

Ich legte den Kopf schief.

»Komm doch rein«, sagte ich. Luna drängte an mir vorbei und blieb vor meinem Bett stehen. Ein paar Mal strich sie mit der Hand über die Bettdecke.

»Viktor?«

Als ich seinen Namen aussprach, wandte Luna ihr Gesicht von mir ab, sie schaute zum Fenster, und die feinen Härchen in ihrem Nacken flimmerten. Es hätte mich nicht gewundert, wenn sie jetzt zusammengebrochen wäre, die Hand an ihrer Stirn, mit einem Seufzer, der die Fliegen an der Wand zum Weinen brächte.

»Er war hier«, sagte ich, »er hat Vanessa hergebracht.«

Lunas geschwungener Rücken war wie aus Zuckerguss unter dem dünnen Stoff. Ihre Kniekehlen waren die eines Kindes. Die Fersen waren leicht angehoben, wie kurz vor dem Sprung oder dem Fall vornüber. Als sie ihr Gesicht zurückdrehte, war alles daraus verschwunden, sie hatte es mit einem einzigen langen Zug ausgeatmet.

»Ich habe ihn verpasst«, hörte ich Luna zum Boden hin murmeln, dann hob sie ihren Blick, starrte mich an, ging zur Tür und lief davon, ohne sie zu schließen.

Beim Frühstück saßen wir alle zusammen. Vanessa saß zwischen Luna und mir. Luna war sehr still, ich wusste nicht, was in ihr vorging, und jeder am Tisch fror unter ihrem Blick, am meisten aber Luna selbst.

Nach dem Essen zogen wir uns an. Vanessa und Luna nahmen Schirme mit, Alexander zog einen Trenchcoat über den leicht speckigen Anzug. Ich wunderte mich, dass Jakob mitkam. Vielleicht sollte er an Beerdigungen gewöhnt werden.

Um neun Uhr hielt ein Taxi vor dem Tor. Alexander ging uns voraus. In kurzen Abständen tauchte die Sonne auf und wurde sofort wieder von einer Wolke verhüllt. »Dieses Wetter macht mich wahnsinnig«, sagte Luna, zu niemand Bestimmtem, und alle fühlten sich angesprochen, außer Vanessa, die an ihrem zu engen Kleid herumnestelte.

Die Beerdigung verlief ohne besondere Vorkommnisse. Außer uns war eine Reihe Familienangehöriger von Helmut gekommen, und meine Tante, deren Gesicht von einem Hut mit Tüll verhüllt wurde. Wir standen im Halbkreis um das Grab herum und blickten hinunter, und Jakob lehnte sich an seine Mutter. Der Pfarrer sagte ein paar Worte und schloss mit dem üblichen »Asche zu Asche und Staub zu Staub«, und dann warf jeder einen Klumpen schwerer Erde auf den Sarg. Auf Wunsch von Liliane wurde ein kleiner Rekorder angestellt, der uns mit Sibelius beschallte. Luna weinte.

Ich erinnerte mich an einen Juniabend vor sechs Jahren. Luna hatte in meiner kleinen Studentenwohnung gesessen, sie rauchte und schnippte ihre Asche in eine Untertasse auf dem Küchentisch. Sie blätterte in meiner Sammlung kurioser Zeitungsausschnitte, die ich in diesem Jahr begonnen hatte. Mit dem Zeigefinger tippte sie auf einen der Artikel und legte den Kopf schief. Auf dem Nagel ihres gekrümmten Fingers trocknete der Lack. Wie immer hatte die Farbe am Ansatz eine kleine Wulst gebildet. Das störte Luna nicht. Nur sehr leicht, so, dass es gerade nicht schläfrig wirkte, senkte Luna die Lider, und man musste sich fragen, ob sie schon damals um die Wirkung jeder ihrer Bewegungen wissen konnte.

Ich sah mir den Zeitungsausschnitt an, auf den sie zeigte. Es ging darin um einen bemerkenswerten Todesfall. Ein Mann hatte seine Frau im Ehebett erstickt, mitten im Schlaf. Er behauptete, er sei Schlafwandler, und leugnete steif und fest, einen Mord begangen zu haben. »Ich habe nichts gemerkt«, wurde er zitiert, »ich habe fest geschlafen, dann lag sie tot neben mir.« »Schwachsinn«, sagte Luna. Sie lachte traurig und legte einen Finger an ihre Lippen, wie um mir zu bedeuten, still zu sein. »Getötet wird immer bewusst.«

*

Es gibt Gasthäuser, die nur für letzte, schweigsame Geburtstage und Beerdigungen gemacht zu sein scheinen. Die schweren Eichenmöbel, dunkle Täfelungen und hölzerne Masken, die nach Waldkobolden aussahen, ließen die Gaststube kleiner und finsterer wirken, als sie ohnehin war. Ein großer Tisch war für uns reserviert worden, in einem Raum, der abgetrennt durch Schwingtüren weiter hinten im Gebäude lag. Vorn saßen an runden Tischen nur wenige verlorene Alte, die uns aus störrischen Augen musterten.

Liliane ging voraus, Mutter und Vater des Toten zu beiden Seiten. Es folgte ein Paar, das ich nicht kannte, dahinter Alexander und Jakob, Vanessa danach, und schließlich Luna, die ihre

Tasche fest in den Händen hielt und an ihre Brust presste. Ich schloss den Zug der Trauernden, eine Kellnerin ging neben mir. Da sie Luna mit ihren verweinten Augen für die Witwe hielt, murmelte sie ein diskretes »herzliches Beileid« in ihre Richtung und verschwand, um die Küchenjungen anzuweisen.

Das Hinterzimmer, in dem wir an einem einzigen großen Tisch Platz nahmen, war ebenso schwermütig wie die Stube, düsterer noch, weil er nur ein einziges Fenster besaß. Liliane setzte ihren Hut ab und drückte den strengen Dutt gerade, bevor sie eine magere Ansprache hielt, während der sie mich hin und wieder aus den Augenwinkeln musterte. Auf den Tischen standen kleine Gestecke mit falschen Hagebutten, und die Kellnerin zündete die Teekerzen an, dann wurde eine Vorsuppe aufgetragen. Wir aßen schweigend. Luna hatte sich neben Vanessa gesetzt und beobachtete sie während des Essens. Helmuts Eltern unterhielten sich gedämpft mit Liliane. Später wurde ebenso leise das Hauptgericht aufgetischt: Stinte mit Bratkartoffeln und Salat. Jakob schob den Kopf unter Alexanders Achselhöhle. Luna warf mir ein rätselhaftes Lächeln über den Tisch zu. Vanessa tupfte mit der Serviette ihre Lippen ab.

»Warst du mit ihm verwandt?«, richtete sie sich plötzlich an mich.

Dabei drehte sie mir ihr pudermatt schimmerndes Gesicht frontal zu. Die Müdigkeit ihrer Haut ließ sich schlecht verbergen.

»Helmut? Die Witwe ist meine Tante.«

»Ach so.«

Ich steckte die Gabel in meinen gebackenen Fisch und fuhr fort zu essen. Luna, uns gegenüber, war aufmerksam geworden und lauerte auf den Moment, in dem Vanessa in ihre Richtung blicken würde, um sich mit vor Erregung zitternder Stimme an sie zu wenden:

»Und du? Ich habe nicht gewusst, dass du ihn kennst.«

»Doch. Er ist ein entfernter Onkel. Ich bin aber nicht nur deswegen da. Ich war eben in der Gegend.«

»Und wo geht es danach hin?«

Luna gelang es nicht, das Beben in ihrer Stimme zu verbergen, was Vanessa dazu veranlasste, ihr einen entweder befremdeten oder höhnischen Blick zuzuwerfen und eine unnötige Pause entstehen zu lassen.

»Paris. Die Arbeit ruft.« Dann mit einem ironischen Lächeln: »Und Monsieur Viktor.«

Lunas Oberkörper sank zurück in den Stuhl. Sie nahm die Serviette von ihrem Schoß, zerknüllte sie und legte sie neben den noch fast gefüllten Teller.

»Ach, Viktor«, sagte ich schnell. »Du hast noch Kontakt zu ihm.«

»Jaja«, sagte Vanessa und trank einen großen Schluck Wein, »wieder. Er gibt in Paris seine kleinen Abende. Ich bin nach dem Au-pair gleich in der Stadt geblieben. Bei einer Bank, in der Revision. Dann bin ich ihm über den Weg gelaufen. Er lässt sich in Paris schwer übersehen.«

Luna hörte mit aufgerissenen Augen zu. Sie hatte den Oberkörper nach vorn gebeugt, sodass ihre Kette den unberührten Klumpen Bratkartoffeln auf dem Teller vor ihr streifte. Vanessa schien es zu genießen, ihre Auskünfte hinauszuzögern. Ob sie Lunas Neugier bemerkt hatte, die Verkrampfung in den Fingern, die sie gegen den Tisch drückte, als handele es sich um eine weiche

Unterlage, als könne sie sie hineindrücken in nachgiebiges Material? »Eine wesenlose, wenig reizvolle Person«, hatte Luna Vanessa vor sechs Jahren genannt, »fantasielos, pragmatisch und ohne jede Moral«, und davon war sie, wie ich sie kannte, bis heute nicht abgerückt. Ihre Urteile waren rigoros und endgültig für die, denen Luna sich verweigerte, und selbst die, auf denen ihr nachgiebiger Blick für eine Weile ruhte, konnten jederzeit, bei der kleinsten Unaufmerksamkeit, ihre Gunst für immer verlieren.

In der Tat: Vanessa war schon damals unscheinbar gewesen. Ein ordinäres Mädchen, das sich ehrgeizig bei den richtigen Leuten unterstellte. In jenem Sommer vor sechs Jahren, als wir uns fremd zu werden oder zu finden suchten, indem wir uns verstellten, hatte sie die Cäcilie gegeben, auf unserer kleinen Bühne, zu der wir Abend für Abend pilgerten, als gäbe es Erlösung oder Erkenntnis zu verschenken. Es gab für uns nichts sonst, nichts außer diesem Spiel. Überall wurde Theater gespielt, eine Welle von Neugründungen durchzuckte die Stadt, und die Off-Theater mit ihren selbst bemalten Plakaten schossen aus dem Boden wie hübsch anzusehendes Unkraut. Zu dieser Besetzung war es freilich nur gekommen, weil ein Mangel an herausragenden Darstellerinnen herrschte. Vanessa hatte weder Talent noch wirkliche Lust, eher die profitorientierte Neugier einer Karrieristin, die auf dem Weg zum Erfolg Erfahrungen und nützliche Kontakte sammelt. Natürlich hatte es »Stella« sein müssen. Dass das Stück niemals zur Aufführung gekommen war, war Lunas unerwartetem Verschwinden geschuldet. Ohne die Stella war es vorbei. Unser Regisseur hatte das Projekt beendet und uns mit den Worten verabschiedet: »Wenn das wirkliche Leben anklopft, fällt das Theater manchmal zusammen.« Bis heute hielt ich seine

Bemerkung zwar für völlig sinnlos, aber ergreifend. Bei der Erinnerung daran erfüllte mich dieselbe resignierte Ehrfurcht vor den großen Veränderungen des Lebens, dem Unwägbaren und denen, die für jenes Unwägbare anfällig waren, für den Sturm, der sie erfasste, um sie in ein anderes Großes zu tragen, ich empfand dieselbe angstvolle Verehrung für jene Lunas, die darum selbst unwägbar wurden, erfasst und davongetragen, sodass sie überall, wo sie verschwanden, Lücken hinterließen, hässliche Krater, die, selbst wenn sie einmal von Regen gefüllt wären, immer die Gesichter der Verlorenen reflektierten, wie Monde.

★

Lunas hilfesuchender Blick streifte meinen und zog ihn zurück, herauf aus der moorigen Ferne, die sofort verschwamm und zusammenschmolz.

Neben Vanessa, die wieder ganz mit dem Essen beschäftigt war und die Kartoffeln mit der Gabel zerdrückte, wirkte Lunas Blässe anklagend. Gerade als ich zu sprechen anhob, um auf ein ungefährlicheres Thema zu kommen, trug die Kellnerin ein Tablett an den Tisch und verteilte klingelnd Dessertschalen mit Roter Grütze und Mousse au chocolat. Die gelöste Heiterkeit, vom guten Essen und der abklingenden Aufregung der Beerdigung ausgelöst, schwebte über den Köpfen, bis Lilianes Schluchzen plötzlich die einander zugebeugten Gesichter in der Mitte teilte.

Sie war dabei, sich mit Helmuts Eltern und dem unbekannten Paar zu unterhalten, wobei das Schwarz ihrer Kleidung ihr gleichmäßiges Weinen noch verstärkte, denn jedes Mal, wenn sie an sich herabblickte, schwoll ihr Wimmern zu einem markerschütternden Schluchzen an. Ich sah, wie sie zum Erzählen ansetzte, und war enttäuscht darüber, dass es wieder die alte Geschichte war, die ich bereits aus der Zeit meiner Besuche bei ihr und Helmut kannte.

»Es war einmal, als ich heimkam, ich weiß noch, dass ich den ganzen Tag gearbeitet hatte. Das Stück war fast fertig, und die Generalprobe sollte in einer Woche sein. Ich weiß gar nicht mehr, welches Stück das war … Jedenfalls stand die ganze Gruppe unter Druck, und ich musste mein Bestes tun, um ihnen Mut zu machen. Der Regisseur war mit dem Himmel nicht einverstanden, er wollte ihn unrealistischer, plakativer. Ich hatte wenig Zeit, ihm etwas Neues vorzuschlagen, darum war ich oft bis spät am Abend im Theater und machte Skizzen. An dem Abend kam ich heim und war ganz außer mir und wollte Helmut erzählen, was alles los gewesen war. Das war immer so, dass wir uns abends zusammensetzten und uns erzählten, was passiert war. Das heißt, er hat nie so viel erzählt. Eigentlich habe ich mehr erzählt. Helmut hat zugehört …« Hier entstand eine kleine Pause. Ich weiß nicht, ob Liliane tatsächlich erst jetzt entdeckte, dass es ein Ungleichgewicht in ihren Gesprächen gegeben hatte, oder ob es sich bloß um einen Moment wehmütiger Erinnerung handelte, jedenfalls war es während der Pause auf grauenhafte Weise still geworden (etwa auf die Art, wie es still ist, wenn im Zirkus eine pummelige Seiltänzerin ins Schwanken gerät.) »Also rief ich nach Helmut, Helmut!, rief ich, aber es rührte sich nichts. Da bemerkte ich das Licht an den Wänden und fand im Flur eine Spur schon fast heruntergebrannter Teekerzen, die durch alle Zimmer lief. Ich folgte also immer der Spur, und sie führte bis ins Schlafzimmer. Da lag Helmut auf dem frisch bezogenen Bett. Er hatte seine schönste Unterwäsche angezogen. Ich war zu spät, er war eingeschlafen über dem Warten. Ich habe ihn nicht geweckt.« Einer nach dem anderen senkten wir die Köpfe. Alexander strich Jakob übers Haar, mechanisch und sanft. »Am nächsten Morgen habe ich ihm gesagt, dass das mit den Kerzen auch in einem sehr bekannten Film vorkommt. Ich habe das nur so gesagt, ohne Absicht, aber Helmut war ganz niedergeschlagen. ›Das habe ich nicht gewusst‹, hat er gesagt. So ist er gewesen.«

Es war Jakob, der die Gespanntheit der Trauerschar mit der plötzlichen, ungehaltenen Freude eines Kindes zerriss. Strahlend hielt er seiner Mutter einen Strauß Unkraut vors Gesicht, den er vor dem Gasthaus gepflückt hatte. Lunas Blick, ihr mütterlicher Kuss riss uns aus unserer Andacht und brachte die Augen der Frauen zum Leuchten, die Jakob dankbar über den großen Kopf strichen, so wie sie gern über fremde Bäuche strichen, die so weit in die Welt hinausragten, dass sie der Allgemeinheit gehören mussten.

Unsere Unterhaltung indessen war abgerissen, und wir waren so weit davon entfernt, dass es sich nicht lohnte, den Gesprächsfaden wieder aufzunehmen. Lunas entleerter Blick streifte hin und wieder die Tischplatte, als sei da das lose Ende unserer Konversation zu finden, und man müsse es nur geschickt mit einem neuerlichen Anfang verknüpfen. Allgemeine Mutlosigkeit erfasste unsere Gesichter, und wir wechselten ein träges Lächeln.

Satt und auf eine vorläufige und komische Art harmonisch verließen wir das Gasthaus, hintereinander, in beinahe der gleichen Reihenfolge, wie wir es zuvor betreten hatten. Liliane hob ihr Gesicht zum Himmel, der über unserem Essen ein tiefes

Blau angenommen hatte. Schamlos brannte die Sonne auf uns herab. Die Kleider der Frauen raschelten jugendlich, Luna und Vanessa nutzten ihre Schirme als Stöcke: der geschäftige, harte Schritt Vanessas gegen Lunas leichtfüßiges Schlendern. Jakob hing an der Hand seines Vaters, als sei er selbst zu schwach zum Gehen. Der erregende Duft der Sträucher, der schon jetzt den späteren Geruch der Fäulnis in sich barg, wehte uns mit dem Blütenstaub in die Gesichter, und es bereitete mir eine heimliche Freude, mir vorzustellen, dass man, wenn man in diesen Tagen ununterbrochen im Freien bliebe, irgendwann unter einer klebrigen Schicht verschwinden würde. Es musste Lunas düstere Laune sein, die mich auf solche Ideen brachte.

Alexander ließ sich mit Jakob ein Stück zurückfallen, bis er auf gleicher Höhe mit Liliane war. Ich hörte ihn eine Weile mit ihr sprechen, mit eindringlicher, beschwörender Stimme, dann sagte er etwas lauter, sodass alle es vernehmen mussten: »Ich habe auch eine Geschichte beizutragen.« Er begann, vom Ruderclub zu erzählen. Wenn ich ihn recht verstand, ging es im Grunde nur darum, Helmut als einen Naturfreund und guten Menschen zu inszenieren. Helmut sollte eine Ente aus dem Schilf befreit haben, die sich wohl in Schlingpflanzen oder einer Angelschnur verheddert hatte. Die Geschichte sagte nichts aus: Mitleid mit der Kreatur hatte meiner Auffassung nach jeder gesunde Mensch.

Luna verzog das Gesicht. Ich kannte diesen Ausdruck: Luna war in einem Zustand, in dem sich ihr Inneres noch nicht entschieden hatte, in welche Emotion sie als Nächstes verfallen sollte. Ihre Haltung verriet Vorbereitung auf einen Ausbruch, welcher Art auch immer. Als sich ihr Mund öffnete, weit, als wolle sie etwas zerbeißen oder verschlingen, war es, als öffne er sich von allein, weil etwas von innen herausdrängte, das sich nicht zurückhalten ließ.

*

»Wie oft willst du diese ollen Kamellen eigentlich noch erzählen?«, sagte sie und tänzelte spielerisch ein paar Schritte, »ich bin sicher, niemand kann mit solchen Dingen etwas anfangen.« Dann wandte sie sich an mich und fragte mit gehobener Stimme: »Oder, Marion? Dir hat diese kindische Geschichte doch auch nicht gefallen.«

Es war unfair von Luna, mich einfach mit einzubeziehen, das stand außer Frage. Sie musste wissen, dass ich mich nicht auf ihre Seite schlagen konnte, ebenso wenig, wie ich gewillt war, Alexander vor ihrer herausfordernden Kampflust zu schützen, obwohl ich ahnte, dass Lunas Kräfte, die aus einem scheinbar maßlosen Ekel erwuchsen, ausreichen würden, ein Feuerwerk an Demütigungen gegen ihn zu entfachen. Sobald Luna sich entschieden hatte, die Welle destruktiver Zerstörungswut, die sie erfasste, zuzulassen, über den müden Gleichmut der anderen hinaus, allein um der Intensität willen, führte der Weg zum Frieden nur noch über die Erschöpfung, und es gab kaum eine Möglichkeit, die drohende Eskalation zu verhindern: Das Spiel musste zu Ende gespielt werden, mit oder ohne Zuschauer.

Dies war der große Zwiespalt in Lunas ausuferndem Wesen, vielleicht der steilste aller Abgründe: der Kampf zwischen ihrer eleganten, weltgewandten Geformtheit auf der einen und der ungezähmten, weltuntauglichen Wildheit auf der anderen Seite. So, wie andere Menschen tierische Esskulturen, eine tierische Art der Rudelbildung zur gemeinsamen Ekstase oder eine tierische Sexualität pflegten, war es Lunas animalische Wut gegen sich selbst und andere, die sie jeder Vernunft beraubte. Die Umwelt stimulierte sie dabei nicht, nie war ihr Wettern ein Schauspiel, nie künstlich und zum Zweck eines theatralischen Mehrwerts übertrieben, vielmehr war es so, als ob im Moment ihrer wahren Empfindung und deren radikaler Umsetzung in Handlung sich die Erde auftat, um alles um sie herum rasch und vollständig zu verschlucken, sodass nichts übrig blieb als hygienische Leere und Lunas wilde Verzweiflung.

»Ist doch wahr. Oder hast du vielleicht noch mehr Sandkastengeschichten? Erzähl doch am besten eine von dir selbst, wie der große Mann alles so wunderbar auf die Reihe bekommen hat: Auto, Haus, Frau, Kind, Karriere! Eine richtige Erfolgsgeschichte!«

Ein unheimlicher Blitz zuckte von Stirn zu Kinn über ihr Gesicht, ließ es aufleuchten und erröten. Ihr Unterkiefer trat hervor, so heftig biss sie die Zähne aufeinander, als sie, die Blätter der Büsche im Vorbeigehen kindlich streifend, gleich einer bösen Fee ihre kleinen, zornigen Schritte beschleunigte. Alexander hatte sich bisher nichts anmerken lassen. Ruhig ging er neben Jakob her, der seine Hand noch immer fest umschlossen hielt. Im Rest der Trauergemeinde indes war eine leichte Beunruhigung zu spüren. Zwar konnte sich niemand entschließen einzuschreiten, doch verstummten zumindest sämtliche Gespräche.

»Oder wie wäre es mit der Geschichte von Alexander, dem tapferen Recken, der eine kleine, hilflose Frau aus dem Grauen der Pubertät befreit? Der sie todesmutig ihrem schrecklichen, armseligen Leben und ihren unzulänglichen Geliebten entreißt und ihr alles bietet, was ein Mädchen braucht, um eine Frau von

Klasse zu werden? Das wäre sicherlich romantisch. Die Leute mögen romantische Geschichten. Dann kannst du auch gleich noch die anbringen, wie die kleine, hilflose Frau und der tapfere Recke sich besaufen und nach Hause kommen, und wie die Frau schlafen will und der Kerl nicht, und so weiter, ist ja ein Klassiker. Der Kerl wusste jedenfalls genau, was er wollte, nicht nur *das Eine* nämlich, denn es geht ja auch noch weiter! Mit einem Bauch, der plötzlich anschwillt! Das ist doch alles sehr hübsch. Willst du es nicht erzählen? Komm schon. Tu nicht so, als würdest du mich nicht hören, du vernünftiger, erwachsener Mann! Oder bin ich dir etwa zu vorlaut? Findest du mich vielleicht geschmacklos? Schämst du dich für mich? Oh, das tut mir unendlich leid. Verzeih mir, Liebling. Du weißt, ich kann einfach nichts dagegen tun, es ist so, manchmal überkommt es mich eben. Aber das ist auch nicht schlimm, nicht wahr? Es kann ja nicht jeder ein so wunderbar vernünftiger Mensch sein wie du! Es kann ja nicht jeder den Überblick haben! Ist doch auch ganz abwechslungsreich, so eine kleine verrückte Frau, da hat man immer Überraschungen! Oh nein, langweilig wird einem da nie! Man darf sie nur nicht zu ernst nehmen! So ein Ausbruch geht vorüber, das ist nur eine Frage der Zeit. Eins-zwei-drei, vorbei. Das ist ganz wunderbar. Dann darf mein Liebling immer zeigen, wie viel Zärtlichkeit er für mich hat! Wie gern er mir verzeiht! Und er ist überhaupt nicht nachtragend, nein, denn er sieht über alles hinweg, er hat eine wirklich große, tolle Liebe, die ganz sicher ist und geübt! Und weil nichts auf dem Spiel steht, ist so ein bisschen Theater auch nicht schlimm. Das kann man sich dann schon mal leisten. Man hat ja dafür auch jemand ganz Besonderen. Das wolltest du doch, oder, mein Liebster?«

Luna holte energisch Luft. Ihr schwarzes Kleid umschwirrte sie wie ein Gefolge schweigsamer Krähen. Sie wirbelte herum, bis sie neben Alexander stand, um ihn mit vor Spott glühenden Wangen zu mustern. Sie warf den Kopf zurück, eine Parodie auf die weiblichste aller Gesten, und fuhr mit zuckriger Stimme fort:

»Oh, verzeih mir, ich wollte dich nicht verletzten. Bin ich dir zu nahe getreten? Weinst du etwa? Mein armer Schatz wird doch wohl nicht weinen wollen? So vor allen Leuten? Ach nein, ich habe mich getäuscht – er ist ja noch ganz ruhig. Fein macht er das, wie er da ganz unbeeindruckt einherschreitet. Ein richtiger Mann ist das. Ein Bild von einem Mann! Wie er im Buche steht! Mein Mann! Mein Herz, mein guter Mensch! Mein guter Mensch!«

Wie von einer Seifenblase, die auf dem Weg in den Himmel zerplatzt, blieb, als das letzte Wort gesprochen war, nichts von dieser Orgie des Abscheus als eine wässrige Lauge, farblos und glitschig, die jeden Blick, jedes Gespräch, das folgen sollte, verklebte. Die Trauernden hatte eine Ratlosigkeit erfasst, die tiefer war als jede Bestürzung, jedes Mitleid, jede Verzweiflung. Niemand achtete mehr auf die gespenstische Schönheit der Abendsonne, die ich bemerkte, als ich zur Seite blickte, den Eifer, mit dem sie die Blätter der Büsche, die Fassaden der Häuser, die Ziegel der Dächer in Gold verwandelte. Als die Gemeinde endlich an einem Taxistand Halt machte und sich entschloss, auseinanderzugehen, blieb es bei einem gemurmelten »Auf Wiedersehen« und einem verhaltenen Händeschütteln. Luna stand ein Stück abseits, erschöpft und betreten wie ein Sportler, der trotz aller Anstrengung nur als Vierter ins Ziel eingelaufen ist und dies erst jetzt, im Moment, da er den Blick zum ersten Mal seit dem Startpfiff wieder hebt und gegen die Sonne blinzelt, registriert. Auch ich machte also meine Runde, und ein wenig bedauerte ich es, mich zu wenig um die Witwe gekümmert zu haben. Als die Reihe an Alexander war, legte er den Kopf schief, wie um eine Entschuldigung anzudeuten, nichts als verlegen war sein Handschlag, und auch Jakob verteidigte sich mit einem leeren Lächeln. Die Eltern des Toten entfernten sich diskret mit dem ersten Wagen, das unbekannte Ehepaar tat es ihnen gleich. Vanessa nestelte schon wieder an ihrem Kleid herum. Nun waren also wir es, die blieben, die ungleiche Gruppe vom Frühstück, und Liliane mit verstörtem Gesicht. Eine Weile hingen wir noch lose aneinander, bis auch meine Tante sich daran machte, uns reihum die Hand zu geben. Sie löste den Tüll von ihrem Hut, sodass er ihr fahles Gesicht wieder verhüllte, und im Moment, da sie ihn über ihre Augen gleiten ließ, hörte ich eine Eule in der Ferne rufen. Liliane reichte Alexander und Vanessa ihre schlaffe Hand, die niemand zu stark zu drücken sich traute, und schließlich war sie bei mir angelangt, und wir verabschiedeten uns mit dem gleichen schamhaften Schuldbewusstsein, mit dem sich Menschen auf der Straße begrüßen und wieder ziehen lassen, die nicht sicher sind, woher sie einander kennen.

★

Es war nun einmal so gekommen, dass wir im selben Flugzeug saßen, in der Abendmaschine nach Paris, und da es bis auf ein paar Geschäftsleute leer geblieben war, saßen wir alle in den vorderen Reihen. Luna hatte einen Grad von Festigkeit wiedererlangt, der ihr zumindest erlaubte, mit einem Gesicht, das zwischen Genugtuung und scheuem Frohsinn wechselte, Sekt zu trinken: Sie war mit der Welt versöhnt. Ich hatte mich noch nicht entschieden, wie ich mich nach den Vorfällen des Tages ihr gegenüber verhalten sollte. Zweifelsohne war Alexander der Leidtragende gewesen, und ihm gehörte meine Sympathie, doch obwohl mich meine Neugier verärgerte, wollte ich doch herausfinden, was es mit Lunas wüsten Vorwürfen auf sich hatte. Sie schien sich vor der Unbewegtheit ihres Lebens zu ekeln, vor der Vorhersehbarkeit, der Alltäglichkeit überhaupt, und sie schien allein ihn für diese behütete Routine verantwortlich zu machen. Aber konnte an den angedeuteten Vorwürfen um die Schwangerschaft etwas dran sein? War es tatsächlich möglich, dass Alexander sie, um sich ihrer sicher sein zu können, sie zu halten und sich anzueignen, gegen ihren Willen geschwängert hatte? Und gab es für Luna ein Indiz für ihr grundlegendes Misstrauen? Wusste sie etwas, das niemand außer ihr je erfahren hatte? Vielleicht etwas, das mit ihrem plötzlichen Zusammenkommen zu tun hatte, der überstürzten Heirat, ihrem hastigen und vollständigen Verschwinden?

An ihren Weltekel erinnerte ich mich noch gut, die mit Widerwillen gemischte Scheu, mit der sie dem Leben begegnete. Vor sechs Jahren, nach einem ähnlichen Ausbruch, hatte sie neben mir gesessen, in einem Park. Die feuchte Wärme des Abends umfing uns, und in den Bäumen schrien die Vogeljungen. Luna saß leicht vornübergebeugt, das Haar fiel ihr ins Gesicht, und sie kaute an einem gelben Halm herum, den sie wohl schon seit dem Nachmittag mit sich herumtrug. Mitten in eine Stille hinein, die ganz der Stimmung dieses Abends entsprach, sagte sie ein paar wenige Sätze, wie ein aufrichtiges Mantra, zu schön, um unüberlegt zu sein. »Ich bin nicht gemacht für Harmonie«, sagte sie, »für Liebe, die erschöpft, die einschläfert.« Sie sah mir direkt ins Gesicht. »Aber einmal eine Liebe leben, die so strahlt, dass alle an diesem Strahlen teilhaben wollen, dass alle sich daran laben, sich unwillkürlich in die Nähe dieser Liebe begeben müssen …!« Und dann, weil ich still blieb und Luna unverwandt anschauen musste: »Hast du schon mal so einen Himmel aufreißen sehen? Der Moment, in dem die Wolken die Sonne freigeben, die alles Grau scharf in Licht und Schatten teilt? Dann halte ich die Welt für sinnvoll. Nein – für gut.«

Es war die gleiche Andacht, mit der Luna in diesem Augenblick aus dem Flugzeugfenster sah und beobachtete, wie wir ein Laken aus Weiß in der Mitte zerschnitten, sauber und geschickt, um danach in ein Blau zu tauchen, das umso blauer erschien. Sie musste gespürt haben, dass ich sie beobachtete, denn sie drehte sich mit einer schnellen Bewegung zu mir um und lächelte mich so offensiv an, dass es meinen Versuch, mich auf Alexanders Seite zu schlagen und Luna diesen Auftritt nachhaltig zu verübeln, ernsthaft erschütterte. Es verstimmte mich, dass es ihr so leicht gelingen sollte, mich zurückzuerobern, doch sooft ich mir auch konkrete Erinnerungen an ihre Szene ins Gedächtnis rief – es wollte sich kein ungetrübter, eindeutiger Zorn einstellen.

Plötzlich ergriff Luna meinen Oberarm, sie beugte sich so nah an mein Gesicht, dass sich der feine, gerade Strich ihrer Brauen in einen Wald blonder Härchen verwandelte, dann flüsterte sie: »Meinst du, es wird möglich sein, dass du dich mit Vanessa anfreundest?« Verzögert durch Lunas Blick, der ehrliches Hoffen und vielleicht eine verzweifelte Form von Vertrauen verriet, wuchs meine Verstimmung sich zu Empörung aus. Wie konnte sie sich erlauben, mich auf eine derart niederträchtige Weise instrumentalisieren zu wollen? Glaubte sie tatsächlich, ihre zur Schau gestellte Hilflosigkeit würde genügen, mich zu manipulieren? Oder war es die alte Freundschaft zweier ungleicher Mädchen, auf die sie baute? Mühsam zog ich meinen Blick von ihr ab.

Nun, im Grunde hatte es niemals eine Illusion gegeben: Schon vor sechs Jahren hatte ich zunächst geahnt und später deutlich gespürt, dass es meine Normalität war, die Luna imponierte. Irgendetwas an meiner Gewöhnlichkeit schien sie zu brauchen. Vielleicht aber, überlegte ich in diesem Augenblick, gehörte ich nur zu jenen Menschen, auf die Lunas Zauber angelegt war, auf die er wirkte. Vanessas Immunität hingegen hatte Luna schon damals dazu bewogen, sie nicht weiter zu beachten, und Alexander, so schien es zumindest, war über die Jahre ihres Zusammenlebens, beschleunigt durch ihre sich häufenden Ausbrüche von Wut und Verachtung, in eine kalte Gleichgültigkeit getaucht.

Ich wiederholte den Entschluss, den ich gefasst hatte, innerlich etwa ein Dutzend Mal, bis sich endlich eine Form von Beruhigung einstellen wollte. Natürlich war es richtig so: Ich würde Luna aus dem Weg gehen. Ich würde ihr bei ihren Versuchen, mich zu gebrauchen und für ihre Interessen einzuspannen, nicht entgegenkommen. Ich sah nach draußen: Es war nicht der Himmel, der von Lunas Profil unterbrochen wurde, es war Lunas Profil, das vom Himmel unterlegt war. Eine Wolke zierte sein makelloses Blau, sie verschwand hinter der Tragfläche. Eigentlich war alles klar: Ich hatte keine Lust und keine Zeit, bei ihren Spielen mitzuwirken. Mir blieben zwei Wochen zur Übersetzung des Hörspiels. Mit Cocteau war ich auch noch nicht zurande gekommen. Es bestand keine Notwendigkeit, mich mit Luna zu treffen und Unterredungen zu führen. Paris erschloss sich mir auch allein. Es gab ohnehin eine Menge Dinge, die zu entdecken ich mir vorgenommen hatte.

Draußen drückte sich der Wolkenteig gegen die Scheiben, als wolle er zu uns herein. Konnte man in Wolken verschwinden? Ich ließ mir einen Kaffee bringen, um nicht einzuschlafen.

»Ich finde, wir könnten uns doch alle einmal wieder sehen«, sagte Luna mit einem feierlichen Lächeln, und in diesem Fall schien das Wort »alle«, begleitet von einem ausladenden Rundumblick, mehr zu meinen als uns drei. Wir standen in der Tür des noch geöffneten Busses, der uns über das riesige Flughafengelände bringen sollte, und die Hitze, die uns empfing, war feucht und schwer und drängte in Kopf und Knochen.

»Ach«, sagte Vanessa und schickte einen steilen Blick in die Luft. »Ich glaube nicht, dass *irgendjemand* von früher dich wiedersehen will. Nach allem.«

Das blöde Zucken und Gurren der Tauben zu unseren Füßen wirkte, als wollten sie Vanessa beipflichten. Erneut fühlte ich mich genötigt, innerlich Stellung zu beziehen, aber die Schwüle ermüdete meine ohnehin langsam gewordenen Gedanken. Binnen weniger Minuten würde ich so schwitzen, dass die Bluse, die ich trug, sich über dem Steiß und im Nacken dunkel färben würde.

Die Terminals des Flughafens ragten vor uns in den Himmel wie düstere Raumstationen, Pilze aus Beton, ohne System verstreut. Wir fuhren schweigend. Neben uns redete eine Gruppe deutscher Geschäftsleute über Prämien. Die unbestimmte Gier in ihren Blicken streifte auch Luna, was mich wütend machte. Vor dem Terminal stiegen wir aus und liefen hinein, auf elend langen Laufbändern durch indirekt beleuchtete Tunnel und Schläuche. Ein jäher Aufbruch schien mir die einzige Möglichkeit, einer Auseinandersetzung aus dem Weg zu gehen.

»Wie fahrt ihr?«, fragte ich. »Ich nehme die Bahn, ich muss hinunter nach Montparnasse.«

»Ich warte auf den Bus«, sagte Vanessa, »damit bin ich schneller.«

Es funktionierte. Vanessa verabschiedete sich rasch und verschwand, ich blieb allein mit Luna zurück. Der Gedanke, in einer Stunde in meiner Wohnung zu stehen und alles so vorzufinden, wie ich es zurückgelassen hatte, erleichterte mich zutiefst. Die Sonne färbte sich in ein saftiges Rot, als wir mit dem Flughafenbus zum RER fuhren, umflirrt von der obszönen Hysterie der Urlauber. Einmal lächelte Luna vage. In der tropischen Schwüle der Halle, unter Vogelgezwitscher vom Band, reihten wir uns in die Schlange vor den zwei geöffneten Schaltern ein. Gleichmäßig senkte sich das purpurne Abendlicht über die Banlieues mit ihren klotzigen Kastenhäusern und den unzähligen Satellitenschüsseln, und während der Fahrt war Luna nicht mehr als ein Schatten.

*

In der Schwüle der nächsten Tage arbeitete ich wie im Fieber. Der Dämmerzustand, in den ich gegen Mittag verfiel, hatte etwas Hypnotisches, so wie die ganze Stadt in einem dumpfen Schwebezustand verharrte, der dem Traum sehr nahe war. Nach wenigen Stunden konzentrierter Arbeit überfiel mich regelmäßig eine unheimliche Erschöpfung, und ich verschlief ganze Nachmittage, verfolgt von meinem wachsenden schlechten Gewissen darüber, Zeit ungenutzt verstreichen zu lassen. Ich konnte es schwer ertragen, physisch nicht belastbar zu sein, und meine stundenlange geistige Abwesenheit erfüllte mich mit Zorn und Verzweiflung. Tag für Tag sanken die Wolken tiefer, und in meinen Tagträumen drückten sie die Dächer ein und stießen die Häuser in den weichen Boden, bis nichts mehr von ihnen übrig war. Die Luft war schwer von Feuchtigkeit und üblen Gerüchen, sie stand still zwischen den Bäumen und Häusern, und selbst die Cabriobesitzer fuhren mit geschlossenem Dach und der scharfen Kühle der Klimaanlage.

Es war erst Mai, aber schon war alles voller Insekten, die in ihrer Trunkenheit akrobatische Choreographien in den schwitzenden, vor fetten Blüten berstenden Parks vollführten. Mir kam es vor, als sirre die Hitze in meinen Knochen, und jeder Schritt, den ich tat, war ein Stolpern. Meine Vermieterin, die sich um mich sorgte (»Sie arbeiten so hart, Mademoiselle«), brachte mir frische Zitronen vom Markt neben der Cimetière Montparnasse mit, und hin und wieder eine Schale hellroter Erdbeeren. Nach der Arbeit saß ich auf dem Balkon und las Zeitschriften (ich hatte mir am Bahnhof ein paar deutsche Theater- und Literaturzeitschriften gekauft, um nicht den Anschluss zu verlieren), am Nachmittag, wenn es kühler wurde, ging ich auf dem Boulevard du Montparnasse oder auf dem Friedhof spazieren, besuchte hin und wieder ein Museum (das Musée de la Vie Romantique, wo ich mir im Schmuckgeschäft nebenan einen Ring kaufte) oder streifte durch das jüdische Viertel, um am Abend schließlich im »Parnasse« zu essen oder mir auf einem Markt frische Zutaten zu kaufen, um selbst zu kochen. Ich schlief bei offenem Fenster und nur mit einem Laken bedeckt, doch wenn ich in der Früh vom Geschrei der Rauchschwalben aufwachte, war ich nass am ganzen Körper.

Als an einem dieser Vormittage, kurz nach zehn Uhr, das Telefon klingelte, überlegte ich, was ich Luna sagen sollte. Seit mehr als zwei Wochen war ich einem Treffen mit ihr aus dem Weg gegangen, und zu meiner Überraschung hatte das nicht dazu geführt, dass sie mich fallen ließ, sondern sich um mich bemühte, als läge ihr tatsächlich etwas an unserer Freundschaft. Ich war gespannt auf den Ton, mit dem sie das Gespräch eröffnen würde.

»Ja?«

»Marion? Bist du das?«

Richards stets sachliche Stimme – ich hatte sie beinahe vergessen.

»Ja.«

Sein Atem klang durch den Hörer, als würde der Ton der Stimme mit den Kilometern mehr und mehr ausgehöhlt, bis nichts von ihr bliebe als ein Schnarren. Sosehr ich auch versuchte, das Metallische aus seinem Atem wegzudenken: Er kam mir nicht vertraut vor. Ich nahm das Telefon mit auf den Balkon, schob die Zeitungen unter den rechten Klappstuhl, setzte mich auf den linken und ergänzte sinnlos:

»Ich bin's.«

»Tut mir leid, das Telefon. Ich habe dich nicht erkannt.«

»Das macht die Entfernung.«

Eine Pause entstand. Ich fühlte mich gezwungen, etwas zu sagen, dabei war Richard es, der angerufen hatte. Schon fing ich an, zu bereuen, den Hörer überhaupt abgenommen zu haben. Vielleicht ein Vorwand? Ich könnte guten Gewissens die Arbeit vorschieben. Cocteau wartete. Das Hörspiel.

»Ich rufe an, weil ich Peter in der Stadt getroffen habe. Er hat sich nach uns erkundigt.«

»Ach ja?«

Eine Rauchschwalbe hatte sich auf die Brüstung vor mir gehockt, sie betrachtete mich voller Misstrauen. War es derselbe Vogel, der vor Wochen begonnen hatte, ein Nest unter dem Dachvorsprung zu bauen?

»Ich habe ihm erklärt, dass wir nicht mehr zusammen sind.«

»So.«

Es musste der Vogel sein. Vielleicht brütete das Weibchen bereits. Das würde auch seinen Argwohn erklären. Wenn ich mich nicht täuschte, waren Vogelväter dafür verantwortlich, darauf zu achten, dass ihre Weibchen beim Brüten nicht gestört wurden. Ich stand auf, lief in die Küche und notierte auf einem leeren Zettel: »Informationen Rauchschwalben (?): Brutzeit, Brutverhalten u.ä.«

»Außerdem dachte ich, dass du vielleicht deine Vase vermissen würdest.«

»Welche Vase?«

»Die von deiner Mutter.«

»Ja, richtig.«

Mich ärgerte, dass Richard keinen weniger durchschaubaren Vorwand gefunden hatte, mich anzurufen. Hatte ich ihm nicht deutlich genug erklärt, dass ich einen weiteren Kontakt zu diesem Zeitpunkt für schädlich hielt? Offenbar glaubte er, ein sofortiger Übertritt in eine platonische Freundschaft sei einfach so möglich.

»Ich hole sie mir irgendwann später ab. Ich kann gut noch eine Weile auf sie verzichten.«

»Wie du meinst. Ich wollte es dir nur sagen. Nicht dass es dann heißt …«

»Schon gut.«

Dieser Anruf war wirklich ärgerlich: ein Humpeln von Satz zu Satz. Ebendiese erniedrigende Form von Verlegenheit hatte ich vermeiden wollen. Einmal (es schien mir unendlich lange her) hatte es Fluss in unseren Gesprächen gegeben, einen Rhythmus, ein Tempo. Wohin konnte das alles verschwunden sein? War es die Unsicherheit, die uns sprachlos machte? Und was waren wir jetzt noch füreinander? Doch nur derjenige, der einmal alles gewesen war. Nein. Alles waren wir niemals füreinander gewesen. Der Eine vielleicht, Die Eine. Die Einzige? Eine ermüdende Definitionsfrage. Es war nicht einmal sicher, ob wir uns je geliebt hatten, man konnte es hin und her drehen und es kam immer etwas anderes dabei heraus.

Wenn man den Begriff Liebe modern gebrauchte, hatten wir uns geliebt, unter Einfluss verschiedenster Kräfte wie Zufall, Jugend, Lernbereitschaft, Verzicht, Nachsicht und Beziehungsarbeit. Verstand man den Begriff Liebe allerdings absolut, als ein Gefühl, für das Wiederholbarkeit nicht in Frage kam, hatten wir uns niemals geliebt. Liebe im romantischen Kontext, ewig, stetig und den zufällig Auserwählten vorenthalten, erfahrbar nur in absoluter Auslieferung und an Unterwerfung grenzender Hingabe – vorausgesetzt, sie existierte – hatte es zwischen uns nicht gegeben, also war es wohl doch ein kleineres, ungefährlicheres Gefühl, das uns verbunden hatte. Aber wahrscheinlich war es völlig unsinnig, sich darüber Gedanken zu machen: Wenn wir zu diesem Zeitpunkt noch ein Paar wären, würde ich unser Gefühl füreinander ganz sicher Liebe nennen. Dass ich sie als Bezeichnung in Frage stellte, war allein dem Ende der Beziehung geschuldet. Wie wenig da auch immer war, das man Liebe genannt hatte, wenn es vorbeiging, wurde jeder zwangsläufig zum Romantiker und zweifelte, ob sie jemals existiert hatte, wenn sie sich einfach hatte verlaufen können. Luna würde zu solchen Überlegungen abschätzig den Kopf schütteln. Aber für eine Frau wie Luna war es auch nie ein ernst zu nehmender Lebenswert gewesen, durchzuhalten, stark zu sein, Mut zu haben, zu widerstehen.

»Ist noch etwas?«

»Soll ich dir die Post nachschicken?«

»Das wäre gut. Werbung natürlich nicht.«

»Natürlich.«

»Wenn du möchtest, kannst du Peter einen Gruß ausrichten.«

Ich drehte den Kopf zur Seite und blickte auf die Straße herunter. Ein paar Wagen krochen im Schritttempo vorbei, Wäschestücke und Blumen hingen schlaff von Balkonen. Der Mittag hatte seine schweren Schwingen über der Stadt ausgebreitet. Mein Blick glitt nach rechts und streifte den der Schwalbe: Wenn ich sie lange genug ansähe, würde sie sich abwenden?

»In der Arbeit läuft es gut«, sagte Richard.

Eingehüllt in Ratlosigkeit lief ich nach drinnen, presste eine Zitrone aus, goss Wasser dazu und stürzte alles in einem Zug herunter. Ich fragte mich, was Richard mit Sätzen wie diesen bezweckte. Wollte er die Illusion aufrechterhalten, mir Rechenschaft schuldig zu sein? Versuchte er, einen alternativen Weg zu finden, um sich weiterhin mit mir auszutauschen? Oder wollte er mir mitteilen, dass er sich noch immer als Teil einer Verbindung mit mir fühlte? Ich fühlte mich nicht weniger wirklich ohne Richard, meine Handlungen waren nicht weniger real, ohne dass er von ihnen wusste. Diese Art der Verschmelzung hatte es nie gegeben. Wir hatten sie beide nicht gewollt. Oder hatte sie sich nicht eingestellt?

»Marion? Bist du noch dran?«

Ich blinzelte in die Sonne. Der Vogel hatte sich auf den Stuhl neben mir gehockt – aus der Ferne musste das ein harmonisches Bild ergeben. Die Verwirrung, die mich erfüllte, begann mich wütend zu machen. Ich hatte nicht vorgehabt, mir derart sinnlose Gedanken um die Trennung zu machen, Gedanken, die aus einem Nirgendwo auftauchten, um in ein anderes Nirgendwo zu verschwinden, einem Streifen zwischen Bewusstem und Unbewusstem, dem Tümpel, in dem sie mit der Zeit vermoderten, bis ein Teil von ihnen in Träumen wieder auferstehen würde, sanft, bedrohlich und uneindeutig.

»Ich bin der Meinung, wir sollten das Gespräch beenden.«

Wie ungelenk jeder Satz wirkte! Richards noch immer hohler Atem rauschte gegen mein Ohr. Nur die Sonne auf meiner Stirn stimmte mich versöhnlich. Es war Zeit, Abendessen zu machen.

»In Ordnung. Bis später also.«

»Ja. Mach's gut.«

Richard legte auf. Ich hielt das Telefon noch eine Weile in der Hand, es war unter meinen Fingern warm geworden. Vielleicht, dachte ich, wüsste Luna etwas Gutes zu sagen. Gerade, weil ihr das alles, das Alltägliche, meine Welt, so fremd war. Luna verwirrten andere Dinge.

⋆

Später an diesem Tag übersetzte ich ein gutes Fünftel der Fernsehsendung über Jean Cocteau, nicht, weil der Termin drängte, eher, weil dies die beste Möglichkeit war, das ansonsten unvermeidliche Nachdenken über Richard, die Jahre unseres Zusammenlebens und die Umstände der Trennung, zu überspringen.

Cocteau hatte mich durch die »Parade« zu Picasso und Satie geführt, und so kam es, dass ich wieder damit begann, die »Gymnopédies« zu hören. Ich erinnerte mich daran, dass ich einmal sehr viel über Satie gewusst hatte – zu der Zeit Lunas und des Theaters –, und es beunruhigte mich, dass mir dieses Wissen lange nicht mehr bewusst geworden war. Nicht, dass ich alles vergessen hatte, nein, Sorgen bereitete mir vielmehr die Willkür, mit der mein Gedächtnis bestimmte Dinge behalten und andere fallengelassen hatte. Damals, vor sechs Jahren, hatte ich meiner Ohnmacht gegenüber dem Vergessen entgegenzuwirken versucht, indem ich einen Ordner mit dem schlichten Titel »Wissen« anlegte, in den ich mit Notizen gefüllte Blätter nach bestimmten Themen einheftete. In gewissen Abständen betete ich diese Notizen wie Formeln vor mich hin, und als ich viel später, als der Ordner längst in einem toten Winkel meines Zimmers lag, feststellen musste, dass ich einige wenige der Notizen noch haargenau wiedergeben konnte, andere mir jedoch völlig entfallen waren, stellte ich meinen Aufstand gegen das Vergessen vorübergehend ein. Natürlich hatte ich mich bis heute nicht damit abgefunden, und inzwischen war ein System verschiedener Notizbücher und Listen an die Stelle des Ordners getreten.

Mir war aufgefallen, dass mein Gedächtnis in erster Linie geografisch funktionierte: An Abläufe aller Art konnte ich mich leicht erinnern, Fakten entfielen mir weniger oft als Atmosphären, emotionale Zustände, Umstände, Wetterverhältnisse und Ähnliches. Wenn ich bestimmte Ereignisse aber, ähnlich wie in Alben, zu kleinen Ketten zusammenfügte, kausale Zusammenhänge feststellte oder erfand, und dies alles dann in einer runden Anekdotenform für mich zusammenfasste, erzählerisch, als wolle ich jemandem etwas in aller Geschlossenheit und Schlüssigkeit schildern, ging weniger verloren. So hatte ich begonnen, bestimmte Begebenheiten zunächst grafisch aufzuzeichnen, später zu einer Art Geschichte umzuformen. Dafür musste ich mich des Mittels der Reduktion bedienen, und meine Erinnerungen formten sich zu Gebirgen: Ich hob Dinge absichtlich hervor, andere vernachlässigte ich und nahm in Kauf, sie zu vergessen. So ließen sich bestimmte Ereignisse über Jahre hinweg so detailliert konservieren, dass keine neuerliche Erfahrung, keine Erkenntnis, die unter anderen Bedingungen dazu führen würde, dass ich Gegebenheiten unter einem anderen, unter Umständen reiferen oder distanzierteren Gesichtspunkt wiedergeben würde, sie verwüstete, was wiederum dazu führte, dass mir die Diskrepanz zwischen Werten und Wahrheiten bestimmter Lebensabschnitte auffiel. Ich kam also in Bedrängnis mit dem größten aller Begriffe, dem der Wahrheit, und an diesem Punkt gestand ich mir ein, kapitulieren zu müssen.

Einzig die Rolle des amüsierten Beobachters blieb mir noch übrig. Ich konnte nichts dagegen tun, dass Dinge, die mir einst verzaubert und groß erschienen waren, in der Kindheit zum Beispiel, wo jeder Ort der einzige war, wo jedes Tun das einzige war, es nie ein anderes gab, keine zeitlichen und räumlichen Dimensionen, keine Einordnung, auf eine lächerliche Größe zurückschrumpften. Ich nahm hin, dass Erinnerungen an bestimmte Orte überlagert und endlich abgelöst wurden von neueren Eindrucken späterer Besuche, ich beugte mich der Vermengung, die immer in Überschreibung und Ablösung mündete, weil dunkle, schemenhafte Erinnerungen letztlich immer neueren, schärferen Beobachtungen weichen und schließlich gänzlich verbleichen, um nur einen wüsten, undeutlichen Abglanz jenes ersten Gefühls der ersten Begegnung mit einem Ort, einem Menschen, einer Situation zurückzulassen, der einem Traum gleicht, den man mehr und mehr in Zweifel ziehen, belächeln oder überhöhen muss, um ihn nicht zu verlieren.

Meine neueste Erfindung also war ein Notizbuch, in dem ich ausschließlich bestimmte Überlegungen festhielt. Ziel dieses Unterfangens war, anhand des geistigen und psychischen Zustands einer bestimmten Phase im Nachhinein Begebenheiten und Erkenntnisse möglichst erlebnisnah nachvollziehen zu können. Ich schrieb also: »Überlegungen zum Begriff der Erinnerung«, und notierte mir einige Stichpunkte. Außerdem schrieb ich: »Zu bestimmten Tageszeiten häufiges Denken an Luna – Frage, was sie wohl täte – ungerechte Verweigerung – Angst vor Nähe?«

Was mich schon immer verunsichert hatte, war, dass Luna jedem meiner ersten Vorstöße in neue Gegenden von Überlegungen, Vermutungen und Erkenntnissen mühelos eine bereits fertige Haltung entgegensetzte, beiläufig, nachlässig und so vereinfacht, dass die Spuren komplexer Gedankengänge und ihrer Rückkehr ins Konkrete und beinahe Lapidare noch dahinter erkennbar waren, wie die Spitzen langer, dünner Schatten. Das war ihre Art, sich gegen die Geschwindigkeit ihres Denkens, seine dauernde Aktivität zu wehren: Sie setzte ihm mit formelhaften Erkenntnissen, die sie nur in absoluter Not fallenließ, etwas Statisches entgegen. Darum verachtete sie auch die Pragmatiker so sehr. Sie liebte ihre Wahrheiten wie Kinder, sie pflegte sie und konnte sich auf sie verlassen. »Zu Dingen wie der Liebe und dem Leben muss man eine Einstellung haben«, hatte sie einmal gesagt. »Es ist ein Zeichen von Schwäche, in jeder Situation anders davon zu reden. Wenn man alle Wahrheiten immerzu überdenkt und seinen Launen angleicht, beginnt man zu schwimmen, und am Ende ist man gar nichts mehr.« Auch über die Erinnerung wusste sie etwas zu sagen. »Die Zeit und alles ist gegen einen. Man muss sich für wenige Dinge, an die man sich erinnern will, entscheiden. Man muss sagen: ›Das bin ich, das will ich sein.‹«

Ich merkte, dass mir meine Gedanken entwischten. Saties »Troisième Gymnopédie« verklang, um ein weiteres Mal von vorn zu beginnen. Ich schob meine Unterlagen zusammen, legte sie auf den Tisch neben dem Bücherbord und trug die Zitronenschalen zum Abfalleimer.

Es war Zeit, nach draußen zu gehen, einen Kaffee zu trinken und ein paar Leute zu beobachten, und wer weiß, vielleicht würde es mir ja nach und nach gelingen, die Felder in mir, die Luna mit frischen Spuren bedeckt, von denen sie Besitz ergriffen hatte, von der Sonne ausbrennen zu lassen und mit neuen Dingen, dem Geruch der Blüten, des Kaffees, den Bildern von Gesichtern und Liebespaaren zu füllen.

*

Es war mir nichts Besseres eingefallen, als über die Rue de Vaugirard in Richtung Jardin du Luxembourg zu spazieren. Das letzte Stück nahm ich über die Rue de Fleurus, wo die dicke Frau Stein mit ihren Bildern lange Hof gehalten hatte. Im Garten war jede Menge los, an Arbeit war nicht zu denken. Hunderte Studenten aus der Sorbonne und den anderen Universitäten verbummelten ihre Freistunden am Wasserbecken. Man erkannte sie an der Kleidung: Die Jungen trugen Jeans und einfache T-Shirts, die Mädchen billige, aber hübsche Röcke, die ihnen bunt um die Knie wehten, die Haare im Nacken zusammengebunden. Sie saßen mit ihren Begleitern auf der Wiese, griffen sich in kurzen Abständen ins Haar und warfen den Kopf zum Lachen zurück. Ihr Kichern klingelte wie eine Tasche voller Münzen und über allen schwebte die Sonne wie ein fetter, aufgeblasener Ballon: mächtig und von der Farbe saftiger Melonen.

Ich lief weiter, zur Orangerie, wo Männer in Leinenhosen vorgebeugt auf grünen Stühlen saßen und Schach spielten. Ich sah ihnen gern dabei zu, obwohl ich wenig Ahnung vom Schachspiel hatte. (Oft hatte ich mir überlegt, selbst zu spielen, der Gedanke, mich stundenlang in die konzentrierte Stille von Zahlen und Kombinationen zu vertiefen, übte eine große Faszination auf mich aus.) Neben zwei Herren, von denen einer eben seine Königin opfern musste, stand eine verwitterte Alte, die einen Korb voller Katzenjunge vor ihrem Bauch hielt. Die Tiere balgten unablässig, kletterten übereinander und maunzten mit winzigen, hohen Stimmen. Sie waren nicht größer als eine Hand, und man konnte kaum erkennen, wo sie ihre Köpfe hatten, so aufgeregt, wie sie umeinander wuselten. Die Frau hatte ein freundliches, leicht wahnsinniges Gesicht, und als sie bemerkte, dass ich sie beobachtete, schenkte sie mir ein beinahe zahnloses Lächeln.

»Sind sie nicht süß?«, sagte sie, »komm her, du kannst dir eine aussuchen.«

Immer, wenn ich einen Laden betrat, um mir etwas anzusehen, beschlich mich, wenn ich ihn wieder verließ, ohne etwas gekauft zu haben, ein Gefühl von Scham und schlechtem Gewissen, als wäre ich beim Betreten des Geschäfts eine Verpflichtung eingegangen. Allein das Schauen verpflichtete mich: Dass ich Interesse gezeigt hatte, versagte es mir, mich ohne Kommentar wieder zu entfernen. Mir blieb also nichts anderes übrig, als mich der verlumpten Alten weiter zu nähern. Sie zog eben mit einer koketten, mädchenhaften Geste an ihrem geflochtenen Zopf, wie Säuglinge es bei Müttern gern tun, und streckte mir den Korb entgegen. Die Kätzchen waren in Aufregung geraten, eines lehnte sich weit über den Rand des geflochtenen Korbes, sah hinab und zuckte sofort wieder zurück. Sollte ich sie berühren? Etwas Nettes über sie bemerken? Die Frau lächelte noch immer. Jetzt, da ich sie aus der Nähe sah, konnte ich die Verwüstung ihrer Züge erkennen. Wenn sie einmal schön gewesen war, musste das lange her sein: Ihre Zähne waren faulig, ihr Hals ungewaschen, und um ihr scharfes, eckiges Kinn hatten sich bereits fleischige Polster gebildet. Auf den Wangen saßen Sommersprossen wie winzige Käfer, und der dick aufgetragene blaue Lidschatten war abgeblättert und hatte oberhalb des Wangenknochens eine kleine Sichel hinterlassen. Das einzig Lebendige in ihrem Gesicht waren pfiffige, geschäftige Augen, die zwar nicht alles verstanden, was sie sahen, aber sicher noch immer, ausgerichtet auf wenige wichtige Details, eine Menge zu beobachten vermochten, auf einfache und unreflektierte Art klug.

Ich streckte meine Hand aus und berührte eines der Katzenjungen im Nacken und zwischen den Ohren. Unter der Haut ließen sich die Knochen fühlen, biegsam noch, weich.

»Hübsch, oder? Ein Junge, ich nenne ihn ›Cognac‹. Er liebt es, die anderen zu veralbern. Un vrai rigolo.«

Sie lachte und begleitete ihr Glucksen mit einem intimen Zwinkern. Ich sah die dicke, lila Zunge zwischen ihren Zähnen beben, solange das Wiehern anhielt, und mich erfasste etwas wie Abscheu, ein in diesem Moment womöglich herablassendes Gefühl, das mit Scham konkurrierte. Währenddessen begann der Kater unter meiner Hand zu schnurren.

»Er mag dich«, stellte die Frau fest und nickte beschwichtigend. Ich sah hinunter auf das Tier und hinüber zu den Spielern, die sich unbeeindruckt gaben. Einer der Männer kratzte sich am Steiß. (Ich fragte mich, warum die Partie, wenn doch die Königin bereits fehlte, noch immer andauerte.) Es war unerträglich schwül: Die Bäume hielten die Wärme unter sich fest, drückten sie schwer auf den Boden, und in den Ästen stand die Luft still und voll Wasser. Die blauen Glyzinien verströmten ihren dunklen Duft. Einer der Schachspieler sagte: »Ich gewinne, das steht fest.« Etwas an dieser Szenerie machte mich nervös, und wenn ich auch wusste, dass das lumpige Weib mit den Männern nichts zu tun hatte – es kam mir doch alles plötzlich vor wie ein düsteres, wildes Kammerspiel, einzig für mich inszeniert, mit einem Ziel, das weit über meine bloße Verunsicherung hinausging. (Ich hatte zu viel Baudelaire gelesen, und so spukte gleich das Pathos der letzten Strophe aus seinem »Recueillement« durch meine Gedanken, um dieses unbestimmte Grauen mit Wörtern zu bevölkern: »Die Sonne stirbt dort unterm Brückenbogen/Und wie ein Bahrtuch kommt's von Ost geflogen/Horch! Hörst du ihn, mein Schmerz, den Schritt der Nacht?« – Ich wollte so schnell wie möglich von hier verschwinden.)

»Wieviel?«, fragte ich.

Eifer brachte die Augen der Frau zum Glänzen. Sie sog ihre Unterlippe zwischen die Zähne und gab vor zu überlegen.

Ich musste mir eingestehen, dass es klug gewesen war, sich einen Namen für das Tier einfallen zu lassen. Ob ich wollte oder nicht, es war eine Beziehung hergestellt worden. So würde ich mich, wenn ich mich vor dem Kauf des Tieres drücken sollte, die nächsten paar Tage an »Cognac« erinnern. Ein billiger Trick, der mich ähnlich ärgerte wie reflexartiges Weinen zu amerikanischen Geigen: Mechanismen, gegen die jede Verweigerung zwecklos blieb.

»Dreißig.«

»Auf keinen Fall«, sagte ich. Mein Ärger wurde durch den Umstand, feilschen zu müssen, noch vergrößert. Einer der Schachspieler zog eben ein verknülltes blau-weiß kariertes Taschentuch aus der Hose, mit dem er sich den Schweiß von der Stirn wischte. Er wandte uns kurz sein verwittertes Gesicht zu und grinste abfällig. In seinen Haaren hatte sich ein Laubblatt verfangen.

»Fünfundzwanzig.«

»Zwanzig.«

»Einverstanden.«

Die Frau hob den Kater am Nacken aus dem Knäuel der anderen und hielt ihn mir vors Gesicht. Das Tier kniff die Augen zusammen. Die Alte zog grinsend einen Gummiball aus einer Tasche ihres Kleides und drückte ihn mir in die Hand. Er sah aus, als wäre er aus Glas: Im Inneren hatte er kleine Fäden heller Farben, die leuchteten, wenn man ihn ins Licht hielt.

»Sein Lieblingsspielzeug«, sagte die Frau. Ich nahm den Kater in die Hand, er wog leicht. Dann verabschiedete ich mich mit einem letzten Blick auf die Spieler, die, vorgebeugt, die Köpfe zwischen den hochgezogenen Schultern vergraben, an qualmenden Zigarren kauend, die ausgeschiedenen Figuren in den Händen wälzten, und wunderte mich, dass mir die Alte, als ich mich längst umgedreht hatte, ein »Viel Glück« hinterherrief.

*

Cognac und ich saßen im Café de Flore. Das Tier zitterte unentwegt, ich kraulte ihm den Nacken und hoffte, es würde sich bald beruhigen. Die schwammige, dösige Atmosphäre des Parks hatte sich auf dem Boulevard Saint-Germain in aggressive Hektik aufgelöst: Dünne Frauen mit winzigen Handtaschen streiften die äußersten Stühle und Tische des Cafés auf dem Weg zu den Boutiquen, Männer in schnittigen Anzügen verschwanden in Hauseingängen, und allen lag die Hitze eng am Körper wie eine zweite Haut. Ich neigte den Kopf nach hinten, sodass er für kurze Zeit im Schatten der Markise lag.

»Marion, du bist das.«

Ich drehte mich abrupt um. Hinter mir stand Vanessa, hoch aufgerichtet, mit einer Sonnenbrille, die die Hälfte ihres Gesichts verdeckte.

»Ich habe dich nicht kommen sehen.«

»Ich wollte mich eben setzen«, sagte sie.

Eingeschnürt in ein dunkelblaues, knielanges Kleid, die Haare zu einem strengen Dutt geknotet, wirkte sie älter. Ungefragt verrückte sie einen der rotgrünen Stühle und nahm neben mir Platz.

»Ich wusste nicht, dass du Haustiere hast.«

Auf ihrer Nase glänzten, trotz des dick aufgetragenen Puders auf Stirn und Wangen, einige Schweißperlen, klar unterscheidbar, als wären sie sorgfältig mit einer Pipette aufgetragen worden.

»Ich habe ihn eben gekauft«, sagte ich.

»Oh«, sagte Vanessa, wobei sie den Vokal durch einen Seufzer unangenehm dehnte, »Tiere machen unheimlich viel Arbeit.«

Mit einer Geste, die sowohl als Untermalung ihrer Feststellung wie auch als Verlängerung eines allgemeinen, der Hitze geschuldeten Stöhnens gemeint sein konnte, fuhr sich Vanessa über den Haaransatz. Ich bemerkte, dass sie eine Zahnspange trug. Sie musste neu sein, in Hamburg war sie mir nicht aufgefallen.

»Ich habe nur eine halbe Stunde«, sagte sie unvermittelt, und etwas störte mich an diesem Satz. Viel mehr als der Umstand, dass er eine Verabredung implizierte, ärgerte mich die mitgesprochene Aufforderung darin. Ich wusste weder, was ich mit ihr zu besprechen hätte, noch, ob ich überhaupt die nächste halbe Stunde mit ihr verbringen wollte. Vanessa blinzelte in die Sonne und schritt mit einem schnellen Blick den Boulevard ab.

Ein Flugzeug glitt über den Himmel, Autos glitten über den Boulevard, die Hitze flirrte über dem Asphalt. Selbst den Vögeln war es zu heiß, um auf dem Pflaster auszuruhen: Mit winzigen Sprüngen retteten sie sich in den Schatten der Markisen.

Als ein Kellner erschien und mir meinen Milchkaffee auf die dunkelgrüne Tischplatte schob, bestellte Vanessa mit zurückgeneigtem Kopf einen Espresso.

»Schrecklich, der Sommer in Paris«, sagte sie, »in der Großstadt wird es immer viel zu heiß.« Sie nahm eine Serviette vom Tisch und tupfte sich damit die Stirn ab.

»Die einzige Möglichkeit, es auszuhalten, ist, den ganzen Tag zu trinken, unentwegt zu duschen, oder wie Viktor den ganzen Tag im Morgenmantel herumzulaufen. Natürlich nur, wenn man nicht arbeitet, haha …«

Vanessa lachte mit zusammengebissenen Zähnen und knüllte energisch die Serviette zusammen, um sie in den Aschenbecher zu stopfen. Sie wirkte angestrengt. Die letzten Jahre hatten jeden Überrest jugendlicher Unbedarftheit und Sinnlichkeit aus ihrem Gesicht getilgt. Anstatt jedoch dem Charme der Reife Platz zu machen, hatten sich ihre Züge ins Fratzenhafte verzogen, jene Spur von Härte, die sich vor sechs Jahren allein in einem leichten Hang zum Unterbiss und einer steil in die Stirn ragenden Falte zwischen den Brauen gezeigt hatte, dominierte inzwischen ihr gesamtes Gesicht. Egal, welche Regung es verriet, es handelte sich nie um mehr als eine unmerkliche Variation dieses Grundausdrucks. Diese Art der Unbewegtheit erinnerte mich an Schauspielerinnen mit zu großen Mündern, die von diesem kleinen Fehler geschickt abzulenken versuchen, indem sie die Amplitude der Bewegungen ihrer Gesichtsmuskeln möglichst klein halten.

»Wann lädt Viktor denn wieder ein?«, fragte ich.

Zu behaupten, dass mir diese Frage einfach unterlief, wäre dreist. Sie geschah mir, obwohl ich mir fest vorgenommen hatte, Lunas Bitte, mich über Viktor kundig zu machen, nicht nachzukommen. Vielleicht aber war ich mir von Anfang an darüber im Klaren gewesen, dass dieses Ausweichen nicht ewig funktionieren konnte. Oder, beruhigte ich mich, zu der Frage war es allein deswegen gekommen, weil ich probeweise einen Vorstoß unternehmen wollte, nur um zu sehen, was daraus würde, oder, was ebenfalls möglich war, weil ich selbst begonnen hatte, mich für Viktor und seine ominösen Abende zu interessieren. Ich tat es für mich, es war unnötig, Luna darüber Rechenschaft abzulegen, ich musste ihr nichts davon erzählen. Ein paar Fragen konnten zumindest keinen Schaden anrichten. Es gab ohnehin nichts zu reden. Warum sich also nicht mit etwas die Zeit vertreiben, das vielleicht irgendwann einmal Sinn ergeben würde?

»Übermorgen.«

Vanessa hob den Blick und beobachtete gleichgültig, wie ein Radfahrer beinahe von einem Auto erfasst wurde, dessen Besitzer sofort ausstieg, um mit erhobenen Armen einige Beschimpfungen loszuwerden, ehe er wieder einstieg und davonrollte. Der Radfahrer lehnte sich für einige Sekunden an die Häuserwand und stemmte die Arme auf die Knie, bevor er die Straße in die entgegengesetzte Richtung nahm. Für einen winzigen Moment verdeckte die einzige Wolke am Himmel die Sonne: Sofort überzog ein grauer Guss die Häuser von den Giebeln bis zu den Kellern, um sich schnell über die ganze Straße auszubreiten.

»Gehst du hin?«

»Ach, ich denke schon. Es ist nett. Eine Abwechslung.«

Ich nickte. Der Kellner servierte Vanessa ihren Espresso. Bevor sie ernst und eilig zu trinken begann, nahm sie die Zahnspange aus ihrem Mund und ließ sie in einer kleinen, mit einem Haus, einem Meer und einem Boot bedruckten Schatulle verschwinden.

»Tut mir leid«, sagte sie, »ich kann sie nur in den Pausen und in der Nacht tragen. Ich will meine Zähne richten.«

Eine langhaarige Frau, die an unserem Tisch vorbeilief, trug den Geruch von Teig und Omeletts mit sich herum, der mich an einen Nachmittag am Springbrunnen der Tuileries erinnerte (die schief geschnittenen grünen Stühle, die das Becken umzingelten, die schräg einfallenden Fontänen, die die Wasseroberfläche aufrissen, die Enten, die unermüdlich durch die Wasserstrahlen schwammen und ihre Federn fetteten, der Wind, der die Oberfläche kräuselte und die größte der Fontänen nach links ablenkte, sodass vor dem Baum gegenüber ein Regenbogen entstand, das »Chez Renard«, wo Luna darauf bestanden hatte, sich einen Liter Elsässer Bier mit mir zu teilen).

»Was macht man auf solchen Feiern?«, fragte ich.

»Was man auf solchen Feiern eben so macht. Man sieht gut aus, man trinkt, man kennt sich. Willst du mir vielleicht erzählen, dass du noch nie auf einer Party warst?«

Vanessa schnalzte mit der Zunge. Es war schwerer, als ich gedacht hatte, etwas von ihr zu erfahren. Vanessa war eine dieser Frauen, die sorgsam und misstrauisch jede Information, und sei sie noch so ungefährlich oder längst öffentlich, so lange als möglich verweigerten. Wahrscheinlich war es eine unangenehme Nebenwirkung ihres Berufs, dass sie ihr grundlegendes Misstrauen, das jedem persönlichen Gespräch etwas Umständliches und Geschäftliches verlieh, niemals abstellen konnte.

»Wer ist denn alles dort?«

»Freunde von Viktor. Freunde der Freunde. Magst du mitkommen?«

Sie griff in ihre Tasche und schob mir eine streichholzschachtelgroße Karte über den Tisch zu. Sie war gänzlich weiß, bis auf einen schmalen, goldenen Streifen, der in den Rand des Kartons eingewoben war. Wenn man das Kärtchen bewegte, konnte man einen Lichtpunkt dirigieren, wie mit Uhren oder Scherben, in denen sich das Licht bündelte. Unter den Fingern spürte ich das Relief eines in die Oberfläche geprägten Musters.

Ich überlegte nicht. Vanessas Gesicht selbst verriet Verwunderung über diesen plötzlichen Anfall von Großzügigkeit. Aus dem Schmalerwerden ihrer Lippen las ich, dass sie bereits jetzt diese gönnerhafte Geste bereute, also nahm ich die Karte, hielt sie eine Weile fest und schob sie in meine Tasche.

»Vielleicht hätte Viktor etwas dagegen«, sagte ich noch, in der Sicherheit, die Karte nicht mehr verlieren zu können.

»Viktor sicher nicht. Dem wirst du mit großer Wahrscheinlichkeit gar nicht begegnen.« Vanessa winkte ab. »Es ist nur ein kleiner Zeitvertreib für ihn. Wirklich exklusiv ist die Grande Fête.«

Es war jetzt zwei Uhr. Die Sonne fiel fast senkrecht auf unsere Köpfe. Ich schlug die Augen nieder und war für Sekunden blind. Eine Gruppe Rollerfahrer machte sich einen Spaß daraus, Slalom um die Schlaglöcher zu fahren, ihre Haare flatterten im Wind, sie beschleunigten. Cognac schien auf meinem Schoß zu schlafen: Die Wärme seines kleinen Körpers fühlte sich an wie Fieber. Mit einem Ruck stand Vanessa auf.

»Was ist? Sehen wir uns also übermorgen? Wir können uns an der Gare Montparnasse treffen, von dort nehmen wir ein Taxi. Gegen elf?«

»Gut«, sagte ich und streckte meine Hand aus. Vanessa hatte den Kopf gehoben und die Lider aufeinander gepresst. Sie setzte ihre Sonnenbrille auf, drehte sich um und ging, und ich legte meine Hand auf die Tischplatte und betrachtete sie lange.

⋆

Auf dem Heimweg, mit Cognac im Arm, ereignete sich etwas, von dem ich inzwischen überzeugt bin, dass es auf irgendeine Art wichtig sein muss – im Augenblick des Erlebens maß ich ihm kaum Bedeutung bei. Ich begegnete Luna. Sie kam mir entgegen, ohne mich zu sehen, und ich überlegte gerade, sie zu grüßen, als sie in eine Seitenstraße bog und verschwand. In den zwei Wochen seit unserer letzten Verabredung hatte sich das genaue Bild von ihr in hundert kleine Eindrücke aufgelöst (ihr lautloser Gang, die Härte, die ihr Gesicht annahm, wenn sie sich unbeobachtet fühlte, die zwei Leberflecken in ihrem Nacken, die Art, wie sie ungeschickt rauchte, ihr Hang zu apathischen Blicken, die die Menschen um sie herum zu dem Wunsch verführten, sie zu bewegen), sodass es seltsam war, sie plötzlich vor mir zu sehen und nicht mehr daran zu zweifeln, dass alle diese Eindrücke ein Ganzes, eine Einheit bilden konnten. Aus einem undeutlichen Impuls heraus folgte ich ihr, sie ging schnell, und alle paar Schritte rannte sie ein kurzes Stück, als gälte es, einen Zug zu erwischen oder ein Geschäft zu erreichen, bevor es schließt. Da ich es nicht besser wusste, hielt ich Cognac, wie man Kinder hielt, oder wie ich glaubte, dass man Kinder hielt, und wich den Trauben der Touristen und Büromenschen aus, die mir entgegenkamen.

Ich folgte ihr durch ein Gewirr von Seitenstraßen, über mehrere Ampeln, die sie selbst bei Rot überquerte, bis zur Place de L'Estrapade, an der Luna und ich einmal vor dem »Café de la Mairie« gesessen und Kaffee getrunken hatten, mit Blick auf die grünen Bänke, den Springbrunnen, die eingezäunten Büsche, die Ampel, diese seltsamen Bäume mit ihren herzförmigen Blättern, die schmiedeeisernen Balkone und Erker auf der einen und die hässlichen Neubauten auf der anderen Seite (ich bildete mir ein, sie hätte damals, ganz am Anfang unserer Treffen in Paris, noch häufiger gelacht), aber Luna lief einfach weiter, schnell und ohne sich umzublicken, und wenn ich bis hierher noch überzeugt gewesen war, sie habe ein Ziel oder suche zumindest etwas Bestimmtes, war ich mir jetzt schon nicht mehr sicher.

Ich schwitzte und ärgerte mich, dass ich Luna nicht gleich angesprochen hatte, ich hätte sie in den Arm nehmen können und irgendetwas sagen, »alles ist gut«, hätte ich gesagt, »es wird schon«, so etwas Ähnliches, aber jetzt war es zu spät und ich zu verschwitzt, um ihr zufällig zu begegnen, und anhalten konnte ich auch nicht mehr. Cognac hatte mir einen Kratzer am Unterarm verpasst, und mit dem Pochen der Wunde und dem Klopfen des Blutes an der Schläfe dehnten sich die Häuser zu beiden Seiten wie in Zerrspiegeln, um hinter meinem Rücken wieder zusammenzuschnellen wie gespannte Gummibänder. Ein altes Gefühl, als hätte es der Körper gespeichert, von damals, auf dem Hamburger Dom, nach unserer Fahrt auf dem »Breakdance« mit seinen Achtziger-Jahre-Graffittis von Marilyn Monroe, vor der Schießbude, in der Vanessa eine Kaffeemaschine gewonnen hatte. »Eine Kaffeemaschine«, hatte Luna gesagt, »was für ein Irrsinn!«, und sie hatte sich vorgebeugt und gelacht. Am Anfang, zu den ersten Proben, vor Victor, vor dieser Nacht, war alles in Ordnung gewesen, nicht gut, aber in Ordnung, selbst mit Vanessa und uns war es in Ordnung gewesen, und zwischen dem kranken Flimmerlicht der Buden und den grellen Stimmen der Losverkäufer, die sich wie Dartpfeile in unsere Rücken bohrten, hatten wir zusammengestanden und Zuckerwatte gegessen, und Luna hatte Tränen in den Augen gehabt und gesagt: »Da glaube mal noch einer an die Liebe. Kaffeemaschinen! Keine einzige verdammte Rose! Aber Kaffeemaschinen!« Sie hatte diesen gefährlichen Blick, und weil weder Vanessa noch ich wussten, ob die Tränen vom Lachen waren, standen wir einfach still und beobachteten die Jugendlichen, die von den wilderen Geräten kamen und auf den scheppernden Blechtreppen herunterwankten und einander zuriefen, dass es fies gewesen sei und ob jemand eine Kippe habe. Luna wollte nicht aufhören zu lachen, sie lehnte noch immer an der Schießbude, und als ihr eine Träne über die Wange lief, blickte Vanessa zur Seite und tat so, als gäbe es da etwas Interessantes zu sehen. Es roch stark nach Mandeln, von oben stürzten Neonfarben über unsere Köpfe, und es kamen reihenweise junge Mütter mit verschnupften Kindern vorbei, die uns argwöhnisch beäugten.

Plötzlich wandte Luna uns ihr Gesicht zu, riss Augen und

Mund auf, schleuderte uns ein Lachen vor die Füße und sagte: »Ihr schämt euch! Schämt ihr euch? Wegen mir? Mein Gott, ihr seid vielleicht Gestalten …«, und ich sah aus den Augenwinkeln, wie Vanessa den Kopf schüttelte und etwas entgegnen wollte. Sie sah traurig aus wie jemand, der für etwas Falsches verdächtigt wird. »Was ist?«, rief Luna da schon mit harter Stimme und warf das Zuckerwattestäbchen hinter sich, »Geisterbahn?«

Wir folgten ihr, sie rannte störrisch, und ich hatte Angst, dass sie sich auf halbem Weg mit einem Jungen ins Gebüsch werfen oder sich erschießen könnte, es war so ein Tag, an dem das möglich erschien. Überall blinkte es, und Familien und Gruppen standen zusammen und lachten hysterisch, mir war übel, vielleicht von diesem Popcorngeruch, der zwischen den Geräten stand, oder von den anzüglichen Sprüchen der Männer in den Kassenhäuschen, die mit ihren Lippen die Mikrofone fast berührten, wenn sie die Jugendlichen auf den Karussells anfeuerten: »Letzte Runde, letzte Runde, meine Lieben … Gleich geht es noch mal ab hier … Das ist die Riiiiesensause …«, vielleicht aber auch von dieser gefährlichen Luft, die heute um Luna war, weil heute ein, wie Luna ihn an leichten Tagen nannte, ›schwerer Tag‹ war, aber ich lief einfach weiter, hinter Vanessa her, was hätte ich sonst tun sollen.

Als Luna stehen blieb und sich nach uns umdrehte, war ihr Gesicht wieder glatt, aber darauf konnte man nicht vertrauen. Ich kaufte uns Karten, wir setzten uns zu dritt in einen Wagen, und obwohl die Geister alle hinter Gittern waren und nur kurz hochzuckten, aufglühten und wieder in sich zusammenfielen, presste Luna während der ganzen Fahrt ihre Schulter gegen meine.

In dem kurzen Moment, als wir draußen zusammenstanden und uns schüttelten, hätten wir vielleicht gehen können, Vanessa und ich, aber schon, als Luna den Kopf zurückwarf und verkündete, dass sie sich jetzt gehörig betrinken wollte, war es zu spät, und dann saßen wir eine halbe Stunde darauf in diesem düsteren Club, in dem alle Blicke Luna galten, und hingen an unseren Strohhalmen. Es lief traurige Musik, und Luna kannte jede Zeile, sie sang mit, ohne sich zu bewegen, und lächelte vor sich hin. Einer der Kellner schien ganz versessen auf sie zu sein, er füllte ihr Glas auf, noch bevor es leer war, und Luna schien das auf eine schreckliche Art zu amüsieren.

»Was ist denn los mit euch?«, fragte sie, ihre Wangen waren rot.

»Versteht ihr keinen Spaß?«

Vanessa trank langsam, Schluck für Schluck, und drückte auf einer Zitronenscheibe herum. Sie hatte noch kaum etwas gesagt an diesem Abend. Jemand dimmte das Licht, und die unnatürlichen Farben unserer Cocktails leuchteten. Aus einem Hinterzimmer drang das Klackern von Billardkugeln zu uns durch.

»Habt ihr keine Trinksprüche? Oder sonst etwas Heiteres? Gott, hat denn keiner einen Witz zu erzählen …?«

Luna hob den Kopf, streckte ihren Oberkörper durch und schleuderte ihre Locken von einer Seite zur anderen. Dann seufzte sie und stützte das Kinn wieder in die Hände.

»Und warum wird eigentlich diese schrecklich traurige Musik gespielt? Das ist wirklich kein Ort für Depressive.«

Tatsächlich standen Tränen in ihren Augen. Ich hoffte nur, sie würde uns nicht wieder unsere mangelnde Sensibilität zum Vorwurf machen. Luna missbilligte »Menschen mit aufgeräumten Gefühlen«, ich glaube sogar, sie verachtete nur die Dummen mit der gleichen Heftigkeit und Inbrunst, wie sie die »Stumpfen« hasste, die »Verrohten« und die »hinter ihrer blödsinnigen Härte Sentimentalen«. Wahrscheinlich setzte sie beide Gruppen sogar gleich, und jeder, der weniger empfand als sie selbst, dessen Gefühle niemals absolut, monströs und unvernünftig waren, war in ihren Augen automatisch weniger intelligent und damit für sie überhaupt ohne Wert, denn was ihre Sympathien anging, war Luna immer schonungslos gewesen, und die Menschen, die von ihrem leidenschaftlichen Ekel ausgenommen waren, konnte man an einer Hand abzählen.

»Nachschub, die Damen?«

Vanessa blinzelte und fuhr sich mit der Zunge über die Lippen. Ich sah, dass sie zögerte, aber Luna hatte schon bestellt, »drei Mal Sweet Southern Belle«, und der Kellner war verliebt in ihre Zähne. Als er weg war, umfasste Luna unsere Handgelenke.

»Na, was ist? Soll ich ihn mit nach Hause nehmen?«

Sie kicherte, dann verstummte sie abrupt und hob das Glas an ihre Lippen. Es war leer. Vanessas Gesicht war von etwas wie Unverständnis und Entsetzen verwüstet, und im blauen Licht wirkte es noch verzerrter. Ich hatte das Gefühl, sie bewunderte Luna auf eine komische Art, und vielleicht wollte sie, wie alle Menschen um sie herum, von ihr gemocht werden. Lachen und Grölen schwappte vom Billardzimmer herüber, und als der Kellner zurückkam und die Gläser vor uns abstellte, hielt Luna ihn am Ärmel fest. Das laute Rauschen der Gespräche schwoll um unseren Tisch ab, als sie ihn zu sich herunterzog, bis sein weißes Gesicht auf Augenhöhe war.

»Wie heißen wir denn?«

Der Kellner grinste ängstlich in die Runde.

»Ich? Henri.«

»Ah, Henri. Schau mal, Henri. Du hast uns jetzt zum dritten Mal bedient, nicht wahr? Oder zum vierten Mal? War es schon das vierte Mal?«

»Ich weiß nicht. Drei Mal, glaube ich.«

»Also drei Mal. Und weißt du, da ist mir einfach aufgefallen, wie du mich ansiehst. Du musst zugeben, dass ich das wohl kaum übersehen konnte. Und da dachte ich mir: Fragst du ihn einfach. Und jetzt frage ich dich: Warum siehst du mich so an, Henri? Hm?«

»Äh.«

Vanessa schickte mir einen verzweifelten Blick. Natürlich errötete Henri. Was sollte er sonst tun? Mir wurde bewusst, dass ich bereits zu betrunken war, um einzugreifen. Wahrscheinlich errötete ich ebenfalls.

»Warum machst du das, Henri? Ich sage es dir. Du bist verliebt. Du bist eindeutig verliebt in mich, Henri. Ist es so?«

»Vielleicht.«

Unter dem Tisch stieß Vanessas Knie gegen meins. Der Kellner schwitzte am Hals. Nur Luna lächelte selig.

»Das macht doch nichts«, sagte sie sanft. Dann löste sie den Blick abrupt von Henri, setzte ein gewinnendes Gesicht auf, legte den Kopf zur Seite und musterte Vanessa mit gespielter Nachdenklichkeit, um dann wieder Henri anzusehen.

»Schau mal, das Problem ist nur, dass ich gar keine Lust habe, deine große Liebe zu sein. Schon gar nicht heute Abend, denn dann müsste ich ja noch eine Menge geistreiche Dinge von mir geben, und außerdem siehst du so aus, als müsste ich schon nächste Woche mit der Illusionierung anfangen, wenn ich es eine Zeit lang mit dir aushalten wollte. Und dann erst die ganze Beziehungsarbeit. Mein Gott! Was das Kraft kostet! Mir jeden

Morgen wieder einreden zu müssen, dass dieses bisschen Ekel vor der Art, wie du dein Ei isst, nichts ist gegen das große Gefühl freundschaftlicher Verbundenheit zwischen uns! … Ach, und dann würdest du anfangen, mich zu betrügen – oder du würdest es dir verkneifen. Mein Gott, und ich müsste irgendeine blöde liberale Haltung einnehmen, die diesen ganzen traurigen biologischen Quatsch einordnet. Zum Beispiel ganz kess: Gucken ist erlaubt, anfassen nicht. Haha! Naja, und das ganze Geld, was da draufgeht für Unternehmungen und alles. Urlaub zum Beispiel! Ist klar, dass du mich unter der griechischen Sonne leichter lieben könntest als hier … Und womöglich würde ich dann auch so schwachsinnige Vokabeln lernen müssen: *investieren, bewältigen, verzeihen, Loyalität, Unabhängigkeit, Solidarität, Entwicklung, Beziehungsebene, Beziehungsphase, Festigung,* o Gott, da wird mir jetzt schon ganz schlecht. Hör mal, Henri, das mit uns beiden wird nichts. Ich bin einfach nicht so der Kompromisstyp … Verstehst du, was ich meine?«

Lunas süße Stimme erstarb in einem Seufzer. Mit gespieltem Schmerz wandte sie sich wieder uns zu. An den Nebentischen waren inzwischen Leute aufmerksam geworden.

»Oder ist unter euch beiden vielleicht jemand, der ihn für mich übernehmen würde? Ihr seid doch sicher gute Liebende, nein?«

Mit unbewegter Miene richtete Luna ihren Blick erst auf mich, dann auf Vanessa.

»Ihr glaubt also wirklich an die große Liebe? Wie süß … Meint ihr wirklich, jede lächerliche Existenz hätte ein Gegenstück verdient?«

Luna lachte laut. In diesem Moment stand Vanessa auf, schob ihren Stuhl an den Tisch, klemmte sich die Kaffeemaschine unter den Arm und verschwand. Luna räusperte sich, zuckte mit gespielter Traurigkeit die Achseln und ließ den Kellner los. Vielleicht bildete ich mir dieses Loch von Stille nur ein. Das Klackern der Billardkugeln jedenfalls musste die ganze Zeit über da gewesen sein. Ich drehte mein Glas so, dass seine vier Kanten parallel zu denen des Untersetzers standen. Sie spielten »Purple Rain«, und die schwarzen Scherenschnitte der Gruppen an den Tischen bewegten sich. Luna sank in sich zusammen. Ich sagte kein Wort. Dann begann sie zu weinen. Ich blieb den ganzen Abend bei ihr. Später legte sie den Kopf auf die Tischplatte und schlief ein. Ich löste die Hände von ihrem Glas, das sie immer noch umklammert hielt, und brachte sie nach Hause.

Die Place de L'Estrapade war verlassen. Ich hielt Cognac fest und glaubte für einen kurzen Moment, Luna aus den Augen verloren zu haben, als ich durch ein wütendes Hupen wieder auf sie aufmerksam gemacht wurde: Sie war, ohne sich umzublicken, über eine Straße gelaufen und wäre beinahe mit einem Wagen zusammengestoßen, der so scharf vor ihr gebremst hatte, dass ein zweiter Wagen aufgefahren war. Soweit ich das erkennen konnte, waren nur die Stoßstangen in Mitleidenschaft gezogen, die bleichen Fahrer standen gebückt am Straßenrand und wedelten mit den Händen. Luna war längst weitergegangen, ich sah sie gerade noch in einer Gasse zwischen einer Pharmacie und einem Wohnhaus verschwinden, und ich weiß nicht, was mich so sicher machte, aber ich war überzeugt, dass sie von alledem, was hinter ihr los war, gar nichts mitbekommen hatte.

*

Am liebsten hatte ich das Wort »daltonien«. Es bedeutet »farbenblind« und stand an vierter Stelle auf meiner Liste der Novitäten. Ich hatte sie mir an die Tür zum Badezimmer geklebt, sodass ich mindestens drei Mal am Tag einen Blick darauf werfen musste. Für gewöhnlich sprach ich jedes der Wörter dann laut vor mich hin und wiederholte sie mit geschlossenen Augen in kleinen Einheiten: »fioriture« (»Schnörkel«), »las de vivre« (»lebensmüde«) und »récital de chant« (»Liederabend«).

An diesem Morgen öffnete ich die Tür, ohne der Liste auch nur für einen Moment Beachtung zu schenken. Ich war aus einer wirren Odyssee der Träume erwacht, schwüle Träume, in denen man ständig kurz davor ist, jemanden zu erkennen und damit zu enttarnen oder die einzige richtige Tür zu finden und zu entkommen, um im letzten Augenblick dann doch, unerlöst und verkrampft bis in die Fingerspitzen, in den nächsten dieser Träume zu kippen. Ich hatte bis zum Mittag geschlafen, trotz der anhaltenden Versuche Cognacs, mich durch Kratzen zu wecken. Die Luft war so dick, dass man sich von ihr hätte ernähren können, und ich musste eine halbe Stunde kalt duschen, bis die Nachzügler unter den Träumen sich in die hinterste Ecke meines Kopfes zurückgezogen hatten, wo sie von nun an lauern würden auf den Moment, da ihre Zeit gekommen wäre, mich von Neuem zu überwältigen.

Ich rieb meine Beine und Arme mit Franzbranntwein ein, dann zog ich mich endlich an, trank einen Kaffee und setzte mich auf den Balkon. Ich stellte Cognac Futter in die Küche und gab Acht, dass er nicht auf den Balkon gelangte und das Vogelweibchen erschreckte. Es war angenehm, dem Vogel beim Brüten zuzusehen. Gelegentlich stellte ich mich vor das Nest und sagte in ruhigem Ton einige Worte zu dem Tier, das in einen seltsam fiebrigen Zustand gefallen war, in dem seine grellschwarzen Augen ausdruckslos am Horizont entlangrutschten, als wollten sie hervortreten aus dem angespannten Vogelkopf.

Die Wolken hatten sich eng zusammengeschoben, sie mussten kilometerdick nach oben reichen, und sosehr die Sonne versuchte, ein Loch in die feste Schicht zu schmelzen, es blieb doch immer nur bei einem erstickten Glimmen. Länger als drei Stunden ließ sich bei diesem Wetter nicht arbeiten, also machte ich mich sofort daran, mein Tagespensum zu erfüllen, um genug Zeit zu haben, mich auf Viktors Soiree am Abend vorzubereiten.

Als ich vor dem schmalen Kleiderschrank stand und meine Sachen betrachtete, fiel mir auf, dass ich kein einziges Abendkleid besaß. Bis auf die Theaterbesuche mit Richard hatte ich während der letzten Jahre keinen Anlass gehabt, ein Kleid zu tragen, und abgesehen davon kannte ich mich in diesen Dingen nicht aus und hatte niemals viel Mühe darauf verwendet, mich zu schmücken. Ich war nicht stolz darauf, aber ich hielt es für unnötig: Kleider übten keinen besonderen Reiz auf mich aus, und ich hatte die Inbrunst, mit der andere ihre Garderobe ständig erweiterten, nie verstanden. Tatsächlich war es Luna, die mir eine Menge darüber erzählt hatte. Gern sagte sie Sätze wie: »Man muss in Kleidern schlafen können, man muss sie tragen wie eine Haut« oder »Ich trage niemals Anlassmode. Entweder man ist immerzu schön, oder man ist es nie und verkleidet sich nur hin und wieder.« Ich kam nicht daran vorbei: Ich würde mir ein Abendkleid kaufen müssen. Mir blieben nur wenige Stunden bis zum Beginn der Soiree, und meine Neugier verbat mir, die Einladung zu verpassen: Vielleicht würde ich herausfinden, worin der Zauber Viktors bestand, jenes dauerhafte Leuchten, mit dem er seine Umwelt beständig in seinen Bann zog und alles, was er berührte, eroberte.

Am späten Nachmittag, der in seiner Düsternis kaum von anderen Tageszeiten zu unterscheiden war, machte ich mich auf den Weg, die Rue de Sèvres hinunter zum »Bon Marché«. Ich mochte das Kaufhaus sehr, allein die Fassade, die nach Fin de Siècle aussah, und es flößte mir Respekt ein, weil mir das Geheimnis der Kleider immer verschlossen geblieben war.

Im Kaufhaus war eine Menge junger Frauen unterwegs, die mit ihren Pferdeschwänzen um sich schlugen und von Kabine zu Kabine huschten. Ich ging langsam und kämpfte gegen den Wunsch an, in ein Café um die Ecke zu entfliehen. Obwohl ich mich überfordert fühlte, probierte ich einige Kleider an. Ich suchte etwas Einfarbiges, möglichst Schlichtes: So würde ich am leichtesten zwischen den Trauben der Gäste verschwinden können.

Als ich in Unterwäsche in einer der geräumigen Garderoben vor dem Spiegel stand und ein ärmelloses Abendkleid aus Seidenatlas abstreifte, kam es mir vor, als betrachte ich mich seit langer Zeit zum ersten Mal. Meine Füße waren weiß, unberührt von der Sonne, und noch immer flach (als Kind hatte ich wegen dieser Neigung zu Plattfüßen jede Woche eine Orthopädin aufsuchen müssen, mit der ich Dutzende verschiedener Übungen machte: Murmeln mit den Füßen greifen, mit dem Stift zwischen zwei Zehen malen, Gegenstände aufheben und über weite Strecken transportieren ...). Darüber die schmalen, sportlichen Unterschenkel, die knochigen Knie, auf denen noch immer frühe Narben blasser wurden (eine, ich kann mich erinnern, hatte ich mir zugezogen, als ich voller Euphorie einer Freundin das Storchennest auf dem Schornstein gegenüber zeigen wollte, ich war zehn und stolperte über eine Baumwurzel, die Kompressen, die ich noch Wochen danach trug, rissen jedes Mal, wenn ich sie entfernte, den Grind von der Wunde), die Oberschenkel, auf denen sich die Muskeln, wenn ich sie anspannte, scharf abzeichneten, die jungenhaft schmalen Hüften, wegen derer ich vor Jahren aufgehört hatte, Röcke zu tragen, der flache, helle Bauch mit dem seltsam kleinen Nabel, der nach innen zu verschwinden schien (bis weit in die Pubertät hinein hatte ich geglaubt, er sehe nur deswegen so aus, weil ich einen frühen Ratschlag meiner Mutter befolgt hatte: »Jede normale Frau zieht den Bauch ein«), die Brüste, um die sich ein paar kleine, hellbraune Leberflecken gruppierten (wenn ich meine Brüste anschaute, war es mir jedes Mal ein Rätsel, wie diese unförmigen Verdickungen das Zentrum männlicher Begierde und Sehnsucht sein konnten, Richard hatte ihnen Namen gegeben, er behauptete, die rechte zeige etwas mehr nach außen als die linke), die Schultern, von denen man vielleicht sagen konnte, dass sie zu breit oder zu kantig waren, die langen, geraden Arme, mit denen ich, wenn ich mich hinunterbeugte, ohne Anstrengung meine Zehen berühren konnte, der sehnige Hals (ich hatte, soweit ich mich erinnerte, niemals eine Kette getragen), und schließlich das Gesicht: das runde Kinn (war es rund? Ich könnte es auch mit jedem anderen Adjektiv beschreiben), die Lippen, die weder dünn noch dick waren, die gerade Nase, über die sich nichts sagen ließ, die braunen Augen mit den dunklen Brauen darüber (ich hatte sie noch nie gezupft), die kleinen Ohren, die ich immer als etwas kindlich empfunden hatte, und schließlich Haare, die weder lang noch kurz waren, weder hellbraun noch dunkel.

Nannte man so etwas nun ein »angenehmes Äußeres«? Eine »hübsche Erscheinung«? Für gewöhnlich sah ich mich an, ohne etwas Bestimmtes dabei zu empfinden. Ich kontrollierte zwar, ob mein Haar ordentlich fiel, ob ich auf der Brust einen Sonnenbrand zu bekommen drohte, ob ein Leberfleck auf dem Rücken hinzugekommen war, aber ich sah mich, ohne ein Urteil zu fällen: Ich hatte keine Meinung über diesen Körper. Wie mochten andere ihn sehen? Es war nichts Außergewöhnliches an ihm. Nichts, an dem ein Blick für einen Moment verweilen musste, gestört oder andächtig, abfällig oder bewundernd. War allein diese Tatsache vielleicht ein Indiz dafür, dass er blass war, uneindeutig, ausdruckslos?

Lunas Körper sprach sogar in Momenten absoluter Ruhe. Sicherlich hatte das in erster Linie mit der Übung zu tun, die Luna darauf verwandte, ihn in jeder Situation vorteilhaft aussehen zu lassen. Aber das allein war es nicht: Lunas Körper war ein Körper voller Mitteilungen, echter und künstlicher, ein Körper, der unentwegt sprach, etwas verlangte, murmelte, säuselte, hingegeben in die Laune des Augenblicks, die Stimmung eines Ortes, die Atmosphäre einer Begegnung. Ihre Schönheit war eine Schönheit der Rede, komplex und dennoch stimmig, es war nicht bloß ihre fotogene Hülle, die dieses Strahlen ausmachte, das kam aus der Tiefe, von unter der Haut, da, wo etwas dafür sorgte, dass sich ihr Äußeres so eng an ihr Inneres legte, dass es wie eine Abbildung desselben, eine Reflexion, eine Übersetzung war, ähnlich wie das Bild, das entsteht, wenn das des rechten Auges sich mit dem des linken Auges verbindet, um ein einziges, scharfes Ganzes zu ergeben.

Am Ende war es ein weißes Satinkleid von Lanvin, für das ich mich entschied. Aus einer Laune heraus, die an Euphorie grenzte, brachte ich tatsächlich den Mut auf, so viel Geld dafür auszugeben. Ich trug das Kleid in einer Tüte eng am Körper, und während der Metrofahrt zurück packte ich es mehrmals aus und wieder ein, um mich zu vergewissern, dass ich es wirklich gekauft hatte.

★

Es hatte sich angekündigt. An diesem Nachmittag, an dem man zu ersticken drohte, riss mit einem ungeheuerlichen Krachen der Himmel in zwei Teile, in vier, in viele, und mächtig stürzte der schwere Regen herab, als wolle er die Stadt ersäufen. Ich stand am Fenster, bewegt von der Gewalt des Sturmes, der an den Fenstern des Square Delambre ein verzweifeltes Geräusch machte und wie ein monströses Tier, das die Zerstörung, die es hinterließ, nicht befriedigte, sondern bis zur Unersättlichkeit erregte, über die Wohnhäuser hinwegstampfte. Ich war für den Abend zurechtgemacht, und es blieben nur noch knappe zwei Stunden, bis ich an der Gare Montparnasse in Vanessas kühles Gesicht blicken würde, um mich von ihr in einen Abend führen zu lassen, von dem ich nicht wusste, was er mit sich bringen würde.

Was würde ich von Viktor halten? In meiner Vergangenheit war er indifferent. Er kam überall und nirgends her, hatte weder Alter noch Beruf noch Eigenschaften. Wusste ich tatsächlich so wenig über ihn? Ich konnte nicht einmal mit Sicherheit sagen, was zwischen Luna und ihm vorgefallen war (alles, was ich darüber wusste, wusste ich von ihr selbst, und es blieben eine Menge weißer Flecken). Er war plötzlich aufgetaucht, unangekündigt, unerwartet, hatte sich eingeschlichen in unser kleines, staubiges Theater, vielleicht nur, weil er Luna gesehen hatte, ihr gefolgt war. Er war zu alt gewesen für die Gruppe, aber das hatte niemanden interessiert, und er war ein guter Darsteller. Ich hielt ihn für unreif, für leichtsinnig: ein Spieler. Hatte er Leinenhosen getragen? Teure Anzüge? Hüte? War er es nicht, der Luna einmal Tulpen geschenkt hatte? Warum hatte ich nie von ihr wissen wollen, was zwischen ihnen gewesen war?

Natürlich, vielleicht hatten wir uns hin und wieder gefragt, was Viktor machte, während wir so angespannt und ehrgeizig studierten. »Ich habe Jura studiert.« Hatte er das gesagt? »Ach, dies und das. Ein bisschen Philosophie, Wirtschaft, so Sachen.« »Ich bin Autodidakt. Ich lese Oscar Wilde.« Waren das seine Worte gewesen? Warum hatte ich mich nie über die Widersprüche in seinen Aussagen gewundert? Warum hatte ich mir nie die Frage gestellt, woher er sich die Freiheit nahm, sich zu nichts zu zwingen? Bei allem, was er tat, strahlte er eine überlegene Freiwilligkeit aus. Dabei konnte ich mich nicht erinnern, dass er jemals hochmütig gewesen wäre. Ich hatte ihn nicht verstanden. Vielleicht hatte ich ihm deswegen zu wenig Beachtung geschenkt.

Ich sah aus dem Fenster. Wolken zerbarsten. Blitze erhellten Dächer. Ich fasste an meinen Hals, drehte die Perlen der Kette zwischen den Fingern. Ich dachte darüber nach, ob das Gewitter die Nacht über andauern würde. Ich dachte an die Party, an Luna, an Vanessa. Obwohl ich mich selbst dazu entschieden hatte, auf dieses Fest zu gehen, wurde ich das Gefühl nicht los, in Lunas Auftrag zu handeln.

Cognac betrachtete mich von seinem Korb aus, den ich extra für ihn angeschafft und mit einer flauschigen Decke ausgestattet hatte. Seine schläfrigen, aber nervösen Augen wandten sich eigensinnig von mir ab, als ich auf den Korb zutrat, um ihm über das Fell zu streichen. Unentschlossen nahm ich den Gummiball in die Hand und warf ihn einige Meter neben den Korb. Träge bleckte Cognac die Zähne, eher er sich bequemte, gemächlich auf die Kugel zuzutappen und gelangweilt auf ihr herumzukauen. Dann legte er sich, wie gewöhnlich, auf den Rücken, um sich von mir den Bauch kraulen zu lassen: Das war das einzige Spiel, das er mochte, der einzige tägliche Ritus und die einzige Zärtlichkeit, die er mir erlaubte. Draußen zerrte der Wind auf einem der gegenüberliegenden Balkone ein Unterhemd von der Leine. Eine Weile trieb es in der Luft wie eine eigensinnige Wolke, die den anderen abtrünnig geworden war, dann kam es auf der Straße zu liegen. Ich seufzte und sah auf Cognac hinunter.

An der Gare Montparnasse klang das Gewitter mit einem sanften, versöhnlichen Nieselregen aus. Ich stand vor dem »Kiosque Théâtre«, wo ein Schild für letzte, reduzierte Eintrittskarten warb. Vor mir war das Kinderkarussell, aus dem tagsüber altertüm liche Musik herüberwehte, mit einer Plane abgedeckt, und in meinem Rücken ragte der hässliche Tour Montparnasse in den Himmel. Vanessa kam vom »L'Atlantique« auf der gegenüberliegenden Straßenseite auf mich zu. Sie blickte mir freundlich entgegen und küsste mich zur Begrüßung auf die Wange. Vielleicht war es das Abendlicht, das sie gelöst erschienen ließ, vielleicht war sie bereits angetrunken. Beiläufig nahm sie meine Hand, als wir in die Metro stiegen, ihr Gesicht wirkte müde, fröhlich und alt.

»Willst du, dass ich dich ein wenig einführe?«, fragte sie und lächelte vertraulich. Während der Fahrt erzählte sie von Viktor.

Was er jetzt tue? Er müsse nicht arbeiten. Er habe eine Menge Geld geerbt. Irgendein russischer Onkel, Öl oder Ähnliches. Außerdem besitze er eine Firma mit Namen »Bon-vivant«. »Ausgerechnet auf Usedom«, sagte Vanessa, sei Viktor die Idee mit den Segeltüchern gekommen. Das wäre ja noch immer vom Westen unberührtes Terrain, seit der Wende. Viktor habe sich da als einer der Ersten eine Villa gekauft. Manchmal wohne er selbst noch da, ein paar Tage im Sommer, es sei nur ein kleiner Scherz, sagte er. Seine Freunde dürften da wohnen, und hin und wieder vermietete er das Grundstück an Badegäste. Vanessa lachte. »Die Leute sind so ehrlich da, sagt er. Die legen sogar zehn Euro auf den Tisch, wenn ihnen ein Glas runtergefallen ist.«

(Ja, ich erinnerte mich an Usedom, eine Woche mit Richard in Zinnowitz: die etwas eigenwilligen Menschen, die Jeansanzüge trugen und jeden Fremden zu kennen schienen, obwohl die Fremden in der Überzahl waren, die italienischen Restaurants, in denen es niemals nur italienische Speisen gab, sondern auch Schnitzel und Steaks jeder Art, Drinks und Eiskrem in absurden Farben, das Café, in dem alte Hüte, Stöcke und Schirme aus vergessenen Zeiten an den Wänden aufgespießt waren wie eine Sammlung schöner, toter Schmetterlinge, die Hotels in der Dünenstraße, wenige Schritte vom Strand entfernt, der Strand selbst, breit und weiß, mit dem Gekreische der Möwen darüber, die Strandkörbe, an denen ich mir unentwegt Splitter zog, der hartnäckige Sand, den ich mir noch Wochen später aus den Schuhen klopfte … Ich hatte es kaum ertragen, die vielen Menschen zu sehen, die tatsächlich imstande waren, ihre Tage mit Nichtstun zu verbringen, wenn man davon absah, dass sie sich bräunten und alle paar Stunden den weiten Weg ins Wasser gingen, bis es ihnen endlich an die Hüfte reichte …)

»Wann hat er denn geerbt?«, fragte ich. »Warum haben wir davon nichts mitbekommen?«

Vanessa blinzelte. Die Metro hielt, fuhr wieder an und tauchte erneut ins Dunkel

»Er hat immer gewusst, dass er erben wird. Die Frage war nur, wie viel.«

An der Station »République« stiegen wir aus. Von dort waren es nur wenige Schritte auf dem Quai de Valmy bis zur Rue Beaurepaire, in der Viktors Party stattfinden sollte. Vanessa hakte sich bei mir unter. Es hatte aufgehört zu regnen.

»Frag nicht nach ihm«, sagte sie. »Manchmal kommt er vorbei, manchmal nicht. Du wirst schon sehen.«

Auf den Quais tummelten sich Jugendliche mit Wein und Picknickkörben, selbst die grünen Stahlbrücken waren voll von ihnen. Das glatte Wasser, das fast bis zum Rand reichte, spiegelte sie und ließ sie noch zahlreicher erscheinen. Auf den Spielplätzen der Plateaus am Wasser hockten Clochards in Armeejacken, einige schliefen. Im Restaurant »La Marine« saßen Paare mit aufgeregtem Blick und aßen noch jetzt, eine knappe Stunde vor Mitternacht, zu Abend: Sie sahen aus, als hätten sie noch viel vor.

Vorm »Chez Prune« an der Ecke Rue Beaurepaire begegneten wir den ersten Gästen. Man erkannte sie an den befremdeten Blicken, mit denen sie die Nachtschwärmer von St-Martin musterten. Sie waren zu zweit oder allein, in Roben und Anzügen, falteten ihre Schirme zusammen und rückten ihre Kleider zurecht, ehe sie in einem Hauseingang verschwanden. Das Eckhaus, in dem die Soiree stattfand, ragte wie der Bug eines Schiffes in eine Kreuzung hinein, und von seiner Fassade starrten steinerne Löwenhäupter herab, die auf Ringe bissen, an denen etwas wie ein Fruchtbouquet hing. Über uns war der Balkon, der in einem Halbbogen um den Bug herumführte, schon voll besetzt mit lachenden Menschen, und wir mischten uns unter eine kleine Gruppe hübscher Frauen, die soeben die Tür öffnete. »Je m'en fous!«, zischte eine der Damen und machte eine eindeutige Bewegung. Eine andere, klein, mit einem schmalen, exotischen Gesicht, legte ihr die Hand auf den Mund, flüsterte: »Calme-toi« und schob das Mädchen vor sich her in den Hausflur. Vanessa wirkte belustigt. Ich wusste, dass ich es war, die ihr diese Überlegenheit erlaubte: Sie bewegte sich auf sicherem Boden, sie kannte die Regeln, mir aber war alles fremd. Mit einem wissenden Lächeln hielt sie mir die Tür auf.

⋆

Über die Treppe gelangten wir in den zweiten Stock, als wir die Tür öffneten, schwoll das Geräusch der Stimmen zu einem lauten, erregten Ton an. In einem einzigen hohen Saal, der wie ein Trichter spitz nach hinten zulief, standen vielleicht einhundertfünfzig Menschen in kleinen Gruppen beieinander. Wo der Raum sich verengte, befand sich ein Fenster, von dem aus man auf die Kreuzung hinunterschauen konnte, und links und rechts davon große, gläserne Flügeltüren mit hölzernen Läden davor, die auf den Balkon hinausführten, der wie ein Gürtel um das Haus lief. Links neben dem Eingang war auf langen Tischen ein Buffet angerichtet, mit überbordenden Schalen voller Früchte und silbernen Tabletts mit Häppchen, geradeaus saßen Paare und unterhielten sich angeregt. Auf kleineren Tischen standen Kübel mit Champagnerflaschen, aus denen sich die Gäste bedienten. Vanessa verschwand kurz und kehrte mit zwei Gläsern zurück. Sie gab mir eines. »Auf Viktor«, sagte sie, »den unsichtbaren Gastgeber«, und lachte, wie ich es von ihr nicht kannte. Ich stieß bereitwillig mit ihr an: »Auf Viktor«, und die Gläser klirrten.

Ich lief ein wenig herum, um mir ein Bild zu machen: Ich hatte gern einen gewissen Überblick. Es war schwer, den großen Bewegungen der Leute auszuweichen, die plötzlich den Kopf zurückwarfen oder mit einem geschmeidigen Schritt ans Buffet glitten. Vielleicht war es Einbildung, aber es kam mir so vor, als hätten sich alle, die schon häufiger auf Viktors Partys zu Gast gewesen waren – und das waren die meisten –, bereits in einen exklusiven Zustand hineinbegeben, der etwas Zynisches und Rauschartiges hatte und am ehesten mit jener Stimmung vergleichbar war, in der man sich nach einem zu langen Sonnenbad und der raschen dreistündigen Lektüre eines Capote-Romans befand.

Vor dem Buffet hatte sich ein Pulk gebildet. Neben den Platten mit Obst war ein silberner Springbrunnen aufgebaut, aus dem beständig glänzende, dunkelbraune Schokolade lief und von Schale zu Schale nach unten tropfte, Mädchen standen davor und hielten Bananenschnitten und Apfelscheiben in die klebrige Masse, die sie dann mit gestreckten Zungen und aufgerissenen Mündern verschlangen. Um sie herum hatte sich ein zweiter Ring aus Zuschauern gebildet: Männer in Anzügen standen rauchend um sie herum und verfolgten ihre kunstvoll anzüglichen Bewegungen. Ich drängte mich an ihnen vorbei bis zur linken der beiden Balkontüren. Sie war gesäumt von zwei exotischen Pflanzen in großen, goldenen Töpfen, und draußen war die Luft herzhaft und weich wie Butter.

»Mehr kann man dazu nicht sagen«, raunte eine Frau einer anderen zu. Sie steckten in weißen, geknöpften Korsagen, lehnten über dem schmiedeeisernen Balkongitter und sahen hinunter auf den Fußgängerüberweg. »Guten Abend«, sagte ich, bemüht, ihre Unterhaltung nicht zu unterbrechen, und sogleich wandten sie mir ihre Gesichter zu und schlossen mich in das Geflecht ihrer intimen Blicke und Seufzer mit ein.

»Sind Sie eine Freundin von Mademoiselle Vanessa?«, fragte eine. »Ich habe Sie zusammen gesehen.« »Ja«, sagte ich, »wir kennen uns von früher.« Ob ich auch Viktor kenne? Bei dieser Frage durchzuckte ein winziges Leuchten ihre spitzen Gesichter, und kaum merklich rückten sie näher an mich heran. »Ein wenig.« Zögerlich beobachtete ich ihre Reaktion: Sie fassten sich mit ihren Fingern an die Hälse, dass die Cartier-Ketten eine Kerbe in die weiße Haut drückten. Hinter ihnen begann die Stunde, in der der Himmel am schönsten war: Die Wolken gruppierten sich wie Locken um einen beinahe runden Mond, die Sterne strahlten sauber und appetitlich. Ich bemerkte, dass man vom Balkon aus einen freien Blick zu beiden Seiten hatte, man konnte sowohl bis zum Kanal sehen als auch zu einem breiten Boulevard am anderen Ende der Rue Beaurepaire. Auf der gegenüberliegenden Straßenseite befand sich die Bar »Au pied de vigne«, die noch erleuchtet war. Eine Gruppe schlampig gekleideter Amerikaner stand für einen Moment unter der klobigen Laterne, die direkt in Kopfhöhe vor uns aufgestellt war, und verschwand in die kreuzende Rue Yves Toudic. Das süßliche Parfum der Damen verband sich mit dem schwülen Geruch abgestandenen Wassers und versetzte mich in einen Zustand schläfriger Euphorie, jene Überempfindlichkeit, die nach durchwachten Nächten Haut und Gedanken befällt.

»Ich habe mit ihm Theater gespielt. In Hamburg.«

»Tatsächlich?«

Die Damen schenkten mir ein anerkennendes Lächeln.

»Ich habe gehört …«

Sie erzählten, Viktor wohne in Paris nur in Hotels. Diese Wohnung habe er allein für seine Soireen gemietet. Eine wollte wissen, dass er Kontakte zur Fremdenlegion pflege. Die andere sprach davon, dass er noch weitere Firmen besitze. »Diamanten, sagt man …« Andere behaupteten, er sei verheiratet gewesen. Einmal, zweimal. Ich lachte. Als die Frauen merkten, dass ich nicht gewillt war, Mutmaßungen über Viktor anzustellen, zogen sie sich zurück, schlossen sich ein wie eine Blüte. Ich ging weiter auf dem Balkon entlang, bis ich eine freie Stelle am Gitter fand. Eine Weile blieb ich so stehen, vom Wind gestreichelt, der die Stimmen der umliegenden Bars in sich trug, dann ging ich wieder hinein.

Vanessa drückte mir ein Glas in die Hand.

»Amüsierst du dich?«

Ihr Gesicht war voll Hitze. Ein paar Strähnen hatten sich aus ihrer Steckfrisur gelöst und fielen schroff auf Schulter und Rücken herunter.

»Es ist nett. Kennst du all die Leute?«

»Die meisten, vom Sehen. Komm mit, ich stelle dich vor.«

Wieder hakte sie sich auf jene befremdlich schwesterliche Art bei mir ein. Ich hatte kaum Zeit, mir Gedanken darüber zu machen, was ich eigentlich auf dieser Feier vorgehabt hatte, die dicht gedrängten Stimmen stießen jeden aufkeimenden Gedanken zurück in einen Tümpel der Verwirrung.

»Da drüben sind ein paar Schauspieler vom Montmartre. Er heißt David, wenn ich mich nicht täusche. Irène, Camille, Chloe.

Da vorn, das ist Clément, er hat etwas mit Mode zu tun. Rechts, dort, bei den Blumen, stehen Julien und Alexis, Vertraute von Viktor. Einer ist, glaube ich, so etwas wie sein Finanzberater. Alexandre, der da mit der jungen Frau steht, im Smoking, ist ein Politiker. Clara und Justine, mit denen du eben draußen gesprochen hast, gehören zu Maxime, einem Literaturagenten. Sie waren erst ein einziges Mal hier ...«

Mir wurde schwindelig von all den Gesichtern, die sich uns kurz zuwandten, um uns von der Brust bis zu den Zehen abzutasten, kurz auf unseren Lippen und Augen zu verweilen, um schließlich haarscharf neben uns Ausschau nach einem neuen Ziel zu halten. Ich hörte Vanessa, die unentwegt Titel und Professionen aneinanderreihte, nur mit einem Ohr zu. Ein paar der Namen, die sie nannte, waren amerikanisch. Professoren waren unter den Gästen, wenige aus Wirtschaft und Politik, Kunsthändler, Verleger und einige Privatiers, die ohnehin an ihren Schnupftabakdöschen und den teuren Manschetten zu erkennen waren. Wo ich hinkam, überall wurde von Viktor gesprochen, mit gedämpfter, erregter Stimme, als spreche man von einer geheimen Affäre oder einer verbotenen Substanz. Jeder schien etwas zu wissen, stellte seine gehauchten Vermutungen zu den anderen, um das flackernde, verwischte Bild, das sich daraus ergab, zu beschwören. »Viktor, Viktor« drang es aus den geschminkten Mündern, wie eine Verheißung, ein süßer Gesang, und wenn sich ein Fremder der Gruppe näherte, schnellten die Köpfe auseinander, und die Männer rückten ihre gerollten Leinentaschentücher in den Brusttaschen zurecht und die Frauen sahen auf ihre Bally-Schuhe hinunter, als wäre nichts gewesen.

»Was trinken diese Leute?«

»Das ist kaltes Minzwasser. Viktor liebt das.«

In schweren, gläsernen Karaffen, die beschlagen waren bis zum Rand, steckten lange, zu Spiralen geformte Minzstengel. Zu einem Drittel waren sie mit großen Eiswürfeln gefüllt, die, wenn man sich eingoss, auf dem Boden des Glases aufschlugen und laut klackerten. Es schmeckte gut, beinahe nach nichts, und der Hauch Minze, der einem in die Nase stieg, roch mild und gesund.

Vanessa war auf den Balkon verschwunden. Ich fragte mich, wo Viktor war. Sollte er tatsächlich gar nicht kommen? Beobachtete er die Szenerie? Oder hatte er sich längst unter die Gäste gemischt? Ich nahm mein Glas Minzwasser und lief hinüber zu den Kanapees. Ein Platz war frei geworden, ich ließ mich ins Polster gleiten. Am Buffet hatten zwei Mädchen begonnen, Finger in die tropfende Schokolade zu halten. Wahrscheinlich, dachte ich, verstand ich den Sinn dieser Veranstaltung nicht. Aus Lautsprechern hinter mir, die zwischen den Zweigen der Topfpflanzen angebracht waren, plätscherte Musik. Neben mir saß eine Frau auf dem Schoß eines Mannes, der ihr das Kleid bis über die Knie heraufschob und die Innenseiten ihrer Schenkel berührte.

Ich konzentrierte mich auf die Einrichtung des Saals. Neben echten Jugendstilmöbeln waren hier verschiedenste Stile miteinander vermengt, von falschen Torsi nach Art der griechischen Klassik über romantisierende Gemälde bis hin zu alten Kopien barocker französischer Statuen. Sogar ein Poster von Manets berühmtem »Déjeuner dans l'atelier« hing in einem vergoldeten Rahmen zwischen der äußersten Chaiselongue und der rechten der beiden Balkontüren. Viktor hatte wenig Ahnung von Kunst, wirklichen »manque de goût« konnte man ihm aber nicht vorwerfen. Wie es aussah, hatte er eine Schwäche für große Themen, idealisierte Körper und Plüsch. Das Paar neben mir goss sich aus einer Flasche »Moët & Chandon« nach. Sie hielten die Gläser am Fuß und tranken den Champagner, als wäre er Wasser. Dazu aßen sie Gänseleberhappen. Meine Gedanken erschienen mir sämtlich stumpf.

★

Ich dachte an Luna. Meine Verweigerung bekam mehr und mehr den Schimmer des Lächerlichen. Mittlerweile, nach dem zweiten bedächtig getrunkenen Gin Tonic, ließ sich meine Sehnsucht nicht länger leugnen. Ursprünglich hatte ich mich mit meinem Rückzug schützen wollen, in erster Linie, aber hatte nicht auch der Wunsch, Luna zu kränken, eine Rolle gespielt? Ich musste mir eingestehen, damit vor allem mir selbst geschadet zu haben. Etwas an ihrer Art schien mir zu fehlen: weniger die Bedeutung, die ich für sie hatte und die zu benennen sich Luna ohnehin nie herablassen würde, vielmehr das Abenteuer ihrer reinen Anwesenheit. War es nicht so? Und verbarg sich hinter dem Wunsch, neben ihr zu gehen, an ihrem Leben teilzuhaben, nicht das respektvollste und größte aller Eingeständnisse, dass nämlich Luna in ihrer blühenden Verschlungenheit mir viel weitläufiger, ausufernder, üppiger erschien als mein eigenes Wesen? Und ging damit nicht auch zwangsläufig der Wunsch einher, hinter ihr und ihrer eigensinnigen, verlockenden Welt zurückzutreten?

Als ich den Blick für einen Moment vom Boden hob, um zu trinken, streifte mich ein Paar Augen: das eines jungen Mannes im Smoking, der bereits seit einiger Zeit unbemerkt neben mir stehen musste. Ein Lächeln löste sich von seinen schmalen Lippen.

»Mademoiselle? Noch ein Cocktail? Oder eine Kleinigkeit zu essen? Ich stehe Ihnen zur Verfügung.«

Ich hielt ihn zunächst für einen Kellner, also schüttelte ich nur lächelnd den Kopf: »Non, merci«, aber als er mich daraufhin mit noch offenerem Interesse unverhohlen musterte, fügte ich hinzu: »Ich bin absolut zufrieden«, in der Hoffnung, das würde ihn dazu bewegen, seinen Blick von mir abzuwenden. Der junge Mann aber suchte weiterhin hartnäckig die Antwort meiner Augen. Verlegen hob ich mein Glas an die Lippen, wohl wissend, dass er jede meiner Bewegungen mit größtem Interesse verfolgte. Ich trank einen Schluck und bemerkte, wie mir ein Tropfen Gin Tonic übers Kinn lief. So schnell, dass ich keine Chance zum Protest hatte, zückte der Mann das Taschentuch aus seiner Brusttasche und tupfte mir damit behutsam über den Hals, nicht ohne diese Geste mit einem triumphierenden Lächeln zu begleiten. Dabei bemerkte ich das kleine Ekzem an seinem linken Auge.

»Sehr freundlich«, sagte ich mit gesenktem Kopf. Schon diese kleine Szene, die mich meinte, die mich allein betraf, überforderte mich. In der Rolle der sinnierenden Beobachterin, frei, Urteile zu fällen, Dinge zu bewerten und nach meiner Auffassung zu ordnen, ohne dabei selbst beobachtet und mit Aufmerksamkeit behelligt zu werden, fühlte ich mich wohl, selbst im Mittelpunkt eines Geschehens zu stehen war ich nicht gewohnt. Wie sollte ich reagieren? Kokett? Abweisend? Abwartend? Und war das nicht die falsche Frage? War nicht von viel größerer Bedeutung, was ich wollte? Seit der Trennung von Richard hatte ich meine Position, was Begegnungen mit Männern anging, nie überdacht, nie geändert – es hatte keinen Anlass dazu gegeben.

Jetzt, ohne eigentliche Hinderungsgründe, ohne Verpflichtungen einer anderen Person gegenüber, fehlte dieser Haltung das Fundament.

»Was überlegen Sie, Mademoiselle? Sie sind sehr nachdenklich. Weihen Sie mich doch ein.«

»Vielen Dank. Ich komme schon zurecht.«

Der Mann schmunzelte. Obwohl er neben mir stand und auf mich herabsah, schien es mir, als käme sein Blick von unten. Plötzlich zogen sich seine Brauen zusammen, und sein linkes Augenlid zuckte unkontrolliert.

»Wie ungeschickt. Verzeihen Sie – ich habe ganz vergessen, mich vorzustellen. Julien Giraud mein Name. Für Sie selbstverständlich Julien.«

Ich musterte ihn. Sein Lächeln hatte nichts Unverschämtes. Das seitlich gescheitelte dunkelbraune Haar fiel ihm in einer kleinen Welle in die Stirn. Sein Gesicht war eben, aber nicht glatt, mit blasser, glänzender Haut zwischen den blauen Augen, der kurzen Nase und den schmalen Lippen. Die Rundungen seiner Wangen hatten etwas Spitzbübisches: etwas, das übrig geblieben war aus der Zeit der Motorroller und Dancings und das der Korrektheit seiner Kleidung auf angenehme Art widersprach.

»Wie wäre es jetzt mit einem neuen Drink, Mademoiselle?«

Er verschwand, um kurz darauf zurückzukehren und mir ein Glas Gin Tonic zu reichen. Er selbst nuckelte an einer kleinen Flasche Bier.

»Sie sind verschwiegen. Ein sympathischer Zug. Ich schätze, eine typisch deutsche Eigenschaft.«

Ich musste lachen. Julien stand mit gekreuzten Beinen neben meinem Fauteuil.

»Ich weiß nicht. Sagen Sie es mir. Ich hielt die Franzosen für introvertierter.«

»Introvertiert schon, aber kaum kontrolliert. Stolz, ohne scheu zu sein.«

»Scheu bin ich auch nicht, nur vorsichtig.«

»Haben Sie einen Grund, Mademoiselle? Ich bin der harmloseste Mann von ganz Paris ...«

Juliens Lachen schob sich unter mein eigenes. Ich knackte einen Eiswürfel mit den Zähnen.

»Wahrscheinlich haben Sie recht. Die Franzosen sind aus einem anderen Grund verschwiegen. Sie sind zufrieden, ihnen fehlt nichts, es ist die Ruhe der Satisfaktion, des reifen, alten Patriotismus.«

Julien verfolgte meine Worte offensichtlich interessiert, was mich verwunderte und mir (wie ich mir eingestehen musste) gefiel. Er neigte den Kopf ein wenig zur Seite und legte die rechte Hand in seinen Nacken.

»Wenn Sie von Patriotismus reden: Da ist mir der neue deutsche sehr viel lieber. Der französische Nationalstolz hat etwas Träges. Nein, man muss es anders sagen: Er ist aufgeplustert. Selbstgefällig, selbstgenügsam, und damit oft scheinbar überholt, veraltert, verwittert.«

»Sie können doch nicht ernsthaft den infantilen Patriotismus der Deutschen dem gemütlich-staubigen der Franzosen vorziehen? Das nehme ich Ihnen nicht ab. In Deutschland ist der neue Patriotismus etwa so, als würde ein Kind entdecken, dass es ›Ich‹ sagen kann ...«

»Aber das hat doch etwas sehr Rührendes.«

»Überhaupt nicht.«

»Doch! Und dass er kindlich ist, hat doch in erster Linie damit zu tun, dass Werte neu definiert oder zumindest neu bezeichnet werden müssen. Der französische Kanon enthält eine Menge altes Eisen.«

»Nein, nein.«

Ich schüttelte den Kopf und musste erneut lachen. Julien scharrte mit den Füßen. Ich ließ meinen Blick von seinen Lackschuhen nach oben kriechen, über Hose, Weste und Sakko, bis hin zur Fliege. Julien bemerkte meinen Blick. Er legte die Hand an seine Fliege und löste sie.

»Es ist Zeit, ein bisschen ›more casual‹ herumzulaufen, finden Sie nicht? Jetzt, wo wir uns ein wenig kennen? Ah, Ihr Glas ist ja schon wieder leer.«

Im Gehen wandte er sich noch einmal um.

»Pardon, Mademoiselle – Sie haben vergessen, mir Ihren Namen zu verraten …«

In der Zeit, in der Julien weg war, sah ich mich um. Die Gäste waren nicht weniger geworden, nur betrunkener. Am Brunnen floss die Schokolade, Jungen leckten sie von marmornen Mädchenfingern. Die Luft summte vom Kichern bezirzter Frauen. Allein die Männer behielten scheinbar Fassung. Mit langen Schritten durchmaßen sie den Saal, um sich plaudernd, mit verschränkten Beinen, gegen das Buffet zu lehnen, als hätten sie niemals etwas anderes getan. Vor den gerahmten Bildern stand eine Handvoll älterer Damen, deren elegant um die Schultern drapierte Tücher leise säuselten. Mir konnte das alles nichts anhaben: Ich war beschwingt (vielleicht zum ersten Mal seit Jahren). Coralie Clément flüsterte ihr »Samba du jour« in meine Kniekehlen.

»Sie haben sich hoffentlich nicht gelangweilt? Ich befürchtete schon, Sie könnten es sich in der Zwischenzeit anders überlegt haben. Was halten Sie davon, sich ein wenig die Beine zu vertreten? Auf dem Balkon ist es um diese Zeit sehr angenehm.«

Julien reichte mir den Drink, gab mir seine Hand und zog mich nach oben. Für einen Augenblick, in dem ich um Gleichgewicht rang, schob sich der Dandy auf dem »Déjeuner dans l'atelier« in den Napoleon auf dem benachbarten Gemälde, ich blinzelte und stützte mich auf die Sessellehne.

»Sie haben im Übrigen ein entzückendes Kleid an, Marion. Habe ich Ihnen das schon gesagt?«

Ich hakte mich bei Julien unter. In seinem Schatten zog er mich durch das Dickicht der erhitzten Körper und Stimmen, an den Reihen der halbleeren Gläser vorbei, von denen das Kondenswasser auf die Tische und auf den Boden tropfte. Die frische Nachtluft strömte um unsere Körper, und ich kam mir leicht vor. Wann hatte ich das letzte Mal eine so ungezwungene, stimmige Unterhaltung geführt? Ich war versucht, meinen Kopf an Juliens Schulter zu legen.

Ich stützte meine Hände auf das Gitter. Julien stand seitlich hinter mir. Er steckte sich eine Zigarre an.

»Es stört Sie doch nicht, wenn ich rauche?«

Unter uns, auf der Kreuzung, verlangsamte ein betrunkenes Paar seinen Gang. Das Mädchen hatte schwarzes Haar, der Junge trug Jeans und T-Shirt. Wie sie, die Köpfe in den Nacken gelegt und die Augen auf den Balkon gerichtet, vielleicht auf uns, verharrten, wirkten sie wie eine versehentlich gemachte Fotografie, die schon in einem Blick zwischen Julien und mir verschwand.

»Was schauen Sie mich so an?«

»Ach, Marion! Diese Frage sollte eine Frau niemals stellen.

Es gibt keine Antwort darauf, die nicht entweder zynisch oder kitschig wäre – oder unwahr.«

»Sie haben recht.«

»Wissen Sie, was ich glaube?«

»Nein.«

»Ich glaube, Sie brauchen noch etwas zu trinken.«

»Wenn Sie das sagen ...«

Ich schloss für einen Moment die Augen. Als ich sie wieder öffnete, streifte eine Frau in einem gigantischen Kleid meinen Rücken, sie trug einen spanischen Fächer in der Hand, mit dem sie gelangweilt wedelte. Der Abend umfing mich, wie Düfte und Musik das konnten, ohne dass es Düfte oder Musik gewesen wären, die mich gefangen hielten. Unten lehnten Roller aneinander wie silberne Katzen, und der Mond war so hell wie die Sonne an verhangenen Tagen. Er löschte jede Angst, jedes Zaudern mit seinem kühlen Feuer, und unter den gleichmäßigen Wellen seines spröden Lichts wurden selbst die Mücken in ihrem Tanz, dem endlosen Auf- und Niedersteigen wie an einer Schnur, zu Silber. Ich spürte etwas Weiches auf meinen Schultern.

»Ich dachte, ich bringe Ihnen Ihren Mantel mit, Marion. Sie könnten frieren.«

In diesem Moment erst bemerkte ich mein Zittern. (Oder hatte es in diesem Moment erst begonnen?) Wann hatte Richard mir zuletzt den Mantel gereicht? Mir einen Drink gebracht? Ich hatte für solche Dinge nichts übrig gehabt. Ich hatte immer darauf bestanden, mir selbst einzuschenken. Wie konnte es sein, dass es mir in diesem Moment so selbstverständlich erschien, dass mir die Dinge aus der Hand genommen wurden? Wie konnte es sein, dass ich seit Stunden nicht auf die Uhr gesehen hatte?

Julien stand jetzt neben mir, in die Betrachtung der parkenden Wagen vertieft, als ein junger Mann beschwingt auf den Balkon tänzelte, sein Jackett zuknöpfte und sich neben uns übers Gitter schwang, um an der Straßenlaterne hinabzugleiten wie an einer Feuerwehrleiter. Gekonnt sprang er auf den Boden, rieb seine Lederslipper an der Anzughose ab und stieg auf einen der in Reihe geparkten Roller, dann hob er dramatisch die Hand zum Gruß: Eine junge Frau zu unserer Rechten beugte sich hinunter, ihr sinnliches Lächeln wurde von der Dunkelheit halbiert, sie erwiderte die Kusshand des Mannes. »Adieu, Claire! Bis morgen!« Der Roller schnurrte, der Kerl biss auf eine Zigarette, schob sie in die andere Mundhälfte, ohne noch einmal nach oben zu blicken, dann verschwand er.

Julien pfiff durch die Zähne.

»Haben Sie das gesehen? Ein seltenes Exemplar, einer der letzten. Er trug keine Strümpfe, und seine oberen beiden Hemdknöpfe waren geöffnet.«

Ich lachte.

»Er sah aus wie aus einem Truffaut-Film.«

»O nein! Das *ist* ein Truffaut-Film, Marion. Haben Sie es noch immer nicht bemerkt?«

⋆

Der Alkohol trieb mich auf die Toilette. Das von breiten, goldenen Wandspiegeln durchzogene Bad war zum Treffpunkt der weiblichen Gesellschaft geworden: Eine Schar Frauen war hier damit beschäftigt, die Spuren des Abends zu übertünchen.

»Marion!«

Vanessa ließ den Lippenstift in ihrer Handtasche verschwinden. Sie sah mitgenommen aus, aber belustigt, und etwas zu betrunken.

»Ich dachte schon, ich bekomme dich gar nicht mehr zu Gesicht.«

Sie zog betont umständlich ein Döschen Puder aus ihrer Tasche und öffnete es geübt mit einem Finger.

»Da hast du aber einen dicken Fisch an der Angel.«

Abgesehen davon, dass ich nicht wusste, was sie meinte, missfiel mir der komplizenhafte Schalk in ihrer Stimme, also tat ich ungerührt und wusch meine Hände neben einer Frau, die BH-Einlagen aus Silikon zurück unter ihre Brüste schob.

»Hat er dir nichts erzählt, der feine Julien?«

»Was meinst du?«

Ich gab mir keine Mühe, den Ärger in meinem Ton zu unterdrücken. Vanessas herablassender Zynismus war eine unangebrachte Intimität, als würde sie mir die Wange tätscheln oder übers Haar fahren.

»Er ist Viktors rechte Hand, Liebling, sein Finanzberater.«

Dieser Satz, überbetont und begleitet von einem weibischen Kopfzucken, kam mir vor wie die schlechte Imitation einer hysterischen Schauspielerin. Hinter dem offensichtlichen Hohn in Vanessas Augen ließ sich allerdings etwas anderes erahnen: Ein Anflug von Neid und Zerknirschung brachte ihre Züge in Unordnung, gerade so, als bange sie um ihre Überlegenheit. Missmutig stellte ich fest, dass alles, wozu dieser Abend geführt hatte, eine lächerliche Komödie war, zu der ich mich hatte hinreißen lassen, und jetzt schien kein Weg mehr an der Ironie vorbeizuführen. Aller Zauber der letzten Stunden schmolz mit den Lippenstiftresten der klappernden Frauen im Ausguss. Ich trank eine Handvoll Leitungswasser, als Vanessa mir den Arm auf die Schulter legte.

»Ihr gebt ein hübsches Paar ab«, sagte sie und lächelte. »Schön dranbleiben.«

Gerade als ich beschlossen hatte, dem Zirkus ein Ende zu setzen und möglichst unauffällig zu verschwinden, ertönte das durchdringende Geräusch einer Glocke. Hastig rafften die Frauen ihre Kleider zusammen und stürmten in den Saal. Ich warf einen letzten Blick in den Spiegel, drehte die laufenden Wasserhähne ab und ging hinterher.

Im Saal war es augenblicklich still. Kein Laut riss einen Spalt in das Schweigen, das andächtig war wie die Lautlosigkeit in orthodoxen Kirchen. Ich stand vor einer Allee gestreckter Hälse. Dutzende gespannter Nacken, Dutzende geschlossener Zahnreihen, die jeden Ton verkrampft festhielten, und überall strahlende Kostüme.

Mit einem Tosen aus den Musikboxen trat ein alter Mann im Frack mit einem Spazierstock hinter einem Schrank hervor, der nicht an der Wand, sondern leicht nach vorn versetzt im Raum stand. Der Greis lächelte und verbeugte sich, wobei er den Stock unter seine Achsel klemmte und mit dem Lüften des Zylinders schütteres, weißes Haar offenbarte, das zu kleinen Inseln auf seinem Schädel zusammengeschrumpft war. Er sprach weder, noch begrüßte er jemanden, stattdessen verharrte er lange in seiner Verbeugung, als habe er vergessen, was darauf folgen sollte, um endlich mit einer unsauberen Bewegung seines silberbeschlagenen Stocks den Schrank aufzustoßen, in dem ein Vogel auf seiner Stange hockte, der sofort und unangekündigt mit kindlicher Stimme einen Gesang anstimmte. Als die Melodie zu Ende war, schloss der Mann die Tür wieder, ebenso nachlässig, wie er sie zuvor geöffnet hatte. Das Publikum seufzte erleichtert, und eine neue Stille, lustvoller und vorfreudiger, beherrschte den Raum, schloss sich um die Köpfe wie ein unsichtbarer Ring.

Als der Alte den Schrank erneut aufstieß, mit einem doppelten zornigen Klopfen des Stockknaufs, erschien darin, von nichts als Schweigen begleitet, Viktor, in blauen Nebel gehüllt. Sein rüdes Gesicht glänzte, seine Augen funkelten, etwas Verträumtes, Rohes lag um seine Lippen als halbes Lächeln. Er tat nichts, er schaute nicht einmal, schließlich neigte er den Kopf, so leicht, dass man es für eine Täuschung halten konnte, und der Alte schloss mit einem selbstzufriedenen Grinsen die Schranktür. Als er sie, begleitet von einem Tusch, zum dritten Mal öffnete, lag auf dem Boden ein massiger Perserkater, der uns sein flaches, eigensinniges Gesicht zuwandte, als würde er, wenn er könnte, über uns lachen. Er erhob sich, langsam, gnädig, gähnte träge und stolz, dann trottete er nach rechts weg, um mit einem Sprung auf den Balkon zu verschwinden. In diesem Moment erschien in der anderen der beiden Glastüren, nach der alle Zuschauer ihre Köpfe drehen mussten, Viktor, er ging auf die Menge zu, blieb an einem der halbhohen Tische stehen, goss sich ein Glas Minzwasser ein und trank, sodass sich seine Schultern unter dem schwarzen, von goldenen Fäden durchwobenen Anzug bewegten, imposant und bedrohlich wie bei einem Tier, das seine Kraft demonstrierte. Zaghaft flogen die ersten mädchenhaften Lacher durch den Raum wie Luftschlangen, und allmählich zerfiel der Pulk der Zuschauer in Bewunderung, Ratlosigkeit, Aufregung und Laszivität. Endlich nahm man seine Gespräche wieder auf: über die jüngste Inszenierung an der Comédie Française, den Börsengang einer Fluglinie, die neue Kollektion von Isabelle Marant, über Sloterdijks Europa, die Zukunft der Pariser High Society und die moderne Profillosigkeit der Automobilkonzerne.

Ich fand mich nahe dem Buffet wieder, nüchtern und verwirrt. Viktors Augen, die die Farbe des Wassers in Talsperren hatten – weder blau, noch grün, noch grau, aber von einer Eigenheit und Prägnanz, dass man dieser Farbe einen Namen zu geben versucht war –, ruhten auf Julien. Sein Blick war nachsichtig, liebevoll und herzlich, der Blick eines Meisters auf seinen Schüler, begleitet von einer Reglosigkeit des Gesichts, die keinen Zweifel an der Verteilung der Positionen ließ. Julien stellte mich vor (»Mademoiselle Marion, la belle de jour«), und Viktor neigte den Kopf und setzte einen vollendeten Kuss in die Luft über meinem Handrücken. Sein Gesicht kam mir sauberer vor, dichter und einheitlicher als damals in Hamburg. Ein Gesicht wie das einer unfertigen Statue, im Prozess zwischen dem groben Behauen und der feinen Modellierung stehen geblieben, in dem genau gearbeitete Partien wie die der Augen und gröbere wie die des Kinns in einem Spannungsverhältnis standen, ohne einander überbieten zu wollen oder um die Herrschaft über die Züge zu buhlen. Er tat einen einzigen, gezielten Blick in die Runde, ohne besonderes Interesse, aber mit einer Amüsiertheit, die Alten und Hausherren vorbehalten war. Dann zündete er sich eine Zigarette an.

»Geht morgen alles klar?«, fragte er Julien.

»Natürlich.«

Juliens Stimme schwankte leicht, wie bei Kindern, die logen, oder Erwachsenen, die Schwüre und Versprechungen vorbrachten, aber dieses Schwanken war ganz und gar eines der Verehrung. Dann wandte mir Viktor sein Gesicht frontal zu.

»Lassen Sie sich von ihm nach Hause bringen, Mademoiselle. In dieser Stadt gibt es eine Menge Irre. Aber wenigstens Manieren haben sie Julien auf der ENA beigebracht.«

Danach entfernte er sich mit einem nonchalanten Lächeln.

Ich sah ihn kein zweites Mal an diesem Abend, sooft ich auch mit meinem Blick die müden Gruppen der Verbliebenen durchkämmte.

★

Da ich es ihm versprochen hatte und von der Verbindlichkeit von Versprechen überzeugt war, hatten wir uns auf den Weg zum »L'Atmosphère« gemacht. Zwischen den gelben Laternen an den Häusern und den weißen Laternen am Wasser stieg der Tag aus dem Boden wie ein Gespenst mit Kleid und Schleppe. Allgemeine Trunkenheit und Larmoyanz hatte die Jugendlichen am Quai näher zusammengetrieben: Eng hockten sie beieinander als Haufen heimatloser Körper, über denen die Sonne ihr verklärendes Licht ausgoss. Ein Junge sang: »Un soleil pour tout le monde / Une seule vie pour chacun / Les mêmes minutes qui fondent / Une seule vie, une seule fin«, aber er sang es wie ein Liebeslied. Auf dem Weg an den bemalten Häusern vorbei, vorbei an »Antoine et Lili« und den schlafenden Brücken, fiel mir ein Gedicht von Baudelaire ein, »Tristesses de la lune«: »Lässiger als sonst träumt Luna heute Abend; wie eine Schöne / die auf vielen Kissen ruht und deren achtlos leichte Hand, eh / sie entschlummert, liebkosend über ihre Brüste streicht …«

Aber es war eine Nacht der Sentimentalität, nicht der Romantik, und ich war von der Erregung, die mich auf der Feier ergriffen hatte, schon weit entfernt. An den Straßenlaternen stapelten sich Berge schlammiger Autoreifen (wo, um Himmels willen, hatte man um diese Jahreszeit in Paris Schlamm aufgetrieben?), und wir gingen an einer Reihe Autos vorbei, sodass sich ein langsames und unwichtiges Gespräch darüber aus unseren heiter-müden Gesichtern schälte. Es war die beste Stunde, um leidenschaftlich über Nichtigkeiten zu sprechen.

»Ich finde es wunderbar, dass die Franzosen ihre Wagen verbeulen.«

Julien betrachtete mich amüsiert von der Seite.

»In Deutschland wird ein großes Ding um die Autos gemacht, nicht wahr? Hier haben sie sich nicht wirklich als Statussymbol etabliert. Was aber für echte Autoliebhaber nicht schlecht ist. Man ist auf jeden Fall allein mit seiner Liebe, man ist exklusiv.«

»Und Sie? Ich kann mir nicht vorstellen, dass Sie einen zerknautschten Kleinwagen fahren.«

Julien lachte und berührte meinen Oberarm im Gehen. (Er lief wie selbstverständlich auf der rechten Seite, der, die zur Straße hin lag, obwohl um diese Zeit kein einziger Wagen unterwegs war.)

»Ich besitze einen Defender für die Provence, eine Vespa für Paris und einen BMW, weil er Spaß macht.«

»Oh«, sagte ich. »Ich fahre am liebsten Fahrrad.«

Julien lächelte nachsichtig, als er begriff, dass ich es ernst meinte. Ich hatte Autos nie unterscheiden gelernt und war mir schon in diesem Moment nicht mehr darüber im Klaren, warum ich das Thema angeschnitten hatte. Wollte ich ihm imponieren? Oder funktionierte mein Unterbewusstsein noch komplizierter, und ich hatte das Gespräch in der Hoffnung auf dieses Gebiet gelenkt, es würde sich eine Verschiedenheit zwischen uns herauskristallisieren, die seine Sympathie für mich verringern könnte? Alles, was ich erreicht hatte, war jedoch, Julien ein kurzes, mitleidiges Amusement abzuringen, das schnell verflog, ebenso schnell wie die Dunkelheit, die uns eben noch schützend bedeckt hatte und sich auf der Flucht vor der Morgensonne in den Kanal stürzte.

Für gewöhnlich öffnete das »L'Atmo« erst um halb zehn wieder, an diesem frühen Morgen jedoch war es noch immer gefüllt von der nachtschwärmenden Bohème und den ersten geschäftigen Pariser Aufsteigern, die das Viertel mit ihren größenwahnsinnigen Plänen bevölkerten.

Wir traten durch den roten Samtvorhang und setzten uns an einen der Holztische in der Mitte.

»Ein Bier bitte, und einen Kaffee für die Dame.«

Wir blickten hinaus auf die Fußgängerampel und zur hölzernen Bar, die von kleinen Lampen an der Unterseite der Hängeschränke beleuchtet wurde. Junge Männer ohne Wirbelsäulen lehnten an der Bar wie an einer Mutter, sie trugen ihre weiten T-Shirts wie Schlafanzüge und bestellten mit kümmerlichen Stimmen ein letztes Bier. Die Bedienungen trugen Schwarz und hatten Ringe von Fett um die Bäuche, sie schienen uns nicht zu mögen, was nicht schlimm war, denn sie schienen niemanden zu mögen. Wir sprachen nicht über Viktor (mir war schon viel früher, während unseres Gesprächs, aufgefallen, dass Julien als Einziger niemals ein Wort über Viktor verlor), und wir sprachen auch sonst nicht viel. Das leichte und erhabene Gefühl, das sich nach Mitternacht in mir ausgebreitet hatte, wich einer tiefen Müdigkeit und der Frage, was ich hier zu suchen hatte. Im ersten Licht sah Julien kindlicher aus als bei Nacht, seine Wangen waren leicht gerötet. Er redete über Geldanlagen, ich hörte kaum zu. Wir verabschiedeten uns bald, und ich bestand darauf, allein nach Hause zu gehen. Auf dem Weg zur Metro entschied ich, dass Julien ein einfacher, höflicher Chauvinist war, dessen Bekanntschaft zu pflegen ich keinen Grund fand. Es ärgerte mich, dass seine Etikette mich zunächst milde gestimmt hatte (vielleicht war dies allein eine Folge meiner Verwunderung darüber, als Frau behandelt zu werden): eine äußerst weibliche und äußerst unreife Reaktion auf seine erprobten Umgangsformen. Da diese Nacht so viele seltsame, undurchdringliche Stimmungen und Vorfälle gebracht hatte, die in das Bild von mir und meinem Leben einzuordnen ich wahrscheinlich Wochen brauchen würde, entschloss ich mich, sie als Ausnahme zu betrachten und nicht mehr anzurühren. Niemand außer Vanessa und mir wusste davon, dass es diesen Abend, dass es mich an diesem Abend gegeben hatte. Ich wollte ihn vergessen.

Ich war bis »Vavin« gefahren und sah den breiten, noch beinahe leeren Boulevard du Montparnasse hinunter, der einen heimeligen, schläfrigen Frieden ausstrahlte, und bog am »Dôme« in die Rue Delambre ein, vorbei an der »Auberge de Venise« und nach links in den Square Delambre. Als ich den Schlüssel aus meiner Tasche zog, erreichte mich ein Laut wie ein Seufzer, leise und trocken, und ich erblickte auf dem Hof, zwischen den Büschen und Fahrrädern, ein Bündel, das sich im selben Moment erhob.

»Marion!«

Es war Luna, bleich wie der Tod, mit einem Gesicht, das von Dingen erfüllt war, die schrecklicher waren als Verzweiflung. Ein Schatten war um sie, als sie auf mich zuging, wie eine eben Verstorbene, die zurückkehrte, um etwas Letztes zu erledigen, und als sie näher kam, wurde ihr Gesicht menschlicher und tragischer, und sie hängte sich an mich wie an ein Seil.

»Oh, Marion …«

Ich legte ihr die Hand auf die Stirn und hatte das Gefühl, am ganzen Körper zu erröten.

»Ich bin über den Zaun geklettert …«

»Das ist nicht schlimm.«

»Ach, Marion …«

Dieser Moment, obschon ich ahnte, dass der Grund, der sie zu mir geführt hatte, ein anderer sein musste, war allein unserer. Luna presste ihr Gesicht gegen meine Brust, ich konnte nichts tun, als ihr übers Haar zu streichen, mein Körper war hitzig vom fehlenden Schlaf, und alle verhohlene Sehnsucht der letzten Wochen strich ich in ihr Haar, während über uns die Rauchschwalben den Himmel durchkreuzten. Mir fiel alles ein: Es war Lunas Kleid, das ich trug, es war Lunas Lächeln, das ich Julien geschenkt hatte, es war Lunas elfenhafte Schönheit, die ich zur Schau gestellt hatte … Oder hatte ich alles nur in Lunas Namen getan? Hatte ich in ihrem Namen gehandelt, mich genau so verhalten, wie sie es niemals von mir verlangt hatte?

»Du warst bei ihm, nicht wahr? Du warst bei ihm, ich habe euch gesehen, Vanessa und dich, an der Gare Montparnasse. Sag mir, wie ist er? Du musst es mir sagen! Ich bitte dich, ich flehe dich an: Sag mir alles über Viktor!«

⋆

Wie im Flug vergingen Jahre in den nächsten drei Wochen, die uns in Aufregung und Anstrengung stürzten und, wie ein höllisches Gewitter, die unmöglichsten Dinge an die Oberfläche beförderten, um sie uns im nächsten Moment wieder aus den Händen zu reißen und von uns zu tragen, als hätten sie niemals existiert.

Ich versuchte zu arbeiten, trotz allem, und wenn ich nicht arbeitete, ging ich am helllichten Tag mit Luna auf dem Boulevard du Montparnasse aus oder besuchte die Pariser Museen. In den Zeiten, die frei waren von Verabredungen und Arbeit, kümmerte ich mich um Cognac, der zwischenzeitlich an einer Magenverstimmung gelitten hatte und ganze Klumpen eigener Haare erbrach, oder sah der Vogelmutter zu, wie sie auf ihren Eiern saß und brütete.

Das Gefühl, mein Leben unter Kontrolle zu haben, war vorübergehend zurückgekehrt, und wenn es mich zu verlassen drohte, schlenderte ich den Square hinauf bis zum Boulevard Edgar Quinet und besuchte auf der Cimetière du Montparnasse das Grab Marguerite Duras', das sich unweit vom Eingang in der ersten Reihe befand, unauffällig, nur durch ihre in die Steinplatte gehauenen Initialen »MD« zu erkennen, auf der Platte ein Blumentopf, in dem Gänseblümchen wuchsen, ein Foto, das Wüste und Himmel zeigte (vielleicht das Geschenk eines Verehrers), Hühnerfedern, Kiefernzapfen, Steine und eine saubere Scheibe aus einem Baumstamm. Ich hockte mich vor das Grab, machte mir ein paar halbseidene Gedanken über den Tod und erinnerte mich an Duras' dramatische Texte. Manchmal lief ich noch die ansteigende Avenue nach oben, an den quadratisch geschnittenen Kronen der Bäume und Ionescos Grab vorbei (»Prier le Je Ne Sais Qui – j'espère: Jésus Christ«), um mir die Engelsfigur in der Mitte des runden Platzes anzusehen.

Ich beschäftigte mich mit Cocteaus Verehrung für Arno Breker, mit der »Parade« – und im Zusammenhang damit auch wieder mit Erik Satie (vor Jahren war ich sogar auf ein Konzert gegangen, um die »Vexations« zu hören. Natürlich schaffte der Pianist die vorgeschriebenen 840 Wiederholungen des Motivs nicht – immerhin aber wurde er vom zweistündigen Repetieren der grauenvollen Melodie nicht wahnsinnig). Ich befasste mich erneut mit seiner Zeit im »Salon Peinture Rose + Croix«, der Säuferzeit danach in Montmartre und hörte noch einmal die wunderbaren »Trois poèmes d'amour« des Mannes, der die Frauen nicht verstand (»Diese Gedichte sind Liebesgedichte über die Liebe (...) Sie können ohne Furcht zuhören.«) Ich untersuchte noch einmal die »Préludes flasques pour un chien« und die »Véritables préludes flasques pour un chien«. Ich las die Sätze, die er seinen Stücken mit den komischen Namen vorangestellt hatte, die Namen seiner komischen Stücke selbst (»Verdorrte Embryos«, »Alte Waffen und Harnische«), las seine Bemerkungen und satirischen Texte (»Bevor ich ein Stück komponiere, laufe ich erst einige Male, in Begleitung von niemand anderem als mir selbst, um das Stück herum«) und lernte zum zweiten Mal, dass er eine Menge gleicher Anzüge und Schirme gesammelt hatte. Ich hörte seine Kaffeehaus-Chansons, erfuhr, wie er arbeitete (er schien, während er in einem Café winzige Noten in ein Notizbuch kritzelte, niemanden und niemandes Gruß zu bemerken, bezichtigte aber am nächsten Tag regelmäßig alle schlechter Manieren) und wie er starb.

Wenn ich genug Übersetzungsarbeit erledigt hatte, besuchte ich den Markt auf dem Boulevard Edgar Quinet oder setzte mich ins »La Marquise« auf dem Boulevard Montparnasse, um an einem der roten Außentische ein Croissant zu essen, einen Café Crème zu trinken und auf die Kreuzung zu blicken.

Oft, an diesen sternenklaren Abenden im Juni, besuchte mich Luna, unruhig, aber in ihrer Unruhe niemals unelegant, und wir saßen auf meinem winzigen Balkon und redeten. Meistens stellte sie immer gleiche Fragen über Viktor, und immer öfter war es der Sommer vor sechs Jahren, der in unsere Gespräche eindrang wie eine dunkle, bedrohliche Farbe. Wir erinnerten uns, wie alles begonnen hatte, wie wir auf »Stella« gestoßen waren. Ich hatte mich um Kostüme und Requisiten gekümmert, Vanessa hatte die Rolle der Cäcilie geübt, Luna die der Baronesse und Sylvie die der Tochter Cäcilies, Lucie. Fernando sollte ursprünglich von einem Jungen namens Roman besetzt werden, der später wegen seines Studiums von der Theatergruppe Abschied nahm und damit Viktor seinen Platz überließ. Viktor, von dem zu diesem Zeitpunkt niemand wusste, woher er gekommen war und was ihn in unser kleines Theater verschlagen hatte, war großartig in der Rolle des Fernando, und wenig später schon, in der vierten Woche unserer Proben, nahm das Unheil seinen Lauf. Luna erinnerte sich: »Wir wussten, wie es um Sylvie stand. Jeder von uns wusste es. Sie war in einer Klinik gewesen, mit zwölf Jahren schon, sie hat es mir einmal erzählt, zu Beginn des Ganzen, als sie sich zu mir hingezogen fühlte. Sie sagte, sie leide an manischer Depression.« An jenem Abend probierten wir den dritten Akt, den der Wiederbegegnung zwischen Stella und Fernando, und eben als Luna in Viktors Arme sank und weinte »Gott verzeih dir's, der dich so gemacht hat – so flatterhaft und so treu!«, stand Sylvie von ihrem Platz im Zuschauerraum auf, die Hände vors Gesicht gepresst, und rannte aus dem Theatersaal. Ich war es gewesen, die ihr nachgelaufen war, und ich fand Sylvie auf der Toilette, eingeschlossen und schluchzend, sie schickte mich fort, aber ich blieb, ich stand am Spiegel, bis sich ihr Weinen beruhigt hatte. Ein paar Mal klopfte ich an ihre Tür, ohne Antwort zu erhalten, schließlich aber taumelte sie aus der Kabine, lief zum Waschbecken, ließ Wasser einlaufen und tauchte ihr Gesicht hinein. Die Schminke lief ihr über die Wangen und in die Senke ihres Halses, und sie sah mich an, als wäre ich eine Lampe oder ein Wandteppich. Von diesem Tag an gab es keinen weiteren Zwischenfall mit Sylvie, bis zu jener Nacht freilich, von der jeder von uns einen Teil mit sich herumträgt wie eine schillernde, gefährliche Scherbe.

Ich wusste, dass nur Luna die Lücken zwischen jenem Tag und dem letzten füllen konnte, dass sie es war, der die Geschichte gehörte. Sie sprach nur selten von dieser Zeit, und wenn sie davon sprach, war es, als verließen die Worte zum ersten Mal den dichten, streng bewachten Kreis ihrer Gedanken. Sie erzählte niemals zusammenhängend und zielgerichtet, immer aber lösten sich ihre kurzen Schilderungen in einem Schwärmen auf, das in mir Bewunderung und Angst gleichermaßen auslöste. So kam es, dass ich etwas über Viktor erfuhr, über Viktor und Luna.

*

Es muss ein Abend im Juli gewesen sein, trocken und so heiß, dass der Asphalt auf den Straßen sich wölbte. Wir hockten zusammen, angetrunken, stolz und älter als wir waren, in der Theaterkantine, und jedes Glas Bier, das wir tranken, machte uns verruchter. Ich saß zwischen Luna und Sylvie, Viktor, Vanessa und ein Junge namens Henning (er mimte den Verwalter) uns gegenüber, und an der Stirnseite hatte Heiner Platz genommen, unser Regisseur. Wir machten abgeklärte, postromantische Witze über alles, was wieder einmal schiefgegangen war (Luna sang: »Die Liebe ist tot. Es lebe die Liebe. Amo, ergo doleor. Doleor, ergo poto. Poto, ergo sum!«, und alle hoben ihre Gläser und stießen an und wiederholten die Wörter, bis sie ganz heiter waren), und vor jedem von uns, vor allem vor Luna, lag eine glänzend schwarze, aufregende Zukunft als Diva. (Luna war immer kompliziert gewesen, und ebenso kompliziert war die Anatomie ihrer Beziehungen. Jeder am Theater, selbst die wirklichen Schauspieler, begehrte und bewunderte sie, aber niemand konnte sie lieben, das war ihr Los: Die Intellektuellen verschreckte ihre außerordentliche Schönheit, die Schönlinge ihre weitläufige Intelligenz. Luna war eitel, aber ohne Stolz, übermütig, aber ohne Mut, und sosehr sie sich selbst erkannte, so voller Verachtung war dieses Erkennen. Sie verletzte sich nicht einfach, sie tat es auf mehreren Ebenen gleichzeitig, auf Umwegen, zum Beispiel, indem sie ihren Körper systematisch entehrte und entwertete. Sie hatte eine Menge aussichtsloser Affären hinter sich und eine mindestens ebenso große Menge davon vor sich, und dieses Wissen war es, das sie so krank machte.)

Es hatte sich während unserer Arbeit ein Spiel entwickelt, mit dem wir uns jedes Mal, wenn wir nach der Probe in der Kantine saßen, die Zeit vertrieben. Einziger Inhalt dieses Spiels war es, möglichst oft Zitate aus »Stella« anzubringen. Das gab jedem unserer Gespräche eine herrliche Theatralik, deren Künstlichkeit uns dazu verführte, Intimstes in die Konversation einzuweben, was unsere Unterhaltungen dicht und gefährlich machte. So kam es vor, dass Luna mit zum Himmel gerichteten Augen seufzte: »Können wir wissen, was in dem Busen der Männer schlägt?«, oder Viktor eine kurze Ausführung mit der Bemerkung »Dieses Weib macht mich schwermütig« beendete. Luna hatte zwei Lieblingszitate. »Dass man euch den Kummer nicht anrechnet, den ihr uns verursacht!« und »Alles um Liebe, war die Losung meines Lebens.«

Unsere Gespräche waren geistreich und verwirrt, und eigene Empfindungen paarten sich mit solchen unserer Figuren, die zu fühlen wir uns bemühten oder vorgaben, und was am Anfang noch klar getrennt war, vermengte sich mehr und mehr, bis uns selbst jene großartige Künstlichkeit befiel und wir uns der Illusion ungeahnter Höhenflüge hingaben. Die Sprache aus »Stella« wirkte katalytisch auf sämtliche Entwicklungen, Beziehungen kamen und gingen, sodass sich zu dem Gefühl, authentisch und großartig zu empfinden, bald auch ein derber Zynismus gesellte. Auch in unserer Theatergruppe blieben die Verwicklungen nicht aus: Henning verliebte sich kurz und heftig in Vanessa, die als Einzige einen kühlen Kopf bewahrte. Er litt einige Wochen schwer und nicht ohne die halbe Gruppe in seine unsterbliche Trauer einzuweihen, bis er eines Tages mit dem abschließenden Satz »Die Weiber haben mich verstimmt« in die Theatergruppe und das Leben zurückkehrte.

An diesem Abend blieben nur Heiner und ich: Vanessa hatte sich auf den Heimweg gemacht, Henning war in Richtung Reeperbahn gefahren, um sich in der »China Lounge« mit Freunden zu treffen, Viktor und Luna hatten sich gemeinsam verabschiedet, und Sylvie war kurz darauf wortlos verschwunden. Wir saßen allein in der schmutzigen Kantine, bedrängt von der Menge der Fotografien aus zehn Jahren Theatergeschichte, bedrückt von der plötzlichen Stille, die die anderen hinterlassen hatten. Aus den Lautsprechern summte die vertraute Stimme: »Die Probe ist beendet. Technik, bitte auf die Bühne. Einen schönen Abend noch.« Heiner und ich unterhielten uns über eine umstrittene Inszenierung des Thalia Theaters, was in eine allgemeine Diskussion über Aktionstheater ausartete. Schließlich verabschiedeten wir uns, müde und wortkarg, meine Uhr zeigte kurz vor Mitternacht.

Um diese Zeit mussten Luna und Viktor längst auf dem Weg zum Billehafen gewesen sein. Er hatte sie gefragt, ob sie nicht gemeinsam eine Runde auf dem Fahrrad drehen wollten, und Luna hatte eingewilligt. Der Himmel war klar, und Luna legte ihren Kopf an Viktors breiten Rücken. Sie fuhren schweigend: ein wortloses Einverständnis, aus Müdigkeit und den Träumen gesponnen, die das Theater in ihnen wachgerufen hatte. (»Ich kann dir nicht sagen, wie er sich anfühlte, ich kann dir nicht sagen, wie er roch. Ich habe alles vergessen, aber ich sage dir: Ich würde seinen Geruch unter Tausenden erkennen! Seinen Rücken!«) Sie fuhren durch die halbe Stadt, ohne jegliches Ziel, und schließlich bog Viktor gen Süden, Richtung Eiffestraße, fuhr an den parkenden Lastwagen und den transsexuellen Prostituierten vorbei (»Er sagte, ich solle meine Augen zumachen und mein Gesicht in seine Schulter pressen«) und über die Süderstraße bis zum Hammer Deich, dahin, wo zwischen Wind und Müll die Frachtkähne schliefen. Da standen sie nebeneinander, den Blick zum Wasser hin gewendet, umfangen von einem Abend, in dem sich die erste eroberte Altklugheit mit der Naivität der Kindheit verband, um in aufgeblasenen Gedanken wie »Das ganze Leben liegt vor uns« zu kulminieren, einem Gefühl des Aufbruchs und der gleichzeitigen Neugier darauf, ebenjenen Ausbruch mit endgültigen Entscheidungen wieder in eine feste, leuchtende Form zu verwandeln. Zu dieser Zeit war Luna alles – Kind, Frau, Geliebte, Komplizin, Freundin, Diva, Ganovin – und nichts zugleich. Ich hätte mich nicht gewundert, wenn jemand behauptet hätte, er habe sie sich auflösen und in den Himmel aufsteigen sehen. Und Viktor? Viktor sprühte. Er drängte sich uns auf, er beherrschte uns, allein dadurch, dass er seinen scheinbar unerschöpflichen Vorrat an Ideen, romantischer Liebesbereitschaft, Spontaneität, Witz und schlitzohrigen Epigrammen verschwendete. Er war großzügig, und in seiner Großzügigkeit machte er keine Unterschiede. Und dies war vielleicht sein schönster und betörendster Fehler: Er war so frei wie unentschieden, so ehrlich wie flüchtig.

Es kam dazu, dass er Luna vorschlug, in einen zum Hausboot umgebauten Frachtkahn, der hier vor Anker lag, einzusteigen. Er verneinte die Frage, ob er das schon öfter getan hätte. Luna muss ihm eine ganze Weile widersprochen haben, bis Viktor sie endlich packte und über die Wiese hinuntertrug, wo die »Diana« nahe am Ufer schaukelte. Das Boot war schlank, hölzern, weiß gestrichen und hatte etwas von einer französischen Penichette. So standen sie zu zweit an der Reling, über sich die Möwen, unter sich das Wasser, und träumten den Traum, den man nur zu zweit träumen konnte: den vom Verschwinden. Luna sagte: »Wenn ich nach oben in die Sterne sehe, habe ich oft das Gefühl, ich könnte die Erde sich drehen fühlen, oder an uns saugen, uns einziehen«, und ebenso abstrakt war alles, was sie einander sagten, als sie aufs Wasser hinausstarrten, obwohl doch das Gefühl, das schon zwischen ihnen entstand, etwas mit Biologie und Zärtlichkeit zu tun hatte. Es war schwer, Luna zu überraschen, denn sie war alles von den Männern gewöhnt, nur das nicht: Viktor begann plötzlich aus unerfindlichen Gründen, sämtliche Gegenstände an Deck, vom Geländer bis zur Tür des Deckshauses, zu küssen. Sie stand daneben und beobachtete die Szene. Viktor lief auf dem hölzernen Boden hin und her, nur um seine Lippen auf ein Fenster oder einen Rahmen zu drücken, und als Luna ihm ihr gesammeltes Unverständnis in einem einzigen Blick zusandte, sagte er: »Ich liebe die Welt. Ich liebe jeden einzelnen verdammten Stein, auf dem ich gehe«, und Luna blieb unverwandt stehen, voller Staunen und Bestürzung und ohne jede Idee, wie sie auf Viktors Verhalten reagieren sollte. Das musste sie nicht, denn wenig später war Viktor auch bei ihr angelangt, und er küsste ihre Wangen und Augen, ihren Hals und ihren Scheitel, sorgfältig und leidenschaftlich. (»Ich war fasziniert von seiner Lust, er schien mir viel jünger und frischer zu sein als ich. Seine Weltliebe gegen meine Melancholie, sein aufgeregter Frieden gegen meine starre Unruhe … Aber einfach sollte er es nicht haben. Ich sprach also mit ihm …«)

Luna sprach mit ihm. Sie sprach über die Dinge, die sie nicht mehr wollte, über die Dinge, die sie bewegten, die, die ihr fehlten. Sie sagte Sätze wie: »Ich will keinen Mann, dessen einziger Schmerz die Vergänglichkeit ist, ein Schmerz darüber, dass Dinge vor mir vorbeigegangen sind. Ich will keinen Mann, der seine Vergangenheit vor mir verteidigt. Ich hege den maßlosen Wunsch, mein Mann könnte die Dinge, die vor mir gewesen sind, auslöschen.« Und Viktor antwortete Luna, indem er ihr versprach, alles vor ihr zu vergessen. Und etwas war an dieser Nacht, und etwas war an Viktor und Luna, dass sie ihm glaubte.

Später versiegelte Viktor dieses Versprechen, indem er nur für Luna einen kurzen Monolog aus »Stella« zum Besten gab: »Engel des Himmels! Wie vor ihrer Gegenwart alles heiter wird, alles frei! – Fernando, kennst du dich noch selbst? Alles, was diesen Busen bedrängt, es ist weg; jede Sorge, jedes ängstliche Zurückerinnern, was war – und was sein wird! – Kommt ihr schon wieder? – und doch, wenn ich dich ansehe, deine Hand halte, Stella! flieht alles, verlischt jedes andre Bild in meiner Seele!« Vom Augenblick an, als Luna mir die Geschichte erzählt hatte, verstand ich, dass es keine Demonstration ihres schauspielerischen Talents war, wenn sie seit dieser Nacht bei jeder Probe des dritten Aktes glasige Augen bekam, sondern, im Gegenteil, die Wiederholung eines intimen Schwurs.

In jener Nacht geschahen noch andere Dinge, nichts aber, was entscheidender war als dieses Versprechen. Viktor brach tatsächlich die Tür des Deckshauses auf, um im Inneren für sie ein Liebesnest einzurichten, während Luna an der Reling lehnte und verzückt die fernen Geräusche der Stadt als viel weniger bedrohlich empfand, als sie es bis zu diesem Abend getan hatte. Später öffnete Viktor eine Flasche Wein, die er, wie er verlegen einräumte, am Nachmittag besorgt hatte. Aber nichts konnte ihr Glück mehr stören. Sie zogen einander aus wie köstliche Geschenke, sie schliefen miteinander und hielten sich fest bis zum Morgen. Und als Luna in Viktors Armen weinte, schenkte er ihr ein weiteres Versprechen. Er versprach ihr, um sie zu kämpfen, nicht aber, zu bleiben. Ich ahnte: Viktor hing an nichts, er war weder nachtragend noch rückwärtsgewandt, er riss alles an sich, aber er beweinte keinen Verlust. Jener Viktor, von dem Luna mir erzählt hatte, war nicht der, den ich gekannt hatte, und, was noch schlimmer war: Keiner von ihnen glich dem Viktor aus Paris, dem Viktor, dessen wasserfarbene Augen mich für den Augenblick einer Nacht gestreift hatten.

Die Luna jedoch, die neben mir saß, mit einem Gesicht zwischen Verzückung und Furcht, senkte ihren Blick in meinen und beendete ihre Geschichte mit den Worten: »In allen meinen Erinnerungen gibt es Viktor. Wenn die Erinnerung der letzten Jahre ein Album wäre – ich kann jedes Foto betrachten, er steht immer lächelnd am Rand.«

⋆

Und die Vogeljungen schlüpften.

Es geschah eher zufällig, an einem Morgen, als ich auf dem

Balkon saß und einen Milchkaffee trank – ich war dabei, einen Artikel im Le Monde über den Einfluss der französischen Sprache auf den europäischen Adel seit dem 17. Jahrhundert zu lesen –, dass ich mich auf ein Gespräch zweier Männer auf dem Square Delambre konzentrierte und mir dabei dieser leise, flehende Ton dazwischenfuhr, der mir neu war. Es war das Geschrei der hungrigen Nestlinge, die, ohne dass ich es bemerkt hatte, unter dem Dachvorsprung geschlüpft waren und nun ihre dünnen Stimmen in die Welt hinausschickten. Wenn ich auf einen der Stühle stieg, konnte ich sie beobachten, wie sie ihre senfgelben Schnäbel so weit aufrissen, dass man glauben musste, bis auf den Grund ihres Magens sehen zu können, und wie das Schwalbenpaar sich Tag und Nacht mit der Fütterung des Nachwuchses beschäftigte, ohne müde zu werden. Ich war versucht, jeden von ihnen zu charakterisieren, Besorgtheit, Tücke oder Melancholie in sie hineinzulesen, und je länger ich sie beobachtete, umso vertrauter wurden mir ihre Gebärden und umso rasanter schwand ihre Angst. Während der Zeit meiner Beobachtungen stellte ich fest, dass von den vier Jungen, die geschlüpft waren, eines deutlich weniger Nahrung bekam als die anderen. Es war schmächtiger und leiser, in seiner ganzen Art verhaltener als die anderen Vogeljungen. Da ich mich über die Brutverhältnisse der Rauchschwalben informiert hatte und wusste, dass das Weibchen seinem Mann regelmäßig von fremden Männchen befruchtete ›Kuckuckseier‹ mit ins Nest legte – und davon deutlich mehr, je attraktiver ihm die anderen im Vergleich zu seinem Männchen erschienen, je imposanter ihre roten Federn an der Kehle waren –, glaubte ich zunächst, es handele sich um die Abstoßungsreaktion eines Stiefvaters. Vielleicht war das kleinste der Jungen tatsächlich ein Kuckuckskind. Aber war es dem Männchen möglich, den eigenen vom fremden Nachwuchs zu unterscheiden? Ich fand den Umstand, dass Rauchschwalbenmännchen praktisch ununterbrochen um ihre Weibchen werben mussten, um die Zahl ihrer Nebenbuhler zu verringern, ohnehin bemerkenswert genug – aber konnte ein Vogel Empfindungen hegen, Eifersucht beispielsweise? Ich beschloss, die Sache weiter zu beobachten. Es machte eine Menge Arbeit, Cognac von den Vögeln fernzuhalten. Ich ließ ihn nicht mehr auf den Balkon und achtete darauf, die Fenster zu schließen. Obwohl ich mich jeden Tag liebevoll um ihn kümmerte, schien der Kater mit den neuen Umständen unzufrieden. Er war nervös und aufgebracht, und zu seiner stolzen Launigkeit gesellte sich bald ein Gestus des Beleidigtseins. Ich ließ ihn in meinem Bett schlafen, und am Morgen, wenn ihn seine Verstimmung noch nicht wieder beherrschte, lag er zusammengerollt an meinem Bauch und döste friedlich.

In dieser Zeit begann ich auch meine Arbeit zu vernachlässigen. Ich bemerkte es nicht gleich, es gab keinen Einbruch, vielmehr handelte es sich um eine Kette kleinerer Nachlässigkeiten und Verschleifungen, deren Folgen zunächst so gering waren, dass ich sie eine Weile reinen Gewissens übersah. Es begann mit Lappalien: Anfangs war es nur mein persönlicher Arbeitsplan, den ich nicht mehr erfüllte. Ich hatte in meinem Kalender notiert, bis wann ich wie viel Übersetzungsarbeit geleistet haben müsste. Ich nahm mir eine gewisse Anzahl Kapitel oder Einheiten vor, die bis zu einem bestimmten Termin erledigt sein sollten, sodass immer genug Freiraum für neue Aufträge blieb. So hatte ich zum Beispiel genug Zeit freimachen können, um den ersten Teil einer fünfteiligen Kinderserie dazwischenzuschieben. Ich strapazierte den Plan, vorerst verschleppte ich die Arbeit nur um wenige Tage. Später häuften sich auch andere Vorhaben

(Halsband für Cognac kaufen, Anruf Liliane, Blumenpflege, Unterlagen Rodin ordnen, Küche aufräumen, Zitronen kaufen, Pralinen für Vermieterin, »Theater heute« abonnieren ...). Schlimmer aber als die Verzögerung selbst war der Umstand, dass sie mich in keinster Weise beunruhigte oder mir ein schlechtes Gewissen bereitete. Sie war mir schlicht egal. Sosehr ich versuchte, mich zur Kontrolle zu zwingen: Meine alte Lust an der Disziplin verließ mich mehr und mehr.

Man kann sagen, ich war erregt. Bis jetzt war mir Paris nicht anders als andere Metropolen erschienen, und ich war sicher gewesen, mich so gründlich mit dieser Stadt beschäftigt zu haben, dass sich ihre Unruhe, ihre überschäumende Vitalität und ihre ignorante Vielgesichtigkeit zu einem Arbeitsverhältnis beruhigt hatte. Die Stadt hatte mich in Frieden gelassen, solange ich ihr nichts weiter als einen überschaubaren Rahmen für meine Arbeit abzuringen versuchte. Doch nun schüttelte mich plötzlich der unheimliche Gedanke, ein Gefühl von Heimat und Übereinstimmung zu ersehnen. Die Vorstellung, mich jahrelang dem Rhythmus dieser Stadt, ihren Definitionen von Leben und Glück verweigert zu haben, stürzte mich in einen Rausch. Paris erschien mir mit einem Mal unendlich reizvoll, unendlich fremd, es kam mir vor, als hätte ich eine Ewigkeit mit verbundenen Augen in einem Haus voll nackter Männer zugebracht, deren Verlangen und einziger Auftrag es war, mich zu verführen.

Es war Luna, die mich in meinem Wunsch, mich ins Leben zu stürzen, zu verstehen schien. Ich war bereit, Dinge zu erfahren, die mir bisher nur von ferne vorgeführt worden waren und deren Existenz ich bis zu diesem Zeitpunkt geleugnet hatte, ich war bereit, mich zu verändern. Mit dieser Vorfreude, die man nur wenige Male im Leben und nur dann, wenn man aus eigener Kraft etwas zum Kippen bringen will, so aufrichtig und gewaltig empfindet, begegnete ich Luna, der Fee meiner Jugend, noch einmal.

*

Große Entscheidungen erfordern große Zeichen: Ich beschloss, mir die Haare schneiden zu lassen. Luna hatte mich dazu ermuntert, und der Frisör, zu dem sie mir geraten hatte, war kein gewöhnlicher Vertreter seiner Zunft: Das »Wilfried« lag in der Rue de Marseille (unweit von dem Haus, in dem Viktors Soiree stattgefunden hatte – ob Luna das wohl wusste?) und war gänzlich weiß gestrichen und möbliert. Während Luna unter den Alulampen mit glitzernden Glasperlen auf der Ledercouch saß und mich beobachtete, blätterte ich in der Vogue und betrachtete die riesige Fotografie an der linken Wand, auf der eine Frau lag, deren Haar sie umflorte wie Feuer.

Meine neue Frisur war aufregend und ungewohnt: Ich hatte einen Pony, der mir bis knapp über die Augenbrauen reichte, und kantige, scharf geschnittene schulterlange Haare. Anschließend kauften wir uns nebenan in der »Boulangerie du Pain et des Idées« herrliche Rosinenbrötchen und bestaunten die edlen Kupferpfannen und bedruckten Schachteln mit Polo- und »Petit Beurre«-Werbung und Aufdrucken wie »Bisquitterie Bruxelloise« im Schaufenster. Schließlich suchte Luna mir ein paar Kleider bei »Stella Cadente« zusammen, die ich kaufte, und in einer Bar tranken wir unter vergilbten Fotografien von Boxern Kaffee. Es reichte wenig, um mich erneut in den Zustand großer Vorfreude und Erregung zu versetzen, allein das Kinoplakat zu dem Film »Vincent, François, Paul et les autres«, das im Vorraum zu den Toiletten hing, erfüllte mich mit dem Gefühl, in einer direkten Verbindung zur Geschichte dieser Stadt zu stehen.

An einem der nächsten Tage schlenderten wir gemeinsam über die Cimetière du Montparnasse. Luna hatte sich bei mir untergehakt, und in gewissen Abständen machte sie sich von mir los, um sich auf eine der Bänke zu setzen. Einmal stand sie vor dem Grab von Sartre und Simone de Beauvoir und betrachtete die Häufchen der Metrobillets, die auf dem schmucklosen Grabstein herumlagen, zusammen mit einem verschmutzten Plüschtier und einer Rose aus Plastik, auf der sogar Tautropfen aus Plastik glänzten. Unweit davon befand sich eines der Gräber, an dem das Schild angebracht war: »Cette concession fait l'objet d'une reprise administrative. Prière de s'adresser au Bureau de la Conservation«. Luna drehte sich zu mir um, und ihr hellblaues Kleid mit den aufgestickten Blüten raschelte.

»Dieses wird frei«, sagte sie zu mir und begleitete den Satz mit einem seltsamen, vieldeutigen Lächeln, das in einer Abwendung ihres Gesichts erlosch. Als sie sich erneut zu mir umwandte, war das leichte Fieber, das schon seit einiger Zeit in ihrem Körper wohnte, in ihre Wangen gestiegen, ihre Drehung bauschte das Kleid zu einer Glocke auf, dass die Blüten zitterten, und sie lachte.

»Schau mich nicht so an! Hab keine Angst, ich bin so naiv. Ich will so naiv sein! Ist es nicht das Natürlichste der Welt, sich zum Harmlosen, Friedlichen hingezogen zu fühlen? Zu einem Frieden, der nichts Oberflächliches hat, nichts Vorläufiges?«

Oft trafen wir uns auf dem Boulevard Montparnasse, um gemeinsam etwas zu unternehmen. Ich wusste noch immer nicht, wo Luna wohnte, aber es störte mich nicht mehr. Näher als in diesen Wochen waren wir uns nie gewesen. Wir sahen uns beinahe jeden Abend. Luna war schön und krank in diesen Tagen, unter ihrer Bräune hatten sich die Schleier der Blässe eingenistet, und ihre Augen lagen tief, als wolle ihr Gesicht nach innen verschwinden. Oft war sie abwesend oder unkonzentriert, aber ich nahm ihr nichts übel, und ich fühlte mich so stark, dass ich sicher war, unsere Freundschaft könnte sie vor ihrer eigenen Destruktivität, vor Viktor und allen ihren Ängsten schützen. Ich hielt es für ein gutes Zeichen, dass wir so gut wie nie über ihn sprachen. Ich glaubte Luna auf dem Weg der Genesung.

Wir trafen uns an der Ecke Rue Delambre. Ich winkte Luna von weitem, und sie lächelte. Volants umwehten ihre Gestalt. Ihre Krankheit trug sie wie ein Kleidungsstück, sie war ihre größte Waffe, ihr wichtigster Trumpf, ihr schönster Schmuck. Als ich sie erreicht hatte, umarmte ich sie, voller Sorge, sie zu zerbrechen, und wir bogen auf den Boulevard du Montparnasse, angefangen beim »Le Dôme«, in dessen spiegelbesetzter Außenfassade Luna die Farbe ihrer Lippen nachzog. Die Bars auf der anderen Seite waren schon voll besetzt. Wir liefen den Boulevard hinunter und bogen links in die Rue St. Jacques, wo gegenüber vom Institut Océanographique das »Le week-end« auf die Straße ragte. Luna saß gern hier. Sie mochte die roten, halbrunden Polstersofas, die Popmusik, die Glasvitrine, in der ein Dutzend beschlagener Karaffen stand, den Fernseher über uns, auf dem »Info Sport« lief, ohne dass sich jemand dafür interessierte, die kleinen Blumensträuße auf den Tischen, den Eis- und Zigarettenverkauf, die unmöglichen Spiegel, die an die 70er Jahre erinnerten, den Blick: hinüber zum Institut, das schwer und würdevoll zu schlafen schien, die staubige französische Fahne, die vor dem Eingang sachte im Wind wehte, die metallene Krake über der Tür, die schwarzen Straßenlaternen.

Luna schlug die Augen nieder. Der runde Kellner in Khakihosen und blauem Karohemd lächelte uns aus seinem bäuerlichen Gesicht an und stellte den trockenen Martini und den Kaffee auf den Tisch. Ich wusste, was jetzt kam: Erst wenn einer der endlos langen Gedanken hinter Lunas Stirn zu einem Ende gekommen war, würde sie wieder aufschauen und aus einer Laune heraus entscheiden, ihn mir mitzuteilen oder zu verschweigen.

★

»Marion, was glaubst du, ist die Liebe?«, fragte sie schließlich, und jeder andere, der mir diese Frage gestellt hätte, hätte höchstens ein verlegenes Lachen dafür geerntet, aber Luna durfte alles.

»Ich weiß nicht«, sagte ich und versuchte angestrengt, Worte zu finden, die sie nicht enttäuschen würden.

»Vielleicht handelt es sich dabei um eine Steigerungsform von Freundschaft.«

Luna betrachtete mich belustigt. Sie trank von ihrem Martini und stellte das Glas auf den kleinen Zettel mit der Rechnung.

»Ach, Marion … Vielleicht? Was heißt vielleicht?«

Ich überlegte. Worauf wollte sie hinaus? Im Gegensatz zu mir hatte sie mir niemals Fragen gestellt, um von meinen Antworten zu lernen.

»Inzwischen glaube ich, sie hat mehr noch mit körperlicher Anziehung zu tun.«

»Sie tritt also mehrmals auf. Sie ist endlich.«

»Endlich, aber nicht wiederholbar.«

Ihr Blick, der auf mir ruhte, war in Momenten, in denen sie ihn nicht kontrollierte, von undurchdringlicher Schärfe, um kurz darauf wieder den Ausdruck wohlwollender Nachsichtigkeit anzunehmen. Ihr Haar fiel in großen Kringeln auf den Tisch. Ein junges Paar mit düsteren Gesichtern lief am »Weekend« vorbei. Der Mann ging einige Meter voraus, die Frau folgte widerwillig und ließ sich ein paar Schritte zurückfallen.

»Sie ist also sexuell?«, fragte Luna weiter.

»Ich denke schon.«

Plötzlich hob Luna ihren Kopf und sah mich frontal an. Das Licht tanzte auf ihrer Stirn.

»Die größte Fehlleistung der von Männern dominierten Wissenschaft ist, das Animalische in der menschlichen Natur zu akzeptieren und zu legitimieren. Es hat unsere Ethik verschmutzt, es hat unsere Moral durcheinandergebracht«, sagte sie.

Ich zuckte zusammen. Gegen wen richtete sich dieser Satz? Er schwebte über der Tischplatte und verströmte sein seltsames Aroma. Ich verstand ihn nicht. Auch Luna schien zu bemerken, dass ihre Aussage wie ein Klotz zwischen uns stand, gewichtig und unhandlich. Sie legte mir ihre Hand auf den Unterarm.

»Ich wollte dich nicht verunsichern«, sagte sie leise und beugte sich näher an mein Ohr.

»Sag, Marion, bist du verliebt …?«

Der Satz hallte lange in meinen Ohren nach. Kein warmer Ton begleitete ihn, keine Zärtlichkeit. Aber es war unmöglich: Wie sollte ich Luna etwas verschweigen?

»Es tut mir leid. Ich wollte es dir schon eher sagen … Ich konnte dich doch nicht beunruhigen …« Der Druck von Lunas festem Griff, die Gespanntheit ihrer Lippen. »Ich habe ihn auf Viktors

Soiree kennengelernt, darum habe ich es nicht erzählt. Er heißt Julien.«

Im selben Moment fuhr ein Motorroller so nahe an der Bar vorbei, dass sich die Damen an den äußersten Tischen instinktiv zurückbogen. Juliens Name hatte der Lärm des Motors verschluckt. Das Tuch aus Seidenkrepp rutschte von Lunas Schultern. Eine Familie mit Hund passierte unsere Straße. Der Duft frischer Schnittblumen lag in der Luft.

»Er ist einer von Viktors Beratern. Ich weiß nicht, was soll ich über ihn sagen? Etwas ist an seiner Art ... Er ist so ganz das Gegenteil von Richard, verstehst du? Wenn wir reden, kommt es mir vor, als sei jeder seiner Sätze persönlich und ehrlich gemeint, und sei er noch so allgemein. Aus allem, was er sagt, spricht etwas wie Lust ... Kein Verlangen, nichts Obszönes, Verqueres oder Verstocktes, verstehst du? Er ist immer glaubhaft, immer charmant ...«

Luna hatte ihre funkelnden Augen von mir abgewandt und den Kopf gesenkt. Sie starrte auf die Tischplatte, als bete sie bei ihrem Glas, dem Strauß und der Rechnung um Kraft. Das Schweigen war in diesen Minuten voll Anspannung. Alles wartete auf die Reaktion meiner Freundin, die darüber entscheiden würde, was weiter geschehe. Selbst die Wassertropfen an den Karaffen hielten in ihrem Lauf inne. Von diesem Punkt gingen Millionen Wege aus: Mit einem Wort, einem Augenaufschlag, einer Handbewegung würde Luna über sie alle richten. Auch in mir war nichts als Erwartung. So, wie sie es gewesen war, die meine Verliebtheit benannt und entschieden hatten, konnte nur Luna es sein, die eine der unendlich vielen möglichen Stimmungen zu unserer kürte. Was würde den Ausschlag geben? Die klumpfüßige Taube, die zu unseren Füßen Brotkrumen vom Boden pickte? Das cremige, rotgoldene Licht des frühen Abends, das selbst die Simse an den Fenstern verliebt erscheinen ließ? Der elegische Wind?

»Meine liebe Marion …«

Endlich hob Luna den Blick. Er war zäh und süß wie ihre Stimme.

»Warum zögerst du? Glaubst du nicht auch, er würde dir gut tun? Nach allem, was du in letzter Zeit erlebt hast?«

Wie eine Schar schläfriger Vögel legte sich das Abendlicht zu unseren Füßen. Das Radio spielte, der Fernseher lief. Jemand kaufte Zigaretten. Luna lächelte. Ich legte meinen Kopf in ihre Hand. Nach den Minuten des Unwissens, nach ihrem Schweigen, nach den Wirren dieses Gesprächs war ich voll Dankbarkeit zu ihr. Es kam mir vor, als habe sie mir vergeben (was?), mich freigesprochen (wovon?), mir eine Erlaubnis gegeben (wofür?). Sie erwiderte meinen Blick und schob ihre Hand in mein Haar. Ihre Lippen formten meinen Namen.

*

Beim Überfliegen der letzten Seiten ist mir aufgefallen, dass ich jene intensiven Wochen unvollständig dargestellt habe. Es könnte der Eindruck entstehen, ich hätte mich die gesamte Zeit nur mit Luna beschäftigt. Ja, es waren ihre Wochen, und sie entschied über Farben, Stimmungen und Gewicht – aber da waren auch andere Dinge, die mich umgaben.

Seit Anfang des Monats lag die Temperatur konstant bei etwa dreißig Grad, manchmal sogar um einiges darüber. Das hatte vor allem dazu geführt, dass sich die Metropole in einem Zustand der Hypnose befand, der mich, wie viele andere auch, in die Gefahr versetzte, mich in plötzlichem Affekt für etwas zu begeistern, das mir unter anderen Bedingungen und nach gründlicheren Überlegungen schal vorgekommen wäre. Diese Gleichzeitigkeit wirrer Euphorie und narkotischer Müdigkeit, die in schnellen, beinahe unkontrollierbaren Wellen aufeinander folgten, war typisch für diese heißen Sommer und hielt Paris und seine Einwohner in ihrem Bann. Es war eine Zeit der irren Träume, die bis zum Ende des Sommers wieder verbrannt sein würden, abseits jeder klaren Vision, jedes umsetzbaren Plans, und in die Lücken der geistigen Abwesenheit, der verstopften Denkstrukturen, drängten sich die Begierden und Interessen, die sonst unter allerlei Vorwänden, Vernunft und Aufgeräumtheit niemals zum Zuge kamen. Ich hatte Freude daran, in die Stadt zu fahren und unter dem Schutz der Schatten spendenden Markisen die Menschen zu beobachten.

So verschlug es mich ins »Le Buci« an der Kreuzung Rue Dauphine / Rue Mazerine in St-Germain des Prés, wo ein so reges Treiben herrschte, dass man den Eindruck hatte, sämtliche Pariser würden mindestens ein Mal am Tag diesen Platz passieren. Ich hatte einen guten Blick aufs »Conti« gegenüber und beobachtete dösend das Wirrwarr der unendlich vielen Roller, der Inlineskater, der verlorenen Chinesen und verknitterten alten Paare in weitem Leinen, der hinkenden amerikanischen Touristen und schwitzenden Familien, der Hunde, Mädchen mit Zahnspangen und teuer gekleideten alten Damen mit zierlichen Handtaschen, der telefonierenden Fensterputzer, grünen Müllmänner und überdimensionierten amerikanischen Wagen, die in den engen Gassen anzustoßen drohten. Viele schienen zwei Mal vorbeizukommen. Oder war es, dass Paris von jedem ein Double bereithielt? Vor mir plätscherte der Strom des Bewässerungssystems am Trottoir entlang. Die Hitze beschleunigte jeden aufkeimenden Wahnsinn, alle Grade davon waren hier vorhanden: Da gab es die verzweifelt kreischenden Säuglinge, deren Gesichter vom Schreien rot angelaufen waren, da gab es den singenden Alten, dessen rostiger Tenor ganze Häuserzeilen durchdrang, da gab es diese Frau, die einen Busen entblößt hatte und würdevoll mit aufgerichteter Brustwarze die Straße hinabflanierte.

Meine Tage verbrachte ich damit, herumzufahren und mir allerlei kurzatmige Gedanken zu machen. Die Hitze war wie ein seltsam süßes Gift in Knochen, Kopf und Händen. Zum ersten Mal in meinem Leben hatte ich das deutliche Gefühl, weniger zu verstehen, als ich zu verstehen glaubte, aber ich hatte zu wenig Kraft, mir darum Vorwürfe zu machen oder etwas dagegen zu unternehmen. In den dunklen Adern der Metro war es unerträglich heiß und stickig, und so plötzlich und unerwartet, wie hin und wieder ein Regenschauer über der Stadt losbrach, so unvermittelt legte er sich auch wieder und hinterließ nichts als Sauberkeit, Dunst und Verstörung. Tagelang graste ich Orte ab: die Rue de Seine mit ihren Dutzenden Ateliers und der »Bar Palette«, in der staubige Künstler müde philosophierten, die Quais um die Metrostation St-Michel, wo morgens kindische Clochards Tauben jagten und den noch leeren Batobus hinterhergrinsten, den offenen Garten an der Station Sèvres-Babylone, wo ich auf einer grünen Bank saß und mir den Rücken von den Rasensprengern nässen ließ, während drei Jungen Übersteiger und Ballannahmen übten. Ich saß zwischen einem Mann, der wie Houellebecq aussah und sich ein Taschenradio ans Ohr hielt (er trug einen beigen Anzug, ein blaues Hemd und eine Sonnenbrille, die ihm ins Gesicht zu rutschen drohte, mit argwöhnischem Blick verfolgte er das Treiben der Tauben um ihn herum) und einem, der sehr laut in sein Handy sprach (ein Geschäftsmann, der in seiner Mittagspause private Angelegenheiten regelte, immer wieder sagte er: »Je comprends« und seine Stimme stieg höher und höher, von den Geheimratsecken aus ergraute er bereits, und während er sprach, rauchte er langsam, aber leidenschaftslos eine Zigarette und scharrte ein Muster in den Dreck) und ich empfand all das als ungeheuerlich und besonders und konnte nicht genug davon bekommen. Ein dicklicher Kerl schoss ununterbrochen Fotos von exotischen Bäumen mit farnähnlichen Blättern und rosa Blüten, die wie Seeanemonen aussahen oder wie Haarbüschel. Ich fühlte mich als ein Teil all dessen, nicht in einem sentimentalen gesellschaftlichen oder esoterischen Sinne, vielmehr glaubte ich zu erkennen, dass sämtliche Düfte, Bilder und Zusammenhänge, denen ich mich bisher verschlossen hatte, nun zum ersten Mal ungefiltert auf mich einwirkten, was mich mit Stolz und Aufregung erfüllte.

Am letzten dieser herrlich sinn- und verstandlosen Tage, an denen ich nichts wusste, aber umso mehr fühlte und erinnerte, besuchte ich den Louvre, um mir die französischen Gemälde und Plastiken anzusehen. Am Abend vorher war ich mit Luna verabredet gewesen. Ich hatte sie gefragt, ob sie mich begleiten wolle, woraufhin sie nur den Blick gesenkt und geantwortet hatte: »Ach, weißt du, so große Museen sind nichts für mich. Ich treffe nicht gern kleine Entscheidungen. Ich weiß nicht, ob ich lieber da oder dort anfangen will, ich weiß nicht, ob ich die iranische Kunst zugunsten der afrikanischen vernachlässigen will. Und dann ist plötzlich alles gleich wichtig, jedes Bild, jede Zeichnung, jede Skulptur buhlt um meine Aufmerksamkeit, und ich verliere meine Dimensionen. Meine Werte, sogar meine Vorlieben schwanken. Ich kann mich auf nichts verlassen, selbst mein Geschmack kommt mir abhanden. Dann schwimme ich, und das schlimmste aller Gefühle stellt sich ein: nichts zu wissen, nichts zu sein.«

So kam es also, dass ich mich allein auf den Weg machte, in Begleitung eines schattigen, namenlosen Gefühls, das etwas mit der Sorge um Luna zu tun hatte und dem Umstand, dass ich etwas tat und einfach tun konnte, was sie auf keinen Fall tun würde. Zusammen mit einer Gruppe Japaner wurde ich unter die Erde geschleust, vorbei an dem comiclesenden Angestellten, der es längst aufgegeben hatte, in der endlosen Schlange der Taschen und Tüten nach einer Bombe zu suchen.

Ich mochte den strengen Neoklassizismus: François Gérards reine Körper, Delaroches »Die junge Märtyrerin«, und am meisten liebte ich »Das Begräbnis von Atala« von Anne-Louis Girodet de Roussy-Trioson. Immer wieder betrachtete ich die Hände der Toten, die lebendige Anspannung ihrer Finger, den Anflug eines Lächelns, eines Seufzers auf ihren halbgeöffneten Lippen. Die Gesichter der Männer, die sie an Achseln und Füßen umfassten, entfielen mir, ihr Gesicht jedoch blieb: Es war das Gesicht Lunas, wenn sie sinnierte, wenn sie schlief, ungerührt, aufmerksam, auf Schönheit bedacht, es waren ihre strengen Brauen, ihre hohe Stirn, ihre gerade, schmale Nase, und dazwischen war es ihre Seligkeit, die die Züge mild, fern und unberührbar machten. Es waren ihre runden Schultern, ihre wohlgeformten Arme, es waren ihre sorgfältig gekreuzten Finger, ihre glühende Haut. Es war ihr Leuchten!

Welches Bild ich danach auch anschaute: Aus jedem strahlte mir Luna entgegen. Sie war es, die mir als Ingres' »große Odaliske«

den gleichgültigen Blick über die Schulter warf, sie war »Mademoiselle Rivière« mit ihren tadelnden Augen, ihrer steilen Langeweile, sie war der versunkenste, selbstgenügsamste Körper im »türkischen Bad«, das Mädchen auf der rechten Seite, ohne Pose, ohne Scham. Bedeckt von ihren Blicken durchstreunte ich die französische Skulpturen-Abteilung, und endlich zum 18. Jahrhundert, wo ich die »Verlassene Psyche« fand, die ich so oft besuchte. Wie sie sich den Arm unter die Brust hielt, als wolle sie sich selbst stützen! Und weiter zu den Italienern, meiner letzten Station, zu Canovas »Amor und Psyche«, wo Amor, wie ein Schmetterling, ein kleines Federwesen, sich auf die Erde niederlässt, um die tote Psyche, in einem Moment heiliger Magie, lebendigzuküssen.

Ich kannte die Geschichte von Amor und Psyche und Aphrodite, deren Eifersucht auf Psyches Schönheit an allem schuld war: daran, dass Psyche einen Dämon heiraten sollte und in ein Schloss getragen wurde, an den heimlichen Nächten mit dem Unbekannten, den sie nie zu Gesicht bekommen durfte, an Psyches Angst, er könnte sich als gefräßige Schlange offenbaren, die sie und ihr Ungeborenes verschlingen würde, und schließlich daran, dass sie ihren Gatten, den schönen Amor, mit Messer und Licht erwartete, um von ihm für ihren Ungehorsam und ihr Misstrauen verlassen zu werden. Warum hat sie ihn nur sehen wollen! Warum hat sie ihn nicht blind lieben können wie bisher, wo die Nächte mit dem Fremden doch ihr Glück waren? Ihn zu sehen brachte nichts als den Zorn Aphrodites, und schließlich, am Ende einer Reihe harter Prüfungen, den Tod.

*

Warum gibt es jene Tage, an denen die Welt nur wenige Stunden braucht, um aus den Fugen zu geraten, um grinsend die wackeligen Gerüste der Ordnung und Einteilung an ihren Ungenauigkeiten zu packen und niederzureißen, damit nichts übrig bleibt als abgemagerte Weisheiten, die sich außerhalb ihres angestammten Platzes nicht mehr begründen, schon gar nicht aber beweisen lassen? Warum ist da dieses klare, dominante Gefühl, die Welt würde sich gegen einen wenden, es gebe sie doch, die unerhörte mystische Verschwörung?

Ich war aufgestanden und hatte die verschwitzten Laken in den Wäschekorb gelegt, in der Küche einen Kaffee aufgesetzt und Brot geschnitten, als meine Vermieterin heraufkam, um mir die Post zu bringen. Ihr Gesicht war gerötet vom Treppensteigen. Sie freute sich sichtlich, mich zu sehen, und legte mir ihre weiche, feuchte Hand auf den Unterarm. »Ah, Mademoiselle, bonjour! Quelle chaleur!« Ich fragte sie, ob sie auf einen Tee hereinkommen wolle, sie schüttelte aber den Kopf, drückte mit der Hand ihren Dutt zurecht und fragte nur, wie es denn der jungen Dame gehe, die so oft zu Besuch sei. »Ach, Luna« – »Oui, oui« – »Ihr geht es gut«. Sie habe *la jeune fille* nämlich in der Stadt getroffen, mit einem Strauß Tulpen in der Hand, und sie habe sie auch gegrüßt, ohne jedoch Antwort zu erhalten. Ob sie auch nicht *malade* sei, die junge Dame? Sie mache so einen traurigen Eindruck. Ich beruhigte sie. Dann zogen sich ihre Augen zusammen, sie seufzte theatralisch und ernst und sagte: »Ah, ich verstehe … Liebeskummer!«, wobei sie den Kopf vertraulich zur Seite neigte. Sie legte den Finger an ihre Lippen, kicherte weibisch, als wolle sie mir bedeuten, sie könne schweigen wie ein Grab, und schloss die Tür so leise hinter sich, als schliefe jemand, der auf keinen Fall geweckt werden dürfe.

Ich dachte gerade, wie absurd der Begriff »Liebeskummer« in Bezug auf Luna klang, hielt in einer Hand ein Tablett mit Kaffee, Brot und Marmelade und öffnete mit der anderen die Glastür zum Balkon, als ich das Fehlen des allmorgendlichen Gezwitschers bemerkte. Zunächst glaubte ich, die Jungen seien bereits ausgeflogen, da sie am Tag zuvor das erste Mal vom Nest auf den Sims und zurück gehüpft waren, und begann arglos, den Kaffee einzugießen und ein Brot zu schmieren. Der Himmel war von einem fantastischen, beinahe weißen Blau, das so endlos schien, dass ich mir vorstellte, es erstrecke sich wie eine zweite Kugel um den Erdball und reiche ganz um ihn herum, die Geräusche der Autos waren so fern, als läge der Boulevard du Montparnasse auf der anderen Seite der Stadt oder die Nacht ruhe noch auf ihm, und das Konzert der knarrenden Fensterläden weckte, wie bereits jeden Morgen der letzten Wochen, ein Gefühl festlicher Abenteuerlust in mir. Es war zufällig, dass ich das leere Nest neben einem Bein des rechten Stuhls entdeckte: mein Messer war mir aus der Hand gefallen. Ich wollte das Nest also aufheben und kniete zwischen den beiden Stühlen, als ich vor mir im Balkongitter Cognacs weiches Fell glänzen sah. Sein Kopf hing zwischen den Stäben, seine Augen waren weit geöffnet und hatten die Farbe von Asche. Leblos hingen seine Glieder vom Balkon herunter wie ein Stück Stoff. Ich blieb vollkommen ruhig. Ich umfasste den knochigen Schädel und zog den schlaffen Körper vorsichtig zwischen den Stangen hervor. So auf dem Balkon liegend, wirkte er noch formloser. Ich hob ihn auf, hielt den Leichnam einen Moment in den Händen, ohne zu wissen, was zu tun sei, und trug ihn schließlich in die Wohnküche, wo ich das reglose Tier auf den Küchentisch bettete. Just in diesem Moment klingelte das Telefon. Ich eilte ins Wohnzimmer, um den Hörer abzunehmen.

Richards »Hallo, Marion«, so beiläufig wie die Begrüßung entfernt Bekannter bei einer zufälligen Begegnung im Supermarkt, sollte Vertrautheit schaffen und löste doch nur Ratlosigkeit und eine bittere, traurige Form von Ekel aus.

»Richard.«

»Ja, ich wollte mich einfach melden.«

»Ich weiß nicht, ob …«

»Lass mich doch erst einmal ausreden.«

Schon dieser erste Wortwechsel, sinnlos und ungelenk wie ein Tanz mit gebrochenen Beinen, warf mich zurück in die einsilbige, schamerfüllte Zeit der Trennung, in der alles, außer dem Erleben der Trennung selbst, dem deutlichen Gefühl eines letzten Ritardandos, eine blöde Komik hatte: das Aussprechen des Endes, die letzten Wünsche und Abschiedsformeln, die Teilung der Besitztümer, der Auszug. Alles schien zu langsam, um nicht in Sentimentalität abzugleiten, zu schnell, um das Gefühl von Vollständigkeit und Endgültigkeit der Trennung zu erzeugen. Immer wieder rief eine Stimme aus den Knochen: »Das ist Theater! Theater! Theater!«, weil jedes Tun ein Befolgen gesellschaftlich fixierter Trennungsriten war, fernab dessen, was das natürliche Gefühl forderte und was vielleicht ehrlicher, aber auch kaum sinnvoller gewesen wäre: etwas wie ein radikaler Bruch oder ein gemeinsames Trauerjahr, aber nichts dazwischen. Und nun gehorchte Richard auch noch dem schrecklichen Klischee des emotionalen Rückfalls.

»Ich habe deine Stimme vermisst.«

Ich seufzte und setzte mich auf die Kante der Schlafcouch.

»Habe ich nicht versucht, es dir zu erklären? Ich sehe keinen Grund …«

»Ich bin jetzt einfach ehrlich. Ich weiß nicht, wie alles gekommen ist, aber du kannst doch nicht behaupten, dass es dir besser geht …«

Ich stützte den Kopf in die Hand, um wieder aufzustehen und mich in den kleinen, grünen Sessel neben dem Bett zu setzen. Richards Argumentation atmete Hilflosigkeit und Verzweiflung. Natürlich ging es mir weder besser noch schlechter. Das waren die idiotischsten Kategorien, die man für Beziehungen finden konnte. Sie implizierten, eine Beziehung sei eine Krücke.

»Weißt du, Richard, ich weiß wirklich nicht, warum du jetzt mit mir darüber reden willst. Ich glaube, wir haben das ausreichend diskutiert.«

Wie undankbar diese schulmeisterliche Rolle doch war! Er ließ mir nichts anderes übrig, als ihn streng und kühl zurechtzuweisen. Ich stand auf und ging durch den Perlenvorhang in die Wohnküche. Ich betrachtete Cognac. Ob er wohl gestorben war, als er versucht hatte, das Nest zu erreichen? Oder hatte er sich bewusst erhängt?

»Nein, das haben wir nicht.«

»Doch, und ich habe auch eine Menge anderer Dinge … Ich meine, es ist einfach nicht der richtige Zeitpunkt …«

»Das ist es ja gerade, den gibt es nicht.«

»Ich wüsste nicht, warum …«

»Aber ich. Weil ich von dir träume!«

Ich nahm ein Glas aus dem Regal und ließ es mit kaltem Leitungswasser volllaufen. Auf einen derart sentimentalen Vorstoß war ich nicht vorbereitet. Dagegen gab es keine Argumente. Natürlich träumte er von mir. Warum auch nicht? Wir waren drei Jahre nebeneinander eingeschlafen und aufgewacht. Meine

Furcht war nur, dass genau das der einzige Grund gewesen war für das trügerische Gefühl von Harmonie, von »Richtigkeit« bis zum Schluss, für Richards als Sehnsucht missinterpretierte Gewöhnung.

»Wir führen uns auf wie Kinder«, sagte ich.

Ob auch Katzen nach dem Tod noch Reflexe hatten wie Fische? Was, wenn Cognac zu zucken begänne?

»Aber ich träume von dir! Hörst du mir zu? Ich träume davon, wie wir …«

»Nein.«

»Doch!«

»Bitte, Richard.«

Ich ließ das Glas ein zweites Mal mit Leitungswasser volllaufen und trank es aus. Cognac lag ganz still, jedoch in einer unnatürlichen Haltung: Er lag auf der Seite, der Bauch wie Teig nach vorn ausgelaufen, die Vorderbeine leicht angezogen, die hinteren gestreckt. Ich empfand tatsächlich kaum etwas bei seinem Anblick. Das schockierte mich.

Was war mein Problem? Warum konnte Richards demütige Haltung mich so irritieren?

»Ich weiß«, sagte er. »Du musst glauben, ich könnte mich nicht daran erinnern, dass ich einmal intelligent und verständig gewesen bin. Aber so lächerlich das klingt, und auf die Gefahr hin, dass mein Geständnis nichts als Ekel in dir hervorruft: Ich träume tatsächlich davon, wie es mit uns war.«

Ich stellte fest, dass ich Richard in seiner Abwesenheit längst sein Bewusstsein abgesprochen hatte. Natürlich wusste er um die Gefahr seiner Haltung. Aber auch auf dem Hintergrund dieses Wissens rührte mich seine Verzweiflung nicht. Ich kannte ihren flüchtigen Charakter. Dinge gingen vorbei, früher oder später, und je später sie vorbeigingen, umso mehr Stolz und Persönlichkeit rissen sie mit sich. An die Stelle der Rührung und des Mitleids trat nichts als eine große, leere Trauer, die sich wie das Innere eines Ballons anfühlte. Wie oft hatte ich mir gewünscht, lieben zu können wie Luna, meine Freundin, die Reine, deren Flamme einen Abglanz auf mich warf! Mir fiel ein, was sie einmal gesagt hatte, in diesem oder dem Sommer vor sechs Jahren, sie lehnte an einer Mauer, sie sprach nicht mit mir, sie sprach nicht von mir weg, sie sagte die Worte in den Wind, als gäbe es eine Welt jenseits dieser, in der alle ihre Sätze wie tanzende Schmetterlinge die Luft bevölkerten: »Ich glaube nicht an die Sexualität! Es ist unmöglich, mir vorzustellen, sie sei gebunden, sie geschehe zwischen zweien, sie gehöre jemandem. Die männliche Sexualität ist eine Wolke, ein Duft oder ein Schwamm, er sammelt überall Reize, und wenn er genug Reize gesammelt hat, muss er sie wieder loswerden, bei der nächstliegenden Frau. Ich glaube, das ist das Traurigste auf der Welt. Wenn es etwas gibt, das diese Gesetze ändern könnte, dann muss es die Liebe sein, und zwar eine Liebe, die einzig ist und ewig und radikal!« So redete sie, und so konnte sie über alles sprechen, und etwas war immer da, das ihr zuhörte, von den buckeligen Eichen bis zu den Augen der wilden Katzen und der Sterne.

»Marion?«

Ich atmete geräuschvoll aus.

»Ja. Ich bitte dich, lass uns das Gespräch beenden.«

»Du weinst doch nicht?«

»Nein. Mach's gut, ja?«

Ich trennte die Verbindung und legte das Telefon neben den toten Kater auf den Küchentisch. Luna wüsste etwas zu sagen. Wie mir ihr Lachen fehlte, der Zauber ihrer Anwesenheit, ihre traurige Weisheit! Ich setzte mich auf den Küchenstuhl, als das

Telefon erneut klingelte. Ich hielt es für unwahrscheinlich, dass Richard ein zweites Mal anrufen würde, also hob ich ab. Es befand sich eine neue Nachricht auf der Mailbox. Ich wählte sie an und heftete die Augen auf Cognacs stumpfes Fell.

Die Stimme gehörte Béatrice Marinaud, der Redakteurin eines französischen Fernsehsenders, für den ich einige Projekte bearbeitete. Ich stand auf und ging hinaus auf den Balkon. Mme Marinaud klang verärgert, forsch. Sie sagte, wir hätten vor einer Stunde einen Conference Call gehabt, um die laufenden Projekte zu besprechen und die Planung der nächsten Monate, vor allem unter dem Gesichtspunkt einer mehrteiligen Serie, voranzutreiben. Es tue ihr leid, mir mitteilen zu müssen, dass die neuen Projekte aufgrund meiner Unzuverlässigkeit jemand anderem zugeteilt worden seien. Über die laufenden müsse man sich noch einmal unterhalten, die seien zunächst vertagt.

Ich legte das Telefon auf den Stuhl neben mir und sah auf die Straße hinunter. Kräftige Strahlen durchspülten die schmale Gasse zwischen den parkenden Wagen, deren Scheiben blitzten und funkelten. Die Vögel darüber zogen Schleifen um das Licht. Wie eine Erscheinung aus einer anderen Zeit trat ein Scherenschleifer mit seinem Wagen in die Helligkeit des Square Delambre. Er schwang eine goldene Kuhglocke über seinem Kopf und lief gemächlich, als sei dies der Weg, der geradewegs zum Paradies führte, auf der Mitte der Straße entlang. Der Schleifstein auf seinem Karren drehte sich, sein schwerer Kopf wiegte sich mit dem Ausschlag der Glocke von einer Seite zur anderen. Die Häuser vibrierten von seinem Geläut, und an den Fenstern erschienen Frauengesichter. Er löste sich auf, am anderen Ende der Straße, wie alle Figuren aus fremden Welten sich am Ende der Straße in Licht auflösten, noch ehe ich dazu gekommen war, in seiner Gestalt nach einem Hinweis darauf zu suchen, was morgen geschähe, nach einer Ahnung von den Dingen, die kämen, einer Spur der Zukunft, die alle unsere Namen enthielt und sie, gleich einem launigen Spiel, ein letztes Mal kunstvoll umeinanderschlang und zu einem finsteren Höhepunkt versammelte, um sie ein letztes Mal und für immer voneinander zu reißen und in alle Winde zu verstreuen …

★

»Ja?«

»Hallo, Marion.«

Es war Vanessa. Sie schien erregt, voll Neugier, als sei sie in eine Aufgabe von höchster Wichtigkeit verwickelt.

»Julien lässt fragen, ob du heute Abend mit ihm ausgehen willst.«

Hinter ihrer Unverbindlichkeit war Vanessas Stimme aufgewühlt. Ich zögerte keinen Augenblick. (Es war nicht so, dass ich mich nach ihm sehnte – im Gegenteil, ich hatte, bis Luna meinen Zustand als Verliebtheit bezeichnet hatte, kaum an Julien gedacht –, aber ein Abend mit ihm war das passende Ende für einen Tag wie diesen. Ganz egal, wie er ausgehen würde: Der Tag hatte mich systematisch in Juliens Arme getrieben.)

Vanessa gab mir seine Nummer, und, kaum dass wir aufgelegt hatten, tippte ich die Zahlen ein, wie eine Maschine.

»Marion!«

»Bonjour, Julien. Sie laden mich für heute Abend ein, auf ein Rendezvous?«

»Ich wollte Sie nicht belästigen, darum habe ich eine Weile gewartet.«

Er lachte, kurz und fröhlich, ganz Gentleman.

»Und? Darf ich mit Ihnen rechnen?«

»Was haben Sie vor?«

»Ich kenne ein nettes Tanzlokal in Montmartre. Haben Sie Lust, vorher eine Kleinigkeit zu essen?«

»Bon. D'accord.«

»Dann hole ich Sie gegen acht ab.«

»Fein.«

»Bis dahin, Mademoiselle. Ich freue mich, Sie wiederzusehen.«

»Ich auch. A bientôt.«

»A bientôt, Marion.«

Ich entschied, den restlichen Tag zu Hause zu bleiben. Ich wickelte Cognac in Zeitungspapier und legte ihn vorläufig neben die Tür, bis ich wusste, was ich mit ihm anfangen sollte. Mehrmals versuchte ich, Mme Marinaud zu erreichen, aber ihr Büro war nicht besetzt. Gegen Mittag gab ich es auf und verfiel in eine süßliche, taube Apathie. Ich saß auf dem Balkon, fühlte mich völlig leer und las in Baudelaires »Les Fleurs du Mal«. »Zwei Engel, die sich der heißen / Der dampfenden Erde entreißen / Durch des Morgens kristallnes Blau / Hinüber zur spiegelnden Au! / Gebettet auf Windes Rücken / Der klug uns trägt und uns wiegt / Ziehn wir im gleichen Entzücken / Seite an Seite geschmiegt / Ziehn Schwesterlein, ich und du / Dem Land der Träume zu.« Ich erinnerte mich an einen Tag mit Luna, in jenem Sommer vor sechs Jahren:

Es muss schon die Zeit der Amour fou mit Viktor gewesen sein, denn von Lunas Gestalt war die Behäbigkeit abgefallen, und sie war gänzlich erblüht. Damals ahnte ich den Grund für ihre Veränderung nur, heute weiß ich, dass Luna, die kein Gewicht gehabt hatte, das sie am Boden oder auch nur in der Welt gehalten hätte, die also im wörtlichen Sinne haltlos gewesen war und sich einzig über das, was sie wusste, erinnerte und für die Wahrheit hielt, definiert hatte, längst Viktor zu ihrem Lebenssinn und dem, was sie »Erfüllung« nannte, erkoren hatte.

Ich fand sie bei mir daheim – sie hatte einen Schlüssel und die ausdrückliche Erlaubnis, von meiner bescheidenen Studentenwohnung Gebrauch zu machen – in der Wanne liegend: Ihr Haar lag wie ein goldener Reif ausgebreitet auf dem Rand, ihre Brüste ragten als kleine Inseln aus der feinen Schicht Schaum, durch die das Dreieck ihrer Scham schimmerte. Sie sang, als ich das Bad betrat, eine Melodie, die mir unbekannt war, hoch wie das Lied eines einsamen Vogels, und als ich beschämt rückwärts aus der Tür treten wollte, lachte sie und sagte: »Meine liebe Marion, komm doch herein! Du hast doch keine Angst vor mir?« Etwas Wahres lag in dieser Frage: Ich empfand es als natürlich, mich in Anbetracht ihrer Schönheit für jeden Blick zu schämen, der zwangsläufig das Kunstwerk ihres Körpers abnutzte, wie jedes wahre Kunstwerk in meinen Augen durch häufige Betrachtung abgenutzt wurde, und ich verstand niemandem, dem es bei ihrem Anblick nicht ebenso erging. Dabei war vielleicht das ihr eigentliches Dilemma: dass da genug Männer waren, die genau diesem Umstand eine gewisse sadistische Freude abgewannen.

Ich setzte mich an den Wannenrand. Luna sah mich an und lächelte. Sie häufte kleine Berge von Schaum auf ihre Brüste.

»Marion, weißt du, mir ist etwas klar geworden über mich. Ich bin immer einem Gefühl ganz ergeben, immer in einem absoluten Zustand, der alle anderen zukünftigen Zustände leugnet. Immer bestimmt etwas ganz und gar sämtliche Handlungen und Gedanken, niemals bin ich gleichmütig. Jede Art von

Fanatismus begeistert mich, jede Form des Pragmatismus widert mich an. Entweder ich werde Terroristin, Diva, Revolutionärin, Predigerin, Prostituierte oder die Frau aller Frauen, die Liebende. Entweder entsteht aus dieser Haltung eine große, besondere Immunität gegen die Welt, für die ich nicht gemacht bin, die ich nicht verstehe und die mich nicht versteht, oder aber ich zerbreche, und zwar nicht an kleinen Dingen, sondern an allem, am großen Ganzen.«

Sie sah, dass ich ihr zuhörte, und lachte erneut, mit offenem Mund, sodass ich ihre Zähne wie Zucker zwischen ihren Lippen blitzen sah.

»Marion!«, gluckste sie, »man sagt, im ersten Rausch des Glücks sollte man Menschen niemals ernst nehmen. Du nimmst mich zu jeder Zeit gleich ernst, dafür liebe ich dich …«

Ich wusste schon damals nicht, ob sie mich mit ihren Worten verspotten wollte, und schon damals vermochten sie mich nicht zu stören. Als Luna anschließend meinen Handrücken mit winzigen Küssen besetzte, so fröhlich und gründlich, dass ich glaubte, sie müssten auf meiner Hand sichtbar bleiben, wusste ich noch nicht, dass es Viktors Küsse waren, die sie weitergab, denn so luftig und rein Lunas Wesen war, so sehr bezog sie die Kraft, zu sein, aus dem, was sie umgab.

Als es endlich Abend war, befand ich mich in einer seltsamen Stimmung, die sich nicht mit Worten wie »gut« oder »schlecht« beschreiben ließ: Ich fühlte mich durchlässig, wurzellos und aus unerfindlichen Gründen wie ein Tier inmitten einer Gruppe gleicher Tiere, obwohl ich allein war.

⋆

Julien klingelte pünktlich um acht. Ich drückte den Summer, aber er wartete unten auf der Straße, höflich und diskret, wie ich es von ihm gewohnt war. Mein Herz schlug schneller, ich prüfte ein letztes Mal mein Gesicht im Spiegel: Ich hatte einen hellen Lidschatten aufgelegt, so wie es mir Luna aus einer ihrer Launen heraus empfohlen hatte (ich sei ein Sommertyp, hatte sie gesagt, während wir in der Parfümerieabteilung des Bon Marché wie zwei Schmetterlinge von einem Stand zum nächsten geflattert waren und uns gegenseitig Tuben und Fläschchen in unterschiedlichsten Formen und Farben gezeigt und daran gerochen hatten), und diese kleine Veränderung gab mir das Recht, Dinge zu tun, die ich sonst niemals tun würde.

Ich strich mein Kleid glatt, hängte mir eine Handtasche über die Schulter und lief so schnell ich konnte die Treppen zum Hof hinab. Julien schnippte seine Zigarette auf den Boden und lachte, als er mich sah, mit glänzenden Augen. Er zog mich einen Tick zu nah heran (oder war ich es, die sich ein wenig zu sehr an ihn drückte?) und gab mir zwei Küsse auf die Wangen. Sein Körper fühlte sich an wie der eines Schwimmers, und sein Gesicht erschien mir noch runder und jünglingshafter als am ersten Abend. Wir liefen eng nebeneinander den Boulevard hinauf zur »Closerie de Lilas«, wo wir uns unter den schweren, trockenen Kronen der Kastanien an einen reservierten Tisch setzten.

»Lassen Sie mich Ihr Hemingway sein«, sagte Julien. »Für einen Abend nur.«

Ich senkte die überdimensionierte Speisekarte und lächelte.

»Mein lieber Ernest«, sagte ich. »Ich hoffe, Sie wissen, dass sich die Preise in diesem Restaurant seit Ihrem letzten Damenbesuch ungefähr verzehnfacht haben.«

»Lassen Sie uns nicht über Geld reden. Sie sind eingeladen, Marion.«

»Soweit ich weiß, ließ sich der gute alte Hem immer von seinen Frauen aushalten.«

»Mag sein«, antwortete Julien. »Aber nennen Sie ihn bitte nicht Hem, er hätte das gehasst. Und nennen Sie mich *Jules*, so wie es meine Freunde tun.«

»Ein Franzose, ein Mann der Finanzen sogar, der sich mit Hemingway beschäftigt hat? Jules, Sie erstaunen mich immer mehr.«

Julien fingerte verlegen in seiner Zigarettenschachtel herum.

»Ich gebe zu, ich habe etwas nachgelesen, nachdem ich hier reserviert hatte. Ich wollte Sie beeindrucken.«

Ich musste lachen.

»Mich beeindrucken?«

Juliens Augenlid zitterte kurz, dann schluckte er und sagte mit belegter Stimme:

»Sie sind nicht nur sehr schön, Marion, sie sind auch sehr klug. Ich kann Ihnen nichts vormachen.«

Zum Glück brachte der Kellner in diesem Moment die Getränke, und wir räusperten uns und gaben unsere Bestellungen auf. Julien orderte ein Menu, und mir fiel auf, dass in jedem der Gänge irgendetwas mit Fleisch enthalten war: Pastete, Schinken, gebratene Leber und Steak, nur sein Nachtisch war vegetarisch, und während er mit dem Kellner diskutierte, leckte er sich leicht über die trockenen Lippen. Ich bestellte einen Salat und als Hauptgericht den Zander auf Sommergemüse, der mich schon beim Eintreten auf einer Tafel angelacht hatte. Kurz musste ich an Cognac denken, der auch gerne Fisch gemocht hatte und jetzt langsam neben meiner Tür erstarrte. Aber Julien, der eine kleine Digitalkamera aus seiner Innentasche geholt hatte und das Objektiv auf mich richtete, lenkte mich ab.

»Lächeln Sie, Marion.«

»Oh, bitte …«

»Bild eins: Marion, beim Bestellen in der Closerie. Ich habe beschlossen, die heutige Nacht für uns festzuhalten, so können wir uns immer daran erinnern.«

»Dann müssen Sie mich aber auch fotografieren lassen.«

Ich nahm Julien den Apparat weg und wollte ein Bild von ihm machen. Julien legte meine Finger auf die richtigen Knöpfe und erklärte mir alles. Ich dachte an Richard, der schon unwirsch geworden war, wenn ich den Haustürschlüssel nicht schnell genug fand.

Ich glaube, ich hatte an diesem Abend keinen Gedanken, der über die Closerie hinausreichte. Sicher war Julien ein durchschnittlicher Charakter, von mittelmäßiger Bildung, mittelmäßigem Witz und mittelmäßiger Intelligenz. Aber Farbe und Geruch von Flieder lagen in der Luft, es war warm, und ich begann zu viel zu trinken und registrierte ohne gesteigerte Neugier oder Gefahrenbewusstsein, dass langsam, aber sicher etwas außer Kontrolle geriet. Tatsächlich fühlte es sich unerwartet gut an.

Nach dem Essen (das angesichts der Preise eher mittelmäßig war) fuhren wir mit dem Taxi zur Place Pigalle. Wir waren inzwischen guter Laune und hatten schon über zwei Dutzend Fotos geschossen, die wir immer wieder gemeinsam im Sichtfenster der Kamera betrachteten. Ich hakte mich bei Julien unter. Die Menschen hier waren laut und beweglich, kauften Zigaretten oder rotteten sich zu Gruppen zusammen. Das »Folie's Pigalle« verschüttete sein endloses Licht über den Platz. Wir stiegen die Rue des Martyrs hinauf, Julien begrüßte den Türsteher des »Le Divan du Monde« wie einen alten Freund. Über eine Treppe gelangten wir auf eine runde Empore über der Tanzfläche. Es lief laute, fröhliche Musik, die Stimmung, die uns sofort schluckte, war gemütlich und wild. Das Publikum bestand aus hübschen, gelösten Frauen, die sich nicht übermäßig zurecht gemacht hatten, und Männern, die in Schalensesseln von der Empore herab auf die Tänzer blickten. Auf drei großen Leinwänden flackerten Pin-ups, Aktzeichnungen und erotische Filme aus den sechziger Jahren. Julien drückte meine Hand fester.

»Ich hole uns was zu trinken, ja? Versprechen Sie, nicht wegzulaufen!«

Ich nickte, und er verschwand Richtung Bar. Vor mir trommelten zwei Touristen mit Rastalocken mit den Zeigefingern auf dem Geländer herum, an dem ich mich festhielt und zum DJ hinabschaute. Er stand vor einer der Leinwände auf einem erhöhten Podest und wippte mit der Musik. Davor hüpften die Menschen aufeinander zu und voneinander weg. Die Röcke der Mädchen wölbten sich wie Schirmpilze.

»Gefällt es Ihnen? Ich habe Ihnen einen Mojito mixen lassen, ich hoffe, Sie mögen frische Minze. Ich gebe zu, es ist ein wenig einfallslos … aber die Auswahl ist nicht sehr groß.«

»Nein, nein! Es ist toll hier! So … entschlossen, so unaufgesetzt.«

»Und Sie genießen die Ehre, die schönste Dame der Nacht zu sein.«

Ich kicherte. Langsam gewöhnte ich mich an Juliens einfältiges Dauerfeuerwerk der Komplimente (und ich glaube, ich fand sogar ein ehrliches Gefallen daran) und der Alkohol in meinem Blut tat ein Übriges.

»Wollen wir runter gehen?«

»Wenn schon, denn schon«, hörte ich mich sagen.

Ich folgte Julien durch die Schneise der Gäste und die Treppen hinab. Unter der Empore war ein Sofa frei geworden. Die Musik sagte mir nichts, aber sie war laut und mitreißend. Als ein Rock'n'Roll gespielt wurde, stand Julien unvermittelt auf, deutete eine Verbeugung an und lächelte.

»Ich fürchte, das ist unser Lied …«

Mit Julien zu tanzen war einfach. Sein Körper war überall und ließ sich nicht verfehlen. Sein Becken drückte sich an meines, seine Arme hielten meinen Rücken. Wir lachten einander zu. Wann hatte ich das letzte Mal mit einem Mann getanzt? Vor drei Jahren, vor vier? Unmöglich … Juliens Geschmeidigkeit … die Anspannung sackte in die Füße, in die Fersen und weg … Das Licht bemalte abwechselnd ihn und mich …

Es blieb nicht bei einem Lied. Wir redeten nicht und atmeten schnell. Neben uns schwenkten zwei dicke Frauen ihre Hintern. Alles brachte mich zum Lachen: Juliens schelmischer Blick, die Farbe der Cocktails, der Kaleidoskopeffekt auf dem Bildschirm, wo Hunderte von blonden Locken umrahmte Frauengesichter die Lippen spitzten … Ein Mann versuchte ein Mädchen zu küssen, es drehte sich zur Seite und lachte ihm hochmütig ins Gesicht … Die Musik wechselte … Zufällig berührten sich unsere Hände, zufällig berührten sich unsere Haare …

Ich erinnere mich noch, wie wir erschöpft auf die Couch zurückfielen und Julien verhinderte, dass ich weiter von meinem Mojito nippte, den ich, halb leergetrunken, auf dem kleinen Tisch vor uns hatte stehen lassen. Er näherte sich meinem Ohr.

»Besser nicht, Marion, es könnte etwas hineingeraten sein«, sagte er mit Erregung in der Stimme, und ich spürte den warmen Dunst seiner vom Tanzen erhitzten Haut. Ich sah ihm in die Augen, dann schloss ich meine. Ich spürte den sanften Druck seiner Lippen und ließ mir von seiner Zunge den Mund öffnen.

★

»Julien, mein Bester. Benimmt sich so ein Mann von Adel?«

Wir fuhren auseinander. Es war Viktor, der vor uns stand, in einem schwarzen, eng anliegenden Anzug, der im Diskolicht schimmerte. In der Linken hielt er ein randvoll mit Eis und Whiskey gefülltes Glas, und sein rechter Arm lag locker um die Taille eines hübschen Frauenkörpers. Viktors Gesicht war entspannt und freundlich, und seine Augen musterten uns wie ein Lehrer, der seine Schützlinge bei unzüchtigen Handlungen ertappt. Und entsprechend (wie ich unangenehm feststellte) verhielt sich Julien: Er sprang auf, um seinem Freund und Arbeitgeber die Hand zu schütteln.

»Nicht doch«, sagte Viktor. »Ladies first.«

Mein Kavalier wendete sich wieder mir zu und wollte mir aufhelfen, aber Viktor kam ihm zuvor. Er machte einen souveränen Schritt, nahm meine Julien entgegengestreckte Hand und hauchte einen angedeuteten Kuss darauf.

»Marion. Ich freue mich, Sie so bald wiederzusehen«, raunte er.

Ich war mir sicher, einen russischen Akzent aus seinem Französisch herauszuhören. Er musste ihn sich nachträglich angeeignet haben, ich konnte mich erinnern, dass er damals vor sechs Jahren ein so perfektes Theaterhochdeutsch gesprochen hatte, dass wir ihn alle darum beneideten.

»Marion, ich möchte mich für unseren gemeinsamen Freund entschuldigen. Sehen Sie ihm sein Dérangement nach. Julien entstammt mütterlicherseits einem alten Fürstengeschlecht. Diese Herrschaften halten sich seit Jahrhunderten in feuchtkalten Schlossgewölben auf. Hitze und schlechte Luft sind nichts für seinesgleichen, er wird dann sehr bleich und beginnt fürchterlich zu schwitzen.«

Und an Julien gerichtet: »Du könntest dir aber immerhin das Hemd wieder in die Hose stecken, mein Bester.«

Dabei gab er ihm einen freundschaftlichen Klaps auf den Rücken. Tatsächlich (wie mir erst jetzt auffiel) war Julien vom Tanzen vollkommen durchnässt. Sein Gesicht glänzte blass. Hektisch stopfte er sein Hemd in den Bund zurück und strich sich die klebrigen Strähnen aus der Stirn.

»Darf ich noch jemanden vorstellen? Gao Yan, meine angenehme Begleitung für diesen Abend. Sie kommt eigentlich aus Hongkong. Zurzeit arbeitet sie für Michel. Er macht gerade ein paar schöne Aufnahmen für mich.«

»Welcher Michel?«, fragte Julien.

»Comte.«

Wir gaben uns die Hand und Viktor machte ein Zeichen Richtung Bar. Sofort wurden aus einem Hinterraum zwei Sessel gebracht und um den kleinen Tisch gruppiert. Viktor nahm es mit einer Selbstverständlichkeit entgegen, als würde ein Aschenbecher ausgewechselt. Er zog zwei Zehn-Euro-Scheine aus dem

Revers und steckte sie den herbeigeeilten Angestellten zu, ohne jeden Umstand.

Eine Weile saßen wir zu viert neben der Tanzfläche und tranken Cocktails, die nirgendwo auf der Getränkekarte zu finden waren. Wir knackten Eis zwischen den Zähnen und redeten über alles, nur nicht über uns. Was wir sagten, klang nicht gut, war aber heiter und belanglos. Julien blickte von mir zur Tischplatte und wieder zurück. In seine runden Wangen kehrte das Blut zurück. Immer wieder sah er auf Viktor und kommentierte jede Bemerkung mit einem schnellen, kaum merklichen Nicken. Viktor hingegen folgte unseren Gesprächen nur beiläufig. Wenn er schwieg, wanderte sein Blick durch den Raum, seine verstörend hellen Augen hefteten sich kurz, aber intensiv an Dinge und Menschen. Einmal griff er die schlanke Hand seiner Begleiterin und zog sie gierig an seinen Mund. Als kurz darauf ein neues Lied erklang, stand er unvermittelt auf, um Gao, die gerade dabei war, uns aus ihrem Leben als Visagistin zwischen Hongkong, Paris und dem Rest Europas zu erzählen, wortlos mit sich auf die Tanzfläche zu ziehen. Gao begann sofort, ekstatisch zu tanzen, Viktor selbst bewegte sich so wenig wie möglich, und nur einmal machte er ein paar Schritte, um sich katzenhaft an die Asiatin zu drücken und ihre Pobacken in beide Hände zu nehmen.

Julien und ich sahen uns betreten an und versuchten an einen Gesprächsfaden anzuknüpfen, den es nicht mehr gab. Viktor machte mit seiner jungen Eroberung dort weiter, wo wir aufgehört hatten, und die laszive Art, in der das geschah, berührte uns unangenehm – nicht, weil wir es als unmoralisch und unhöflich empfanden, sondern weil es uns unsere eigene, kaum gewesene und doch schon unverständliche Leidenschaft schal und mittelmäßig erscheinen ließ.

Nach ein paar verlorenen Sätzen, die um uns herumlagen wie tote Insekten, fielen wir in ein von Musik und Trubel geschöntes Schweigen. Während Julien sich auf der Couch zurücklehnte und wie Sand in sich zusammenrieselte, hielt ich mich an meinem Cocktailglas fest. Ich saugte mit dem Strohhalm jeden Tropfen Alkohol vom Grund und tat so, als sei ich ganz in die Betrachtung der Szenerie versunken.

Tatsächlich aber beobachtete ich Viktor.

Nach ein, zwei Stücken hatte er von Gao abgelassen und war zum DJ aufs Podest gesprungen. Er schien ihn (wie jeden anderen wichtigen Menschen an diesem Ort) gut zu kennen, denn sie begrüßten sich mit einer freundschaftlichen Umarmung. Während die hübsche Asiatin in trancehaften Bewegungen allein weitertanzte, unterhielt sich Viktor mit dem Mann: Sie brüllten einander ins Ohr und zeigten sich dabei verschiedene Albumcover. Dann setzte sich Viktor die Kopfhörer auf und für ein paar Minuten, in denen der DJ an die Bar verschwand, um sich ein Bier zapfen zu lassen, übernahm Viktor, und HipHop-Beats erschütterten den Raum. Die Mädchen warfen ihre Hände in die Luft und tanzten noch etwas anzüglicher, die Blicke der Männer wurden gierig, und eine große Blondine mit kurzem Rock (sie hatte wohl schon seit einiger Zeit Augenkontakt mit Viktor gesucht) kletterte aufs Podest und bewegte sich mit schlangenhaften Brust- und Bauchbewegungen um eine imaginäre Stange, während sie ihr langes Haar herumschleuderte. Viktor lachte bloß und zeigte auf sie – es war, als hätte er nie etwas anderes getan. Er zog das Jackett aus und krempelte die Ärmel seines blütenweißen Hemdes hoch, sodass man seine sehnigen Unterarme sehen konnte. Kaum war der DJ zurück, trat Viktor von hinten an die Blonde heran und legte seine Hände auf ihre nackten Oberschenkel. Die Menge auf der Tanzfläche grölte (Ich nahm an, man konnte von dort unten ihren Slip sehen), und ich beobachtete Gao, die mit gesenktem Kopf, aber ohne die Miene zu verziehen, ganz so, als hätte sie Szenen wie diesen öfter beigewohnt, auf der Toilette verschwand.

Angewidert, in der Erwartung, aus seinem Blick lesen zu können, dass er dieses Gefühl mit mir teilte, wandte ich mich Julien zu, aber der hing zusammengesunken und mit geschlossenen Lidern zwischen den Sofapolstern. Es kam mir vor, als sei er um Jahre gealtert. Kurz war ich versucht, seine schlaffe Hand zu drücken, ihm über den Kopf zu streichen, musste aber unwillkürlich an Richard denken, den ich auch immer hatte trösten wollen. Ich erschrak darüber so sehr, dass ich mich eine ganze Weile überhaupt nicht mehr bewegte. Dann stellte ich mein leeres Cocktailglas auf den Tisch und sah zu Gao auf, die an unseren Tisch zurückkehrte. Eine neue Schicht Make-up überdeckte die alte ungenau, aber sie musste geweint haben, denn Tränen hatten helle Gräben im Puder zurückgelassen. Schließlich kramte sie in ihrer Handtasche, zog ein Röhrchen Tabletten hervor, schüttelte sich zwei auf die Hand und schluckte sie, um mit einem neuen Cocktail nachzuspülen.

»Worüber redet ihr gerade?«, fragte sie, strich sich das glatte Haar hinters Ohr und wandte mir ihr Gesicht zu.

Unterdessen stand Viktor mit der Blonden an der Bar, drehte gelangweilt eine Zigarette zwischen den Fingern und sah auf den Tresen, wo der Barkeeper vor ihm und einem Typen, der neben ihm stand, zwei Reihen mit je sieben Tequilagläsern und darauf liegenden Zitronenscheiben vorbereitet hatte. Viktor und der Kerl prosteten sich ein letztes Mal mit ihren Coronaflaschen zu, dann schütteten sie sich jeweils eine große Menge Salz auf die linke Hand, leckten davon ab, kippten ein Glas und bissen in die Zitrone. Beim sechsten Glas gab der Kerl unter heftigem Husten auf, Viktor aber lachte sein Lachen, leckte ein letztes Mal über seine Hand, trank aus, küsste inbrünstig das leere Schnapsglas und warf es nach hinten, hoch über seine Schulter. Die Leute um ihn herum applaudierten. Dann breitete Viktor seine Arme aus und lief mitten auf die Tanzfläche, wo er stehen blieb und den Kopf in den Nacken legte. Auf seinem breiten, knochigen Gesicht hatte sich eine unendliche, großmütige Ruhe ausgebreitet, er lächelte still und innig, und ich war versucht zu glauben, dass er tatsächlich glücklich war in diesem Moment, in dem er immer wieder in seine Hemdtasche griff und etwas herauszog und in die Luft warf, mit einer großen, befreiten Geste. Erst verstand ich nicht, was er tat, doch die Unruhe, die sich an den Rändern der Tanzfläche ausbreitete, das gierige Schnappen und Greifen nach dem flatternden Papier machte mir bewusst, dass es Geld war, was Viktor in die Menge warf. Dasselbe Geld, mit dem er die Angestellten bezahlt hatte, dasselbe Geld, mit dem er seine teuren Anzüge kaufte, dasselbe Geld, mit dem er seine Partys ausrichtete, dasselbe Geld, von dem er schon immer gewusst und mit dem er sein ganzes Leben lang gerechnet hatte, wie mit einer goldenen Füllung, die ihm überhaupt erst ermöglichte, das zu sein, was er war. In diesem Moment wurde mir bewusst, dass Luna etwas liebte, das, falls es überhaupt außerhalb des Moments existierte, nicht echt war: Alles an Viktor war eine Folge davon, dass er niemals Sorge empfunden hatte. Das hatten andere für ihn erledigt. All das, was ihn leuchten ließ, dass er Frauen anzog wie Licht die Motten – seine Freiheit, die Gier, mit der er sich das Leben untertan machte, seine leidenschaftliche Selbstliebe, sein Vertrauen in den Lauf der Dinge, sein heroischer Mut, seine Lust an der Verschwendung, am Verschleiß, seine Freizügigkeit, seine scharfe, aber einfache Intelligenz, seine selbstgemachte Moral, sein ewiger Stil, der unerschöpfliche Vorrat an Weisheiten und Wahrheiten, mit denen er um sich warf, selbst seine umfassende Weltliebe – alles war Geld, nichts als Geld, und weil Viktor selbst nichts war, konnte er nichts als Schenken, er verschenkte einen ganzen Haufen Nichts, und im Schenken konnte er, der nichts hatte und nichts war und nichts geben konnte, sich fühlen, und ich, erschrocken über meine Erkenntnis, dachte an Luna, die seit sechs Jahren ein Nichts liebte, das es ohne Geld nicht gäbe, das aus Geld entstanden war, aus Geld bestand und sich mit Geld am Leben hielt, und ob es Wut war oder ehrliche Angst, die in meiner Lunge brannte, vergaß ich über einem nächsten Cocktail, aber für mich war der Abend vorbei, und er zerfiel in seine Teile und kam nicht zurück.

★

Als ich die Haustür aufgeschlossen hatte und die Wand des finsteren Flurs nach dem Lichtschalter abtastete – Julien hatte mich selbstverständlich mit dem Taxi nach Hause begleitet und, nicht ohne seiner Hoffnung mit einem leidenschaftlichen Druck meiner Hand Ausdruck zu verleihen, formvollendet verabschiedet – fiel mir die eigenartige Konsistenz der Stille auf, die die steilen Stufen im Treppenaufgang belagerte. Meine angestrengten Augen erklommen Absatz um Absatz, rutschten an den kahlen, hoch aufragenden Wänden ab, die in dieser Nacht die gespenstische Unwirklichkeit einer Filmkulisse hatten, bis ich endlich vor meiner Tür angelangt war und einen papierdünnen Streifen Licht auf dem Boden zu meinen Füßen bemerkte. Vorsichtig, bemüht, den Schlüssel möglichst geräuschlos im Schloss umzudrehen, schob ich mit der Schulter die Tür auf. In dem kurzen Flur, von dem die anderen Zimmer abgingen, brannte Licht. Ich ließ den dünnen Mantel von meinen Schultern und auf das Parkett gleiten und schlich an der Wand entlang in Richtung Wohnzimmer. Als ich die Klinke herunterdrückte und endlich im Rahmen stand, bot sich mir ein seltsames Bild:

Luna stand mit dem Rücken zu mir einige Meter entfernt in der geöffneten Glastür zum Balkon und wiegte den toten Kater in ihren Armen. Die Haare fielen ihr wie fließendes Wasser auf den Rücken, der in einen hellblauen Seidenkimono gehüllt war, und mit hochgezogenen Schultern und leicht angehobenen Fersen bog sie sich von einer Seite zur anderen wie eine junge Birke im Wind. Sie musste mein Kommen bemerkt haben, denn sie unterbrach ihr verrauchtes Summen und sagte, ohne sich umzudrehen:

»Mein Kind ist tot.«

Das Wimmern des Nieselregens umschloss ihre Stimme, sodass sie wie vom Tonband gesprochen klang, und im Moment, da sie sich abrupt umwandte, fuhr eine Böe durch das französische Fenster herein und blies ihren Kimono für Sekunden auf, dass er ihre Beine umflatterte und sich um ihre Arme zu Flügeln aufbauschte. Mit ernstem, steifem Blick musterte sie mich (Strenge lag darin, und ich fürchtete schon, sie würde etwas Missbilligendes über meine Erscheinung sagen wollen, aber dafür war sie wohl längst zu eingeschlossen in sich selbst), um anschließend einige klar formulierte Sätze an mich zu richten:

»Deine Vermieterin hat mich hereingelassen.« (An dieser Stelle legte sie den Kopf schief und schien zu überlegen.) »Sie ist eine nette Frau. Der Kater ist bereits steif geworden. Warum hast du ihn nicht anders hingelegt? Ich habe versucht, ihn zu bewegen, aber … Ich werde deine Katze beerdigen. Ich habe bereits ein Gebet für sie gesprochen.«

Ohne eine Miene zu verziehen drehte sie sich wieder um und fuhr fort, das Tier in ihren Armen zärtlich zu schaukeln. In diesem Moment, in dem ihr Blick auf den Square hinunterfiel, nahm ich zum ersten Mal das Zimmer in seiner Gesamtheit wahr: Meine Schlafcouch war aufgeklappt und zerwühlt, der Sessel daneben von Lunas schlaff ineinander hängenden Kleidungsstücken bedeckt, und auf dem kleinen, viereckigen Couchtisch neben dem Bücherbord hatte sie eine Art Altar zusammengestellt: Blumen oder Unkraut in Whiskygläsern, ein ovales Heiligenbild, das normalerweise etwas versteckt zwischen den Hängeschränken über der Spüle hing, und jede Menge roter Teelichte, von denen eines eben erlosch und nur noch einen steilen Faden grauen Rauchs in die Luft absonderte, der sich unterhalb der Decke auflöste. Aber es waren nicht die Kerzen, von denen der Brandgeruch ausging, der dem Wohnzimmer etwas vom Inneren einer Kirche gab, es war Luna selbst, die ihn, übertüncht vom Geruch feiner Seifen, verströmte. Im Augenblick sah sie über das Balkongitter auf die Straße hinunter und hielt Cognac ein Stück von sich gestreckt, sodass es aussah, als könne sie ihn jederzeit in einem winzigen Moment der Unachtsamkeit oder Ekstase fallen lassen. Ich trat näher an sie heran und scheute mich, sie zu berühren. Ihr Blick folgte in kurzen, ruckhaft vor- und wieder zurückschnellenden Bewegungen den Wagen, die über den feuchten Asphalt glitten und das Wasser auf der Straße teilten, dass es zu beiden Seiten in kleinen Wellen auf den Gehweg schwappte. Sie trugen ellenlange Schleier feiner Tröpfchen hinter sich her, unter denen sie beinahe unsichtbar wurden.

Langsam löste Luna ihren Blick und wandte ihn mir zu, sodass die Schärfe in ihren Augen den letzten Rest der fröhlichen, wirren Schläfrigkeit, die der Alkohol in mir ausgelöst hatte, vertrieb.

»Wie geht es dir?«

Ich hatte Lunas Handgelenk berührt, woraufhin sie, sichtlich unwillig, ein paar Schritte zurücktrat und den Kater fester an sich presste. Das Tier war in der seltsamen Position, in der ich es auf dem Tisch drapiert hatte – mit angezogenen Vorderbeinen und ausgestreckten Hinterbeinen, den Bauch nach vorn gewölbt – ausgehärtet und schien, so wie Luna es hielt, sehr leicht. Auf meine Frage reagierte sie unwirsch, als hätte ich sie mit meinen harmlosen Worten aus den Höhen einer fantastischen Träumerei gerissen.

»Wie geht es mir?«, fragte sie endlich. »Ja, wie geht es mir? Wie geht es mir bloß?«

Sie hob mit gespielter Ernsthaftigkeit Daumen und Zeigefinger der rechten Hand an ihr Kinn und streichelte und knetete es. Dann senkte sie den Blick in den steinernen des Katers.

»Ich glaube, es geht uns gut. Nicht war, es geht uns gut?«

Das Flackern der Teelichte zuckte über ihre Wangen und den Hals. Luna lächelte angespannt. Plötzlich legte sie den Kopf schief.

»Ich habe mich geduscht. Es stört dich doch nicht, dass ich geduscht habe, oder? Ich musste diesen Geruch wegbekommen. Sehr hartnäckig. Ich wusste nicht, dass der so hartnäckig ist. Ich habe nämlich alles verbrannt, musst du wissen.«

Den Unterkiefer mit kindlichem Stolz vorgeschoben, wartete sie darauf, dass ich nachfragen würde. Mir blieb nichts anderes übrig, als ihr den Gefallen zu tun.

»Was hast du denn verbrannt?«

»Oh, alles. Einfach alles. Das hat wirklich Arbeit gemacht. Alben, Tagebücher, Briefe, Fotos. Eins nach dem anderen. Sechs Jahre. Ich finde, dafür ging es schnell.«

Sie streckte den Kater von sich wie ein Tablett, legte ihn in den Haufen Kleidung auf dem Sessel und ließ sich auf das Klappbett fallen. Wellen roten Lichts fächerten über ihren ausgebreiteten Körper. Ich blieb neben ihr stehen, hilflos in meiner Körperlichkeit, die Arme verlegen vor der Brust gekreuzt.

»Es war wunderbar«, sagte Luna, und mit einem wahnsinnigen Lachen, das wie ein Wasserfall weit oben zwitschernd rauschte und tosend in die Tiefe stürzte, um in einem dumpfen Glucksen zu ersticken, erklärte sie: »Alles hatte seine Ordnung in meinem Leben. Jetzt habe ich alles geopfert – wie wir es uns versprochen hatten.«

Sie hob den Kopf, sodass das Kinn beinahe ihre Brust berührte. Mit angsterfülltem Gesicht fragte sie:

»Glaubst du, er wird das zu schätzen wissen? Dass er mir nicht böse ist, dass ich ein Kind habe mit Alexander ... Aber ich habe alles zerstört. Das muss er doch verstehen. Das muss er doch ...«

Noch einmal schlug ein Windstoß die gläsernen Balkontüren auf, die mit einem spitzen Knall gegen die Wand stießen. Luna beobachtete voller Verzückung das Schauspiel der langen, schmalen Gardinen zu beiden Seiten, die sich weit nach vorn wölbten wie Zungen, die uns suchten. Die Flammen der Teelichte neigten sich flach in unsere Richtung und färbten unsere Gesichter rot.

»Ich dachte immer«, sprach Luna zum Altar hin, »ich bin radikal. Aber ich will einfach nur für jemanden wirklich sichtbar sein. Das ist noch viel schlimmer, glaube ich.«

Sie verzog das Gesicht und musterte mit einem vorwurfsvollen Blick den Kater, um sich kurz darauf an mich zu wenden:

»Ich bin betrunken, Marion, hörst du? Sieh in der Küche nach. Ich habe eine Flasche Wein getrunken, nein, zwei. Zwei Flaschen! Jemand wie ich sollte nicht trinken. Ich weiß wirklich nicht, warum ich das mache …«

Schließlich eröffnete sie mit einem hohlen, traurigen Seufzer einen Vortrag, der die nächste halbe Stunde, während der ich sie unverwandt, voll Mitgefühl, jedoch ohne echtes Verständnis anblickte, andauern sollte. Sie lag ausgestreckt auf der Schlafcouch, die aneinandergelegten Beine leicht angewinkelt, die Hände im Haar oder über die Bettkante hängend, den glasigen Blick an die Decke genagelt, und redete, lediglich von kurzen Phasen des Nachdenkens unterbrochen, mit monotoner Stimme von sich und dem Leben und allerlei anderen Dingen, die sie bewegten. Ihr Denken war ganz und gar verwandelt, ihre Logik eine radikale, gelenkige, die sich nicht verfolgen ließ, so schnell war sie – und so gewaltig war darum auch der Teil ihrer Überlegungen, der den Weg durch ihre Lippen nicht fand und unter der Oberfläche ihres viel zu langsamen Sprechens zurückblieb, wie der riesenhafte unterseeische Korpus einer Insel, voller Klüfte, Spalten und seltsamer Gewächse. Obwohl sie sich bemühte, klar und konzentriert zu sprechen und jede Ungenauigkeit durch gewissenhaftes Formulieren zu vermeiden, überflutete jeder neue Satz den letzten, und die Zusammenhanglosigkeit ihrer scharfsinnigen Beschuldigungen, Weisheiten, Prophetien und Geständnisse ließ sie zu einem trägen Meer zusammenlaufen, in dem alle Gedanken sich gegenseitig aufhoben, bis nichts von ihren Bewegungen blieb als eine leicht gekräuselte Oberfläche und ein paar harmlose Strudel voll Muscheln und Sand.

*

Gerade hatte Luna mit den Worten: »Es ist schrecklich, dass es Winter gibt. Es ist schrecklich, dass die Straßengeräusche sogar hier zu hören sind. Es ist schrecklich, dass du allein bist, Marion!« ihre wüste, atemlose Rede beschlossen, als sie aufstand, den Kater zwischen die Kerzen auf dem Altar legte, vor ihm in die Knie ging und mit leidenschaftlicher Stimme ein Vaterunser zu murmeln begann.

Der Schreck versagte es mir, sie darin zu unterbrechen, und so wartete ich, bis ihr gerauntes »Amen« verklungen war, und ging langsam auf sie zu, um sie vorsichtig aufzurichten und zu mir umzudrehen. Wir sahen uns in die Augen: Ihr Blick war kahl und völlig leer, die Lippen müde, die Haut gelblich wie der Mond, doch nicht einmal die fahlen Tränensäcke, die jedes andere Gesicht entstellt hätten, schmälerten ihre Schönheit.

»Was siehst du mich so an?«, fragte Luna plötzlich, und ihr Ton war hart. »Hast du keinen anderen Blick für mich als den, mit dem du auch deinen Kater anschaust?«

Sie schnaubte, befreite sich von meinem Griff und schlenderte zur Balkontür hinüber. Ihre Locken und der helle Stoff des Kimonos leuchteten in der Dunkelheit. Ich gab mir Mühe, mich zu beherrschen, konnte mich aber nicht überwinden, das Hauptlicht anzustellen und die Kerzen auszublasen. Stattdessen wartete ich, den Blick auf das tote Tier geheftet, womit Luna mich als Nächstes überraschen würde. Die Art, wie Cognac zwischen den Kerzen lag, erinnerte mich an Helmuts Beerdigung. (Ich wusste, dass keinerlei Zusammenhang zwischen Helmuts Tod und dem des Katers bestand, aber der Gedanke, dass zwei Beerdigungen in einem Sommer bereits eine Häufung darstellten, ließ sich nicht verdrängen.) Wahrscheinlich, so glaubte ich, war der Kater an seiner Gier gestorben. Sein Tod war die gerechte Strafe dafür, dass er die Vogeljungen verspeist oder das zumindest versucht hatte. Meine beinahe christliche Auffassung von Schuld, Strafe und dem Erbe des Unglücks amüsierte mich: Es musste Lunas sonderbare Inszenierung sein, die mich auf solche Gedanken brachte.

Ihre Stimme riss ein Loch in meine Überlegungen. Aus der Dunkelheit des Balkons schritt sie auf mich zu, raffte ihren Kimono zusammen und fragte:

»Nimmst du mich mit auf die Grande Fête?«

Einen Augenblick lang war ich zu überrascht, um klug und mit Bedacht zu reagieren.

»Ich habe keine Karten«, sagte ich schließlich wahrheitsgemäß. »Und wenn ich ehrlich bin, weiß ich gar nicht, ob ich dabei sein will.«

Luna riss die Augen auf. Die Mischung aus Verzweiflung und Empörung, die darin lag, konnte auch Hass sein.

»Marion! Sag, dass das nicht wahr ist!«

Sie rannte auf mich zu und warf sich so heftig gegen meine Brust, dass ich beinahe umfiel, dann rutschte sie, die Arme um mich gelegt, an mir herunter und blieb zu meinen Füßen in einer kümmerlichen Verrenkung liegen. Augenblicklich begann sie gleichzeitig zu schluchzen und zu lachen.

»Du hast doch nicht geglaubt, dass ich das alles aus Spaß gemacht habe? Oh mein Gott ... Die ganzen letzten Wochen ... alles umsonst ... Was habt ihr denn getan, um Himmels willen? Warum hat Julien dich nicht eingeladen?«

Sie hob ihr verzerrtes Gesicht zu mir auf. Tränen der Wut quollen aus ihren Augenwinkeln. Erneut sank sie in sich zusammen, als bräche ihr jemand in diesem Moment die Wirbelsäule. Sie schlug ihren Kopf auf den Boden, riss ihn wieder hoch und flehte, den Blick auf mich oder die Decke gerichtet, als wäre der Himmel um sie und sie wolle ihn anschreien:

»Bring mich zu Viktor! Ich will gar nichts sonst! Ich bitte dich! Bring mich zu ihm!«

Sie krallte ihre verkrampften Hände in den Saum meines Kleides, presste ihr Gesicht in den Stoff und biss ein Stück heraus, das sie mir vor die Füße spuckte, um schließlich, überwältigt von Ohnmacht und Schmerz, ganz auf den Boden zu sinken und sich in einem heftigen Beben zu verlieren.

»Ach, Marion! Du hast geglaubt, wir seien Freunde, nicht wahr? Du hast geglaubt, ich würde dich lieben ... Meine arme, liebe, dumme Marion ...«

Nur kurz würgten mich Überraschung und ein kleiner, dumpfer Schmerz, ehe die Sorge um Luna sie wieder überlagerte. Ich war zu bestürzt über ihren plötzlichen Zusammenbruch, als dass ihre Worte tatsächlich eine Kränkung in mir auszulösen vermochten. Meine Augen ordneten das Bild: die offene Balkontür, der Wind, die Kerzen, der tote Kater, Luna und ihr fürchterliches, lautes Heulen, das waren Dinge, die zusammengehören sollten, aus denen sich ein Bild ergeben könnte, das so klar wäre, dass ich sofort wüsste, was zu tun sei, stattdessen aber entfernten sich die Einzelteile immer weiter voneinander (warum Kerzen? Was hatte die offene Balkontür mit dem toten Kater zu tun? Warum hatte er sterben müssen?), um sich vor meinen Augen höhnisch in einen unverständlichen Wust zu zergliedern, der durch nichts zusammengehalten wurde als den anhaltenden Schrei, der aus Luna herausschoss wie Wasser aus einem gesprungenen Krug, und ich wusste, es gab keine Möglichkeit, sie zu beruhigen, es gab überhaupt keine Möglichkeit, etwas zu tun (an diesem Punkt hätte ich, gäbe es einen Gott, an den zu glauben ich mit meinem Wissen vereinbaren könnte, gebetet) – nichts, als zu warten.

Zusammengekrümmt, den Kopf vornübergekippt, sodass ihre Stirn auf dem Parkett aufschlug, kniete Luna auf dem Boden und rang zwischen ihrem Weinen nach Luft, und natürlich schämte ich mich, für einen Moment daran zu denken, ob meine Vermieterin etwas zu dem Lärm sagen würde und ob sich für mich Konsequenzen daraus ergeben würden, und in dem Zusammenhang fielen mir die Tulpen wieder ein, von denen sie gesprochen hatte, und ich erinnerte mich, dass auch ich Luna an jenem Tag, als sie sich erneut in mein Leben schlich, mit einem Blumenstrauß gesehen hatte, einem Strauß frischer, roter Tulpen.

Alles passte zusammen: Die Tulpen waren für Viktor gewesen, dafür gab es keine andere Erklärung, Luna musste sie ihm in gewissen Abständen schicken, oder aber sie kaufte sie für sich selbst, denn jetzt waren auch Viktors Tulpen in meine Erinnerung zurückgekehrt, seine Liebesgeschenke vor sechs Jahren. (Was mich überraschte, war allein meine eigene Überraschung: Hatte ich tatsächlich gehofft, Lunas Liebe zu Viktor würde sich als weniger dauerhaft, weniger unbedingt herausstellen?) Die Freude darüber, wie sich alles – Lunas Rat, mich auf Julien einzulassen, ihr verstärktes Interesse an mir während der letzten Wochen, vielleicht sogar schon ihre Bitte, sie auf Helmuts Beerdigung zu begleiten – zu einem grandiosen Plan zusammenfügte, oder vielmehr durch ein einziges Ziel, die Wiedererlangung der Liebe, geeint wurde, verbat mir jede Wut. Nein, ich würde Luna niemals die Schuld an diesem drei Wochen währenden Missverständnis geben, obgleich es mir zustand, ihr Verhalten als boshaft und schamlos zu bewerten. Ich selbst war es, die sich in kurzsichtiger Gutmütigkeit ihrem starken Willen in den Weg geworfen hatte, mir war zuzuschreiben, dass ich mir eingebildet hatte, es sei möglich, auf einer Ebene der Gleichstellung und Ebenbürtigkeit einander zu begegnen (wofür Luna freilich der Welt zu entrückt war – und ich ihr zu verbunden).

Staunend und in vollkommener innerer Ruhe erstarrt, betrachtete ich das zuckende Bündel zu meinen Füßen, dessen Jammern zu einem hellen Wimmern zusammengeschmolzen war. Ich lief vorsichtig daran vorbei, schloss die Balkontür, blies die Kerzen aus und ging ins Badezimmer, um zu duschen und den Boden, auf dem Lunas Schaum und die kindlichen Spuren ihrer Füße zurückgeblieben waren, zu wischen. Als ich zurückkehrte, war sie bereits eingeschlafen. Ich hob sie vorsichtig an (wie konnte es sein, dass ein Mensch so wenig wog?), legte sie auf die Schlafcouch und machte mir selbst ein Lager auf dem Boden neben dem Sessel zurecht. Bevor ich das Licht löschte, betrachtete ich sie noch einmal: Wie sie da lag, umschlossen vom Stoff des Kimonos, der die Linien ihrer vollkommenen Figur nachzeichnete (jeder Atemzug war zu erkennen und kam mir vor wie eine große Bewegung, die den ganzen Körper beherrschte), kehrte das alte Gefühl zurück, das, mit Ausnahme der letzten Wochen und ihren plötzlichen Veränderungen, seit jeher meine

Beziehung zu Luna bestimmt hatte: Sie war mir wieder fremd geworden, nicht länger menschlich, nicht länger ergründbar; erneut war sie mir entglitten, zurück in ihre einsame Position der Reinheit, wo sie an der Grenze zur Unsichtbarkeit ihr Dasein als Orakel, Geist und Elfe pflegte, erhört von den Ohren der Bäume und Monde und Winde, und ich war glücklich darüber, denn das Leuchten kehrte zurück in ihre Haut, und dass es mich ausschloss, machte mir möglich, Luna zu lieben, wie vorher.

Als ich wenige Stunden später vom Kitzeln der ersten Sonnenstrahlen erwachte, war Luna bereits verschwunden, und es kam mir vor, als habe sich das Geräusch der Tür in einen meiner Träume eingewoben: in den allerersten, der davon handelte, wie Viktor Jakob das Kraulen beibrachte, Julien mit einem Boot zum Angeln hinausfuhr (er winkte mir zu, ich stand auf Zehenspitzen am äußersten Ende des Stegs) und Frankreich an der Ostsee lag.

*

Was soll ich sagen: Es war immer noch Juli, die Hitze hielt an und meine Welt, die sich zurück in ihre Fugen begeben hatte, bestand aus verbrannten Wiesen, jeder Menge Fliegen, Arbeit und den ersten kirschgroßen Äpfeln dieses Jahres, giftgrün und noch unreif, geziert von den Bissspuren neugieriger Kinder.

Luna und ich erholten uns von jenem seltsamen Zwischenspiel: Sie war wieder so unberechenbar wie eh und je und in ihren Abendkleidern aus lavendelfarbener Seide und Silberlamé der hellste Stern am Pariser Nachthimmel, ich beobachtete sie von ferne, umgeben von den alten Requisiten – Richards aufdringlicher Sehnsucht, meinen Wörtern und Sammlungen, der Lust an der Ordnung und der Kunst, den alten Kleidern – und entschloss mich, diese seltsame Zeit als Lehre zu betrachten, obwohl zu meiner Beunruhigung ein letzter lästiger Zweifel blieb, ob das alles nur Täuschung und Selbstverlust gewesen sein sollte oder nicht auch die wenigen Stunden meines bisherigen Lebens, in denen ich das starke Gefühl hatte, alles (vor allem ich selbst) ließe sich ändern.

Meine Tage waren bestimmt von Arbeit und Unternehmungen. Ich hatte den toten Kater inzwischen mit Erlaubnis meiner Vermieterin im Vorgarten unter einem Rhododendron beerdigt, allein und ohne unnötige Zeremonien. Ich schämte mich dafür, mich zu wenig mit ihm beschäftigt zu haben, und ich hatte das Gefühl, niemals ein wirkliches Verhältnis zu Cognac aufgebaut zu haben: Von Anfang an hatte unsere Beziehung unter einem schlechten Stern gestanden.

Ich traf außerdem die ersten Vorbereitungen dafür, im September wieder nach Hamburg zurückzukehren – ich hatte vor, nach Altona zu ziehen, nicht in die Nähe des Schanzenviertels, wo Richard weiter in unserem alten Apartment lebte – und ließ mir Tageszeitungen schicken, um mir ein erstes Bild von der Wohnungslage zu machen.

Aus dem Nichts kamen Lunas Anrufe, ihre helle Stimme. »Ach, du bist da. Sehen wir uns heute Nachmittag? Ich sitze im Le Nemrod, Rue du Cherche-Midi …«

Ich erkannte sie sofort: Sie trug ein Chemisenkleid aus weißem Musselin, die blonden Locken fielen ihr ins Gesicht und über die Sonnenbrille. Sie war so vertieft in ein Buch, dass sie mit den Lippen die Wörter formte, ihr Zeigefinger lief Zeile für Zeile die Seite hinab. Ihr Gesicht lag im Schatten, aber Hals und Dekolleté waren von der Sonne erhellt. Erst als ich den Stuhl auf der anderen Seite des Tisches verrückte, blickte sie auf, blinzelte und lächelte sanft.

»Du bist da«, sagte sie.

Sie schien in Gedanken zu sein, wie so oft in dieser Zeit, denn sie musterte mich oberflächlich, und der Zeitungsladen und der Obst- und Gemüsehändler gegenüber schienen für sie genauso wenig zu existieren wie die Tauben, die so nahe an ihren Füßen nach Brotkrumen suchten, dass ihre Federn Lunas Schuhspitzen streiften.

»Wo warst du?«

»Zu Hause. Ich habe gearbeitet.«

»Natürlich …«

Luna lachte und winkte ab, als wisse sie, dass man viel Nachsicht mit ihr haben musste.

»Ich denke immer wieder, die Menschen um mich herum arbeiten nicht. Ich kann mich einfach nicht daran gewöhnen. Es kommt mir absurd vor, im Sommer zu arbeiten.«

Sie schnaubte leise wie ein junges Pferd und legte den Kopf in den Nacken.

»Kannst du mir sagen, ob Wolken kommen? Ich kann es nicht erkennen.«

Ich blickte zum Himmel. Er war sauber und blau.

»Keine einzige Wolke in Sicht. Der Sommer scheint nie enden zu wollen.«

Luna lächelte mich an. Am Tisch neben uns, hinter ihrem Rücken, zwängte sich ein amerikanisches Paar in die hinterste Reihe. Die Frau trug einen Minirock und ein Glitzeroberteil mit ungeheuer tiefem Ausschnitt, aus dem ihre schon erschlaffenden, faltigen Brüste quollen. Ihr unnatürlich braunes Gesicht mit einer winzigen Nase, hohen Wangen und wulstigen Lippen trug die Spuren zahlreicher Operationen. Ihre langen Haare fielen locker auf Schultern, Rücken und Busen. Ihr Begleiter trug unter dem Anzug ein T-Shirt mit dem Aufdruck einer amerikanischen Crime-Serie. Er setzte seine Fliegersonnenbrille ab und zwickte der Frau in den Po, bevor sie sich setzte.

»Es ist genauso heiß wie in dem Sommer vor sechs Jahren«, sagte Luna. »Erinnerst du dich?«

Ich erinnerte mich. Die Nachrichten waren voll gewesen von Sondersendungen über Ozonwerte und Sauerstoffarmut in Gewässern.

»Am heißesten war es an dem Abend, als Viktor uns alle auf das Boot eingeladen hat. Du weißt schon, wegen dir.«

Lunas Gesicht nahm einen anderen Ausdruck an: Es war jetzt verschwiegen und ernst. Sie kniff die Augen zusammen und blickte auf die Sonnenuhr an der Hauswand gegenüber, die mit der Aufschrift »omnia sol temperat« versehen war. Darunter stand: »midi vrai de Paris«. Dann zog sie, plötzlich fröstelnd, die Schultern hoch, kramte ein Seidentuch aus ihrer Handtasche und knotete es als Kopftuch unter dem Kinn. Sie steckte die Kuppe ihres Zeigefingers in den Kaffee, leckte sie ab und trank einen Schluck.

»Ja, da war es heiß«, sagte sie endlich, den Blick auf den Grund ihrer Tasse gerichtet. Und, nach einer Weile:

»War es nicht Wochenende?«

»Nein, es war ein Mittwoch. Wir haben am Tag vorher geprobt, daran kann ich mich genau erinnern.«

»Ach ja.«

Sie zuckte mit den Schultern.

Das Paar hinter ihr diskutierte jetzt laut amerikanische Politik.

Dann hob die Frau ihre Hand, um die Aufmerksamkeit des Kellners zu erregen. Ich konnte erkennen, dass die Haut an ihrem Oberarm bereits welk geworden war und schlackerte, wenn sie den Arm bewegte. »Darling«, raunte die Frau und beugte sich über den Tisch, dass ihre Brüste die Platte streiften, »the french people are …« Den Rest ihres Satzes verschluckte ein vorbeirollender Transporter, der mit einer Menge ineinander verkeilter Möbel beladen war: dunkle, alte Sessel mit roten Polstern.

»Er hat euch alle zusammengetrommelt, um mich zu überraschen. So war es doch.«

»Ja. Irgendjemand hat mich angerufen. Ich glaube, es war sogar Vanessa. Sie sagte, ich solle zum Jachthafen Wedel kommen, Viktor habe irgendetwas Großes vor.«

Luna zupfte an dem Knoten unter ihrem Kinn herum.

»Mir hat er gar nichts gesagt. Ich solle mich hübsch machen. Es war unglaublich. Als ich dann herunterkam … Ich hätte nie gedacht, dass ich jemals so ein Geschenk bekommen könnte. Ein Boot mit meinem Namen! Alles weiß! Viktor hatte einen riesigen Strauß Blumen gekauft. Erinnerst du dich? Ich glaube, ich habe nie in meinem Leben so viele Blumen auf einmal gesehen. Er hat Champagner ausgegeben, auf dem ganzen Boot lief Musik. Das hat er nur für mich gemacht.«

Wie hätte ich das auch vergessen sollen: Hunderte von Segelmasten, die am Hafen in den Himmel ragten wie ein schwankender Wald. Die Luft war erfüllt gewesen vom Ton der Grillen, der Vögel, der Insekten, und ich hatte meinen Augen nicht getraut: in großen, verschlungenen Lettern Lunas Name am Bug eines der Boote, frisch, noch glänzend, und Viktor, in einem weißen Leinenanzug, an der Reling, eine Zigarette im Mundwinkel, lachend. Die ganze Theatergruppe war an Deck versammelt, und ein paar Jungen, die sich dazugestellt hatten, um vom Champagner zu kosten, nur Sylvie fehlte, aber wir wussten noch nichts über sie, und Vanessa verspätete sich. Luna sah großartig aus, wie eine Göttin: die Haare geflochten und zu Kringeln im Nacken gebunden, das Gesicht hell gepudert, die Lippen himbeerfarben, barfuß, in einem Kleid aus Seigou-Stoff, das so atemberaubende Falten warf, dass ich sie hätte malen wollen. Viktor hielt sie im Arm, so vorsichtig, als könne sie jederzeit zerbrechen.

»Er hatte einen Segelschein auf Sylt gemacht … Wir hätten sofort verschwinden sollen! Eine Stunde eher!«

Luna nahm das Tuch vom Kopf und verbarg ihr Gesicht darin. Die Amerikanerin hinter ihrem Rücken warf mir einen kurzen Blick zu, dann wandte sie sich wieder an ihren Begleiter. Der Kellner servierte ihnen eine Flasche Weißwein und zog den Korken mit einem lauten »Plopp«. Die Frau verzog beim Probieren das Gesicht, worauf der Kerl dem Kellner mit einer lässigen Bewegung bedeutete, einen anderen Wein zu bringen.

Ich konnte mich erinnern: Viktor und Luna hatten den Tanz eröffnet. Das Boot war zu klein gewesen für diese Menge an Leuten, aber eben das machte den Charme dieses Abends aus. Aus Lautsprechern wehte Strawinsky, bald waren alle betrunken, und es ging ein leichter Wind, der die Haare wie Seidentücher herumwirbelte. Die Sonne blutete ins Wasser aus, riesige Möwen kreisten über den Schiffen, und Viktor bot seinen Gästen Cohiba-Zigarren aus seinem kleinen Bord-Humidor an. Später, als wir stärker schwankten als die Boote, machte Viktor eine Führung durch die Kajüte: Alles war neu und aus hellem Holz, verzückt und ungläubig berührte Luna Kühlschrank, Herd und frische Bettwäsche. Und dann, wieder oben, warf Viktor ein

Glas auf den Boden, damit es still wurde, er hielt Lunas Hand und erhob seine Stimme über das Hafenbecken mit seinen schlafenden Booten: »Ich habe euch hierher bestellt, weil wir etwas zu feiern haben. Ich werde Luna heiraten.« (Wie er sie anblickte, mit dieser Röte im Gesicht, die ich nie wieder an ihm gesehen habe.) »Das heißt: Wenn du willst …« (Es war ungeheuerlich still: Das einzige Geräusch ging von Lunas Kleid aus, und irgendwo in der Ferne blinkte ein einsames Licht über dem Wasser. Der Himmel war so weit, als enthielte er tausend Welten wie diese, und aus jeder dieser Welten flüstere ein Viktor mit rauer Stimme einen Antrag, und aus allen diesen Schwüren würde ein weiterer Stern, einer dieser Millionen Sterne, die über unseren Köpfen brannten. Wir waren blass und schauten auf das Paar, und ich hätte mich nicht gewundert, wenn sich in diesem Moment jemand zu mir gebeugt und geflüstert hätte, es gebe sie doch, die großen Dinge, Liebe, Magie, all das, denn es war einer dieser Tage, an denen man tatsächlich glaubte, das Leben hinge an seidenen Fäden, an einzelnen Wörtern, an den Augenaufschlägen der Lunas dieser Welt.) Warum hatte Vanessa in diesem Moment kommen müssen! Warum hatte sie Luna ihr »Ja« abgeschnitten? Einen Moment, einen einzigen Moment später nur …

*

»Es hätte alles anders kommen können«, sagte Luna, »nicht wahr?«

Sie lächelte nicht und blickte mich mit großen Augen an. Natürlich erkannte sie, dass ich berührt war, so wie mich jedes Mal, wenn ich an diesen Abend zurückdachte, eines jener Gefühle heimsuchte, das jenseits der klaren Grenzen zwischen Freude,

Trauer, Angst oder Wut lag, aber es schien sie nicht zu interessieren, so sehr war sie mit sich selbst beschäftigt, mit ihrer Kühle. Dabei ging es ihr nicht um Fassung, nicht um Haltung, sondern allein um eine Möglichkeit, dieser Vergangenheit zu begegnen, ohne Furcht oder Zorn, vielleicht sogar ohne Wehmut, mit einer Nüchternheit, die ihr erlaubte, sämtlichen Zauber, sämtliches Träumen in die Zukunft zu richten. (Hätte sie sich dieser Vereinfachung nicht hingegeben, hätte sie sich eingestehen müssen, dass ihre Vergangenheit nicht allein ein Geflecht von Pech und Verschwörungen war, sondern auch Entscheidungen, für die sie nicht selbstverständlich eine wiederholte Chance einfordern konnte – aber wenn man sie so sah, in ihrer feurigen Strenge, ihrer traurigen Hoffnung, ihrer zierlichen, noch schlummernden Leidenschaft, konnte man nicht anders, als an die Existenz eines Gottes zu glauben, und daran, dass sein Auge beständig auf seiner schönsten Schöpfung ruhen musste und sie nirgendwo hinleiten konnte als ins absolute Glück. Es war mehr als ein frommer Wunsch, zu dem Luna einen hinriss: Es war ein Glaube.)

»Damals habe ich Alexander schon gekannt, erinnerst du dich? Ich hielt ihn für einen guten Freund …«

Luna hatte das Tuch von ihrem Gesicht genommen und hielt es zwischen Daumen und Zeigefinger über der Tischplatte, wobei sie mich interessiert betrachtete. Ich ahnte, dass eine Enthüllung kurz bevorstand: Ich sah es an der Lust in ihren Augen, ein Geheimnis preiszugeben und zu teilen, was für Luna gleichbedeutend mit seiner Zerstörung war und eine masochistische Befriedigung nach sich zog.

»Hast du gewusst, dass er in die Sache verstrickt war? Nein? Von Anfang an.«

Genüsslich knüllte Luna das Tuch in ihrer Hand zusammen und blickte mich herausfordernd an. Ihre Wimpern glänzten im Licht.

»Er hat Sylvie einen Brief geschrieben. Natürlich hat er nichts gewusst, von ihr, von ihrer Vergangenheit, du weißt schon. Es war seine Art, um mich zu kämpfen. Wahrscheinlich hat er geglaubt, Sylvie würde sich um Viktor bemühen, würde ihn zurückerobern. Er wusste nicht, dass mir Viktor längst alles erzählt hatte. Auch, was zwischen Sylvie und ihm vorgefallen war. Es hat keine Rolle gespielt. Es war vorbei. Viktor bereute alles. Es existierte nicht mehr.«

Luna nickte bestimmt und faltete das Seidentuch widerwillig auseinander, um es an der Tischkante glatt zu streichen.

»Nein«, sagte sie mit lauter Stimme, »ich bin ihm nicht böse. Er war eben um mich. Nach dieser Nacht … Er hat sich um mich gekümmert, verstehst du das? Für ein Mädchen wie mich … Er arbeitete, er bot mir alles an, ein Haus, ein reizvolles Leben … Natürlich war es dumm von mir.«

Hilfesuchend schaute sie zu mir auf, und ich konnte ihr den ersehnten Widerspruch nicht verweigern.

»Nein«, sagte ich und versuchte, meiner Stimme dieselbe Entschlossenheit zu verleihen, mit der Luna ihre Ausführungen vorgebracht hatte, »es ist nicht deine Schuld. Jede Frau hätte …«

»Jede Frau!«

Entrüstet fiel Lunas Körper in sich zusammen. Sie seufzte und richtete die Augen zum Himmel, der sich, wie sie mit Genugtuung feststellte, dunkel zu färben begann. Zufrieden senkte sie den Blick und fuhr fort:

»Oh nein, es war meine Schuld. Alexander war mein Unglück, er war es von Anfang an. Weißt du, wie lange so eine Einbildung anhält? Ich hatte gerade Jakob geboren, als mir klar wurde, welchen schweren Fehler ich begangen hatte. Das Schlimmste war nicht einmal, dass ich ahnte, dass er mit allem zu tun gehabt hatte. Das Schlimmste war meine Feigheit! Alexander konnte nichts dafür – er war seiner dummen Liebe zu mir erlegen, er war mir hörig. Es war einfach schrecklich. Anfangs habe ich ihn noch mit Kleinigkeiten zur Wut bewegen können. Später bekam ich ihn nur noch mit dem ganz großen Theater aus seinem Gleichmut mir gegenüber. Erst, wenn wirklich etwas auf dem Spiel stand, wagte er sich aus seiner Deckung, seinem Erdloch pragmatischer Sicherheit. Mir blieb nichts anderes übrig, als immerzu Eskalationen zu provozieren. Ich wollte ihn bewegen! Natürlich war mir klar, dass ich uns damit zerstörte, uns beide, und Jakob. Vor allem Jakob! Aber ich konnte seine herablassende Zärtlichkeit einfach nicht ertragen. Seine ewige Nachsicht, sein dauerndes Verzeihen, sein Über-alles-Hinwegschauen. Unsere Rollen standen fest: Ich war dafür verantwortlich, uns zu zermürben, Alexander dafür, mich in meinen schwachen Momenten zu einer Versöhnung zu bewegen. Es war fürchterlich. Ich kann nichts anderes sagen, als dass mich alles schrecklich anwiderte, selbst Jakob. Er fehlt mir nicht. Ich weiß, das ist grausam. Ich bin grausam. Ich kann nicht anders, als grausam zu sein. Alles, was ich liebe, ist Viktor. Es gibt auf der ganzen Welt nichts anderes, das mich interessiert. Was er berührt hat, was ihn bewegt, das soll auch mich bewegen. Er wird das verstehen …«

Mit kindlicher Erschöpfung hängte Luna ihren Blick in den Himmel: ein flackernder Lampion zwischen wollenen Regenwolken. Sie schloss ihre Erzählung mit dem Anstecken einer Zigarette. Sie inhalierte vorsichtig und blies den Rauch sofort wieder aus: Wie schön sie war, wenn sie so ungeschickt rauchte! Ich lehnte mich zurück und beobachtete die Wolken bei ihrem raschen Vormarsch. Luna blinzelte, zufrieden und auf diese melancholische Art fröhlich, wie sie es die nächsten Wochen bleiben sollte, in schnellem Wechsel mit Tagen apathischer Niedergeschlagenheit, an denen ein Moment der Freude gerade dazu reichte, ihr aus den Tiefen ihrer elegischen Trauer ein kurzes, sprödes Lachen zu entlocken, das in jedem Menschen, der um sie war, den heftigen Wunsch wecken musste, sie glücklich zu machen, und gleichzeitig die untrügliche Ahnung seiner Vergeblichkeit.

Das amerikanische Paar flapste mit einem der Kellner herum, der ihnen seine Herkunft erklärte.

»Really? An african aunt? My grandfather is from South Africa …«

»What is your name?«

»I'm Vicky. This is Jack.«

»Hi Vicky, hi Jack. Nice to meet you.«

Sie umarmten einander überschwänglich und bestellten eine zweite Flasche Weißwein. Es schien ihnen nicht aufzufallen, dass sich aus dem hellen Grau des tief hängenden Himmels die ersten Tropfen lösten, um mit einem platschenden Geräusch auf der Markise aufzuschlagen und in tausend Teile zu zerspringen. Luna indes, der das Seidentuch aus der Hand und auf den Boden geglitten war, während die Glut ihrer Zigarette den Filter erreichte, war längst weit weg, so weit, dass sie mich ungerührt den Stummel zwischen ihren roten, starren Lippen hervorziehen und im Aschenbecher ausdrücken ließ, so weit, dass sie es nicht bemerkte, wie ich die Rechnung bezahlte, das Seidentuch in ihre Tasche steckte und, als es bereits in Strömen regnete und Bäche schwarzen Wassers die Rue du Cherche-Midi überschwemmten, meine Hand auf ihre schob, die hart war, glatt und heiß.

★

Es blieben noch drei Wochen bis zu Viktors Grande Fête auf seinem Anwesen in der Provence, und alles, was Luna wollte, war, auf irgendeinem Wege eine Einladung zu bekommen. Darum traf ich mich weiterhin mit Julien (trotz des Rests Scham darüber, überhaupt so weit gegangen zu sein, den zu verdrängen ich außerstande war). Es war nicht unangenehm, mit ihm zu reden, aber ich wusste, dass meine Unbefangenheit ihm gegenüber gleichzeitig mit der Zeit meines vorübergehenden Kontrollverlustes, meiner übertriebenen und bedenkenlosen Euphorie zu Ende gegangen waren. So war also auch jede Nähe zwischen uns eine Illusion, denn ihr lag eine Offenheit zugrunde, die ich ihm unter anderen Umständen und in einem stabileren Zustand niemals entgegengebracht hätte. Meistens verabredeten wir uns mittags auf ein »Menu Express« im »Parnasse«, wo ich grundsätzlich an der Wand saß (mit Blick auf die Schwarz-Weiß-Fotografien von Cary Grant und Marlene Dietrich, die so gar nicht zu den rotschwarzen Stierkampfgemälden und den Fotokopien der Van-Gogh-Bilder passten) und Juliens Augenlid noch heftiger zuckte, weil er sich während des Essens im Spiegel hinter mir beobachten musste. Wir sprachen über dies und das (natürlich lenkte ich das Thema hin und wieder geschickt in Richtung Südfrankreich), und oft gesellte sich später Vanessa zu uns, zufällig oder nicht, und wir unternahmen zu dritt einen Spaziergang.

Vanessa war nicht eben hübscher geworden in den letzten Wochen, aber das einsame Glück der Selbstzufriedenheit beruhigte ihre sonst so zackigen Gesten. Sie hatte sich mit dem Hochziehen der Oberlippe beim Lachen einen Tick zugelegt, der den Erfolg ihrer Zahnspange demonstrierte, und häufiger als sonst trug sie die Haare offen (sie hatte den typischen halblangen Business-Schnitt erfolgreicher Frauen, die sich Laszivität genauso wenig leisten können wie Prüderie), was sie weicher erscheinen ließ als sonst. Wenn sie nicht gerade Anekdoten aus ihrer Arbeit erzählte, machte sie Anspielungen auf Julien und mich, was mich bald zu dem Verdacht bewegte, sie habe mit ihm eine Art Pakt geschlossen, ihm bei seiner Annäherung zu helfen, wobei mir nicht klar war, was er im Gegenzug für sie unternahm. Solange Julien keine konkreten Versuche unternahm, mich zu erobern, war mir sein Interesse recht, denn ich hoffte noch immer auf eine Einladung in die Provence, was mir keinen Zweifel darüber ließ, dass ich diesmal tatsächlich in Lunas Interesse handelte.

Das Unglück sollte mir in seiner seltsamsten Form begegnen: als Zuneigungsbekundung. Es geschah an einem jener Tage, an denen ich mich nachlässigerweise nicht für den Nachmittag, sondern für den Abend mit Julien verabredet hatte. Nichtsahnend, beinahe vorfreudig (wir waren dabei, den Unterschied zwischen französischen und deutschen Filmdialogen zu erörtern) erschien ich zu unserer Verabredung in der »Auberge de Venise« (nur wenige Schritte von meinem Appartement, ich war vom Rennen nach einem zu späten Aufbruch erhitzt) und lief einem gut aufgelegten Julien in die Arme, der diese seltsame Art heimlicher Verzückung im Gesicht trug, die bevorstehende Bekenntnisse ankündigte. Noch bevor uns der Hauptgang aufgetragen wurde (Julien hatte selbstverständlich bereits ein Menu für mich zusammengestellt, überdies hatte er dafür gesorgt, dass unser Tisch so voller Kerzen war, dass unsere Gesichter hell wie Straßenlaternen leuchteten), machte mir Julien ohne Umschweife seinen Antrag. Er habe lange genug darüber nachgedacht, sagte er, und er sei zu dem endgültigen Schluss gekommen (an dieser Stelle hielt er die Luft an, und sein Auge zuckte noch heftiger als sonst), sich in mich verliebt zu haben. Ob ich in eine Verlobung einwilligen würde.

Natürlich gehörte der Überraschung der erste Moment – weniger darüber, dass Julien den Mut besessen hatte, mich zu fragen, sondern darüber, dass sich tatsächlich jemand in mich verliebt hatte –, und ich gestand mir ein, geschmeichelt zu sein. Nicht nur, dass Richards stets uncharmante Liebesbezeugungen mich von jeglichem Stil entwöhnt haben mussten – ich hatte mich bereits so an meine Treffen mit Julien gewöhnt, dass man durchaus sagen konnte, ich mochte ihn, und außerdem war ich für rührende Momente wie diesen (Julien war errötet wie ein Schuljunge) anfällig. Deshalb erschien es mir tatsächlich im ersten Moment der Verwirrtheit möglich einzuwilligen.

Da war aber Luna. Ich kann nicht mit Sicherheit sagen, was es war, das mich so schnell über meine eigenen Gefühle hinweg zu Luna führte. Vielleicht war es der Versuch, alle eigenen Beweggründe dem Vorhaben, sie in die Provence zu bringen, unterzuordnen, vielleicht etwas viel Schwerwiegenderes: der Wunsch nämlich, mich in diesem komischen Verhältnis zu ihr durch nichts ablenken zu lassen, oder, anders formuliert, ganz für sie frei zu bleiben, mich auf sie zu beschränken.

Ich erschrak über die Kühnheit, mit der ich mir bei Julien Bedenkzeit erbat. Zu diesem Zeitpunkt war mir längst klar, dass ich einer Verlobung in keinem Fall zustimmen würde, ebenso klar, wie ein endgültiges Nein jede Chance auf zwei Karten für die Grande Fête so gut wie unmöglich machen würde und also genauso wenig in Frage kam.

Julien verbarg seine Enttäuschung geschickt. Taktvoll unterließ er jede Körperlichkeit und bestellte stattdessen ein Dessert, um den ganzen restlichen Abend den Alleinunterhalter zu geben, ohne auch nur ein einziges Mal auf seinen Antrag zurückzukommen. Kurz bevor wir auseinandergingen, gab er mir eine Karte für die Grande Fête, und es war nicht schwer, eine zweite für Luna zu erbitten. Als wir uns trennten, kam es mir vor, als wären die Ringe unter Juliens Augen frisch und als hätte die Blässe in seinem Gesicht eine neue Qualität. Trotz meiner Scham gelang es mir nicht, offen mit ihm zu reden, und so hatten seine Worte, statt uns näher zusammenzubringen, einen Keil zwischen uns getrieben, und das Wissen um meine Falschheit verlieh jedem unserer folgenden Gespräche, so ehrlich sie waren, den öligen Schimmer der Lüge.

Alles lief weiter wie bisher, und neben der Anstrengung, die es mich kostete, in diesem ungewollten Spagat zu verharren, waren es Richards Anrufe, die mir weitere Kraft raubten. Er hatte eine neue Strategie gefunden, mit der er mein Aufsehen zu erregen versuchte: Er appellierte an mein Mitleid. Neben einer Reihe beliebiger Selbstbeschuldigungen (»Ich weiß, ich habe dich in letzter Zeit vernachlässigt«, »Ich hätte dich ernster nehmen sollen«, »Vielleicht habe ich dir das Gefühl gegeben, du wärst austauschbar«), die den Raum zwischen uns verklumpten, war er dazu übergegangen, sämtliche Schuld (ja, er sprach wirklich von Schuld, was mich umso mehr erschreckte, als ich davon ausgegangen war, wir wären uns darüber einig, dass man in einem gewöhnlichen Fall wie diesem nicht von Schuld, sondern höchstens von natürlichem Nachlassen der Leidenschaft oder Entfremdung sprechen konnte) allein auf sich zu häufen, um langsam und genüsslich darunter zu ersticken und mich daran teilhaben zu lassen. Er bemühte tatsächlich Ausdrücke wie »Atemnot«, die »Feindseligkeit der Welt«, sprach sogar von »Lebensmüdigkeit«. Mit Mühe und Not brachte ich unsere zähen Telefonate hinter mich und schaffte es zuletzt beinahe, Richard von der Unwiederbringlichkeit meiner Gefühle zu überzeugen.

In Paris war derweil der Sommer dabei, sich in üblen Stürmen zu verlieren: Hässliche, schwarze Regenwände zogen aus allen Himmelsrichtungen auf die Stadt zu, um sich krachend zu einem tagelangen Unwetter zu vermählen. Ich hatte die Blumen hereingeholt und öffnete die Balkontür nur noch nachts, um eine der friedlichen, totenstillen Viertelstunden zwischen zwei Regengüssen in der Dunkelheit zu erleben und die saubere, kalte Luft so tief einzuatmen, als könne man sie für spätere Zeiten aufbewahren. Ich dachte über vieles nach in diesen Nächten, und es war, als wäre alles, was ich dachte, am Morgen verschwunden, als hätte es sich, wie um ein Geheimnis, ein Versprechen zwischen der Nacht und mir einzulösen, in etwas verwandelt: eine halbe Wolke, einen Ballen umhertreibenden Staubs, fernes Sirenengeheul.

*

Die Nacht vor der Abreise senkte ihr grobkörniges Grau über die Stadt wie ein Tuch, das die Farben, Gerüche und Geräusche des Tages zu einem leisen Rumoren dämpfte. Ich hatte einen einzigen, großen Koffer gepackt, ironischerweise den, den ich damals zum Auszug aus der gemeinsamen Wohnung mit Richard von meiner Mutter geschenkt bekommen hatte, und saß auf dem Balkon, als mich der unbekannte Wunsch überkam, eine Zigarette zu rauchen. Da ich niemals Zigaretten besessen, geschweige denn selbst gekauft hatte, erfüllte mich mein Wusch mit romantischer Vorfreude, in der ich immer wieder lustvolle Momente – das Klickern der Münzen in einem Automaten, das Rumpeln der fallenden Packung, das Zischeln und Rascheln beim Aufreißen des Papiers, das Flüstern, wenn die Zigarette angezündet wird, das erste Aufleuchten der Glut, das Geräusch des Einsaugens und Ausstoßens von Rauch – im Kopf hin und her wendete wie Karten eines Kartenspiels, die ich mischen, verschieben, vertauschen und durchblättern konnte. Als ich die Treppe hinunterstieg, um mich auf die Suche nach einem Automaten zu machen, ging ich noch einmal alle Vorbereitungen durch, die ich für die Reise getroffen hatte.

Natürlich hätten wir mit dem Zug fahren und uns von einem nahe gelegenen Bahnhof abholen lassen können, das wäre das Einfachste gewesen. Luna aber hatte stur darauf bestanden, zu zweit mit einem Mietwagen hinunterzufahren (»Ich zahle dir alles, das heißt, Alexander zahlt alles. Die paar hundert Euro mehr oder weniger …«), und der daraus zu lesende Wille, mit mir allein zu sein, hatte mich milde gestimmt. Ich hatte uns also einen kleinen, dunkelroten Fiat Punto für die Reise gemietet. Da unser Besuch auf unbestimmte Zeit ausgerichtet war, je nachdem, was geschehen würde (Luna war von dem Glauben erfüllt, Viktor würde sie für immer bei sich behalten – sie hatte alles aufgegeben, bis hin zur Aufkündigung ihres Zimmers in Paris), hatte ich dafür gesorgt, dass mir die Wohnung im Square Delambre weiterhin zur Verfügung stand, ich konnte allerdings ebenso gut möglichst schnell wieder nach Hamburg ziehen und die Arbeit von dort aus fortsetzen. Meine Gespanntheit hatte in den letzten Wochen die Angst vor der Wiederbegegnung zwischen Luna und Viktor so betäubt, dass nichts als ein Schatten davon geblieben war, der sich eilig von helleren Gedanken verdrängen ließ.

Ich kaufte mir in einem asiatischen Imbiss in der Rue Delambre eine Schachtel blaue Gauloises und hielt sie auf dem Heimweg so fest in der Hand, dass die Folie, als ich angekommen war, heiß und schweißverklebt war. Langsam, den Genuss eines jungfräulichen Erlebnisses auskostend, riss ich die Folie auf, knüllte sie zusammen und warf sie in den Papierkorb, zog eine Zigarette aus der Schachtel, roch an ihr und steckte sie sorgfältig an. Noch jetzt, wenn ich die Szene rekapituliere, kommt es mir unwahrscheinlich vor, aber entgegen meinen Befürchtungen lösten die ersten Züge weder einen Hustenanfall noch Ekel aus: Die Zigarette schmeckte mir. So war dann auch das Erlebnis weniger überwältigend, als ich vermutet hatte, vielmehr kam es mir vor, als hätte ich schon immer geraucht, und die Ernüchterung, die aus dem Eindruck erwuchs, es handele sich um keine großartige Neuerung, führte mich zu dem Schluss, dass es keinen Unterschied machte, ob ich rauchte oder nicht, und dass ich es also ebenso gut sein lassen konnte.

In einer seltsamen Stimmung von Zufriedenheit, es zumindest probiert und damit abgehandelt zu haben, saß ich in der dämmrigen Küche und presste eine Zitrone aus, als Luna mich anrief. Ihre Stimme klang wie reißendes Papier. »Marion?«

»Ja.«

»Oh Gott, du bist da!«

»Was …«

»Bitte, du musst vorbeikommen! Ich halte das nicht aus!«

Sie atmete schwer und klang, als hätte sie getrunken.

»Beruhige dich …«

»Nein, nein, ich bitte dich! Es ist wichtig! Bitte komm zu mir. Lass mich nicht allein …«

So kam es, dass ich in dieser letzten Nacht in Paris erfuhr, wo Luna wohnte. Sie lebte nicht allzu weit von mir entfernt, im »Hotel Ferrandi« in der Rue du Cherche-Midi, wo ich sie einmal im »Le Nemrod« getroffen hatte. Ich raffte Mantel und Schirm zusammen und lief die Treppe hinunter, zurück in die Dunkelheit der Nacht. Während des gesamten Wegs über ölige Straßen rannte ich, und als ich endlich vom Boulevard du Montparnasse in ihre Straße einbog, war ich so außer Atem, dass ich mich für einen Moment an eine Hauswand lehnen musste.

In der Rue du Cherche-Midi war niemand unterwegs, und zwischen zwei Ziersträuchern fand ich den Eingang des Hotels. In der winzigen Lobby herrschte schummriges Licht, und ich lief die schmale Wendeltreppe in den ersten Stock hinauf, wo Lunas Zimmer lag. Die Flure waren so eng, dass zwei Menschen nur seitlich hätten aneinander vorbeigehen können, und in allen Gängen gähnten die hellgrauen Schatten abgehängter Bilder an den Wänden wie zugemauerte Fenster. Es roch muffig und nach Plüsch, und als ich an die kleine Tür klopfte, hörte ich auf der anderen Seite ein schwaches Stöhnen wie von einem Verletzten, ehe Luna mir öffnete.

★

Sie sah schrecklich aus: Ihre Haut war weiß wie Bettzeug, ihr Haar zerzaust, die tief in den Höhlen liegenden Augen von Panik geweitet und rot geädert. Ihre Lippen waren aufgesprungen und verzerrt, als gehörten sie nicht zueinander und ließen sich weder schließen noch öffnen, ihre Wangen eingefallen, als sauge sie sie mit aller Kraft an. Sie trug ein dünnes Nachthemd und roch nach einem Gemisch aus Gin, Parfum und Zigaretten, als sie sich mir in die Arme warf.

Sie wog beinahe nichts. Ich hielt sie unter den Achseln und umfasste sie so, dass ich sie hochheben und zum Bett hinübertragen konnte, wo ich das keuchende Bündel zwischen die Decken legte.

Seltsam: Die ehrfürchtige Neugier, die ich Lunas heimlichem Pariser Zimmer gegenüber empfunden hatte (weil es ein Geheimnis geblieben war, und weil es voll sein musste von Lunas Duft, ihren Sachen, ihren brütenden Gedanken, ihr selbst), löste sich in Nichts auf, als ich diese winzige Bude musterte, die in ihrer fast ärmlichen Genügsamkeit am wenigsten dem entsprach, was ich offenbar erwartet hatte (dabei hätte ich wissen können, dass Luna bei aller Ausuferung ihrer Gefühle, Gesten und Szenen niemals im eigentlichen Sinne theatralisch gewesen war, und was sie liebte, dafür gab sie ihr Geld, und alles andere war ihr nicht wichtig – trotzdem schockierte mich der Umstand, dass Luna hier tatsächlich leben konnte, dass dieses Zimmer Luna, die grenzenlose Luna beherbergen sollte – es war eine Höhle, ein Versteck, ein Bunker). Das kleine Fenster, das zur Straße lag, war zugehängt mit einem Dutzend teurer, luftiger Kleider, so wie überall im Raum an der Decke und den Wänden flattrige Kleider, Seidenstrümpfe und Morgenmäntel baumelten und vor sich hin raschelten und sich in den Ecken

Berge von Hüten, Stiefeletten, Kragen, Mänteln und Schmuckschatullen stapelten. Dabei war der Raum ohnehin so klein, dass er mit dem klapprigen Goldgestell des Bettes fast ausgefüllt war. Das, was man von den Wänden sehen konnte, war mit Motivtapeten ausgekleidet, auf denen dickbusige Frauen, Engel und wulstige Putten zu Liebesszenen arrangiert waren, und links, neben dem Eingang zur Badkabine, befand sich ein halb geöffneter, hölzerner Schrank. Neben dem Bett stand eine Flasche Gordon's, von der nur noch ein so kleiner Rest übrig war, dass er gerade den Boden bedeckte, und auf dem schmalen Tisch neben dem Schränkchen lief der Fernseher, dessen gespenstisches Licht das Zimmer in ein Meerblau tauchte. Eine dicke, weibische Matrone fragte gerade: »Ist das Ihr letztes Wort?«, und der Kandidat der Quizsendung sagte mit wackeliger Stimme: »Das ist mein letztes Wort«, ehe er all sein Geld verlor und vom Publikum aus dem Studio geklatscht wurde. Unter dem Flimmern der Werbespots leuchtete das Zimmer abwechselnd rot, weiß und blau, und Schatten zuckten hoch, um nur den Bruchteil einer Sekunde später wieder in sich zusammenzufallen.

Luna lag auf dem Bauch, das Gesicht im Kissen, und ihr Rücken bebte. Ich wusste nicht, was ich anderes tun sollte, also setzte ich mich neben sie und legte ihr vorsichtig eine Hand in den Nacken und strich wieder und wieder über ihre Wirbel, die sich unter der Haut wölbten wie eine Hügelkette. Ich gab dem Wunsch nach, die beiden Leberflecken in ihrem Nacken zu berühren, und sie fühlten sich an wie frisches Leder. Ich wollte mit Luna sprechen, aber ihr Schmerz war still und privat, und jeder Millimeter ihres Körpers verschloss sich gegen mich und erinnerte mich daran, dass ich hier war, weil niemand sonst da war, und dass ich nichts von hier mitnehmen, wohl aber etwas zurücklassen würde.

In dieser Nacht regnete es nicht, obwohl ich mir oft das Geräusch von Regen einbildete. Durch einen Spalt zwischen Lunas schaukelnden Kleidern sah ich den Himmel: Er war zugezogen, wie ein Mantel, auf dem nur eine schmale Reihe Sterne eine silberne Knopfleiste bildete.

Luna sprach nicht, den ganzen Abend sagte sie kein Wort, aber ihre Augen standen voll kalter Angst. Als ich sie im Bett aufrichtete, ins Bad trug, sie auskleidete und vorsichtig in die Dusche setzte, um sie mit ihren Darphin-Cremes einzureiben, von denen etliche Tuben auf dem Boden verteilt lagerten, wehrte sie sich nicht, sondern fuhr nur fort, leise zu wimmern. Sie kauerte auf dem Email wie ein Kind, und der dampfende Wasserstrahl teilte sich auf ihrem Rücken in Bäche, die ihr über Arme, Brüste und Bauch liefen. Ich tupfte sie mit einem Handtuch ab, zog ihr ein frisches Nachthemd über und trug sie zurück zum Bett, wo sie mir einen Blick schenkte, der vollkommen still und leer und irr war, ohne Dankbarkeit und bar jeder Scham.

Ich schaltete den Fernseher aus und räumte unter ihrem starren Schauen, das nichts registrierte, nichts verstand, alle Sachen zusammen, faltete sie und verstaute sie in drei Koffern. Als ich endlich das Gepäck aufeinander gestapelt und neben der Tür postiert hatte, setzte ich mich wieder auf die Bettkante.

Lunas Körper schien unbeweglich, gelähmt und wie aus Glas. Er war so heiß, dass sämtliche Laken und Decken sich auf der Stelle mit seiner Hitze vollsogen, und ich dachte, er könnte zerspringen. Ein märchenhafter Sog ging von ihm aus, wie von schönen Toten, Dornröschen oder Schneewittchen, deren Tod immer nur ein Schlafen war, und in diesem Moment bezweifelte ich, dass Lunas Körper einmal verschwinden sollte: Es gab nichts Wirklicheres als ihn, als sein dauerndes Sprechen, eher noch würde er in Flammen aufgehen oder steif frieren, als dass er weniger werden könnte, und obgleich ich es nicht verstand und auch niemals später verstehen sollte, wusste ich in diesem Moment, dass Lunas Kleider keine Verhüllung waren, keine Kostümierung, ja nicht einmal wirklich Kleider, sie waren eins mit ihrem Körper, und das war alles, und es war auch unsinnig, an etwas dahinter oder darunter zu glauben, denn alles, was Luna war, stand offen in ihrem Körper, der gesehen werden wollte, und wenn es eine Seele gab, dann wohnte Lunas Seele in ihrer Haut, unter den Achseln und in der Wölbung ihres Bauchs, und man musste nicht versuchen, sie zu verstehen, wenn man sie anzuschauen wusste.

Als Luna die Arme hob, als versuche sie, nach etwas zu greifen, verstand ich, dass sie mich meinte, und ich legte mich an ihre Seite und hörte ihren Atem. Manchmal glaubte ich noch, sie wolle etwas sagen, aber jedes Mal, wenn ich den Kopf hob, lag sie unverwandt still und hatte die Augen geschlossen. So lag ich die ganze Nacht über und bewachte ihren dünnen Schlaf, und einmal rollte Luna sich auf mich und presste sich so heftig gegen meinen Körper, dass ich ihren Herzschlag an meiner Brust fühlte. Ich hielt sie umschlungen und erwiderte ihre Umarmung, sie schob eines ihrer Beine zwischen meine und legte den Kopf in meine Achselhöhle, und obwohl ich wusste, dass da nichts Sexuelles in ihrem Drängen war, ging mein Atem schnell, ich war verwirrt und aufgeregt, und das Kitzeln einer ihrer Strähnen an meinem Hals ließ mich zittern.

Jede andere Frau hätte in dieser Nacht ihre Würde verloren,

nur Luna nicht, denn sie hatte die Freiheit der Fremdlinge, und vielleicht, so glaubte ich, war sie nur bei mir so, weil sie wusste, dass sie mir gegenüber niemals Gefahr lief, sich preiszugeben und zu entblößen.

Ich lag wach und folgte den Spuren meines Atems in der Dunkelheit, fuhr die Schemen der Möbel mit Blicken ab und zählte alles Mögliche – die Putten auf der Tapete, die Kleiderbügel, die Lichter der vorbeifahrenden Wagen, die über die Wände huschten – bis ich endlich in einen hitzigen Schlaf fiel, der meine Haut hellwach und elektrisiert zurückließ.

⋆

Bevor wir aufbrachen, aßen Luna und ich ein Omelett im »Bistrot des Amis«, während die Sonne die Dächer überstieg, um ihr Licht großzügig in die Straßen zu schütten, und gegenüber ein Mann mit Cordsakko ratternd die Rollläden des »Johanna Gullichsen«-Ladens hochkurbelte.

Luna blühte, rotwangig, frisch und gestärkt: Nichts an ihr erinnerte an die letzte Nacht. Ihre Launen hatten sie vorübergehend auf ein Hoch der Freude gespült, und ich sah alles mit ihren Augen, ohne darüber traurig zu sein, dass sie niemals etwas durch meine Augen sehen würde. Wir tranken Milchkaffee, und Luna hatte entschieden, dass die Spannung, die uns an diesem Morgen erfüllte, eine vorfreudige sein sollte, die von keiner Sorge getrübt wurde.

»War es nicht ein prächtiger Sommer?«, sagte Luna und strahlte über das ganze Gesicht. Sie nahm meine beiden Hände in ihre, um sie kurz darauf wieder fallen zu lassen.

»Ich glaube sogar, es war der schönste Sommer meines Lebens«, fügte sie hinzu und beobachtete zwei Tauben in der Mitte der Straße.

»Es macht mich ganz krank, aus Paris verschwinden zu müssen.«

Ich lächelte in mich hinein und fühlte nichts als Dankbarkeit für ihr sprunghaftes Wesen. Ich nippte an meinem Kaffee, und als Luna sich eine Zigarette anzündete, konnte ich nicht anders als ihr meine Zigarettengeschichte zu erzählen, was Luna ein Kichern entlockte.

»Seltsam«, sagte sie, »es ist doch traurig, dass alle Dinge nachlassen. Mir schmeckt nur noch die erste und die letzte Zigarette des Tages: die erste, weil sie einen Rausch auslöst, die letzte, weil ich meine Lunge spüre.«

Wenig später saßen wir in unserem vollgepackten Wagen, und Luna kurbelte alle Fenster herunter. »Man muss doch den Wind spüren«, sagte sie, »wenn man fährt.«

Während ich die Karten durchsah, um mir noch einmal die Route ins Gedächtnis zu rufen (wir würden auf den großen Autobahnen bleiben: an Dijon vorbei und über Lyon bis hinunter nach Grenoble, von dort aus auf einer kleineren Straße nach Gap und weiter bis Sisteron und Digne-les-Bains, von wo aus wir uns durchschlagen müssten bis zur D 562 zwischen Draguignan und Grasse, an der sich, mitten in einem Wald, Viktors Anwesen befinden sollte), schnitt Luna ihre Nägel und schnippte die Abfälle aus dem Fenster. Sie summte einen französischen Schlager und knabberte an einer Rippe Zartbitterschokolade, von der Krümel auf ihr zitronengelbes Kleid fielen. Irgendwann seufzte sie und fragte aufgebracht:

»Was machst du da eigentlich?«, und als ich darüber in Lachen ausbrach, lachte sie einfach mit, so fröhlich, dass ich einen Stich in der Brust fühlte.

Es war ein Erlebnis, mit Luna unterwegs zu sein, sie staunte über alles Mögliche, am meisten aber über Dinge, über die ich seit Jahren einfach hinweggesehen hatte: Einsame Männer, die auf Autobahnbrücken standen und, die Hände auf dem Geländer aufgestützt, sich am Lärm und der Geschwindigkeit der Wagen berauschten, die Muster ferner Städte, in die sie allerlei hineininterpretierte (»Siehst du die Umrisse? Diese Stadt sieht aus wie ein aufgespannter Regenschirm!«), vereinsamte Industriegebiete (»Oh! Man müsste hier einen Film drehen!«). Am meisten aber rührte mich die erschreckte Trauer, die sie beim Anblick eines überfahrenen Igels am Seitenstreifen empfand: Minutenlang sah sie dem schwarzen Bündel hinterher, bis es ein Dutzend Kurven hinter uns lag.

Was Luna am intensivsten beschäftigte, war ihre Bräune. Sie hatte sich vorgenommen, am Ende dieses Sommers »wie eine echte Indianerin« auszusehen. »Ich will so gern einfacher werden«, sagte sie, »ich will mich mit Dingen beschäftigen, die man sieht und anfassen kann und mit denen man Fortschritte macht, ob sie Sinn haben oder nicht.« Tatsächlich hatte ihre Haut bereits die Farbe von Cappuccino, und sie lachte stolz, als ich ihr sagte, zu einer Provençalin fehlten ihr nur noch ein paar Sommersprossen, und als ich an einer Raststätte hinter Dijon hielt, um auf die Toilette zu gehen, malte sie sich mit einem Augenbrauenstift schwarze Punkte auf Nasen und Wangen, die sie bis zum Ende der Fahrt nicht entfernte.

Nach neun Stunden des Unterwegsseins stand die Sonne schon so tief, dass sie uns in ein erdbeerrotes Kleid hüllte. Die Euphorie hatte Luna ermüdet, und sie war, den Kopf gegen die Scheibe gelehnt, eingeschlafen. Kurz vor Sisteron befiel mich die Angst. Zunächst war sie nur ein Filter vor meinem Blick: Die Schatten der Bäume erschienen mir länger, die Rufe der Vögel drohender, die Scheinwerfer der Wagen wie die Augen unzähliger Geister, die über unser Schicksal unkten, während ich nichts Besseres zu tun hatte, als uns ihm fraglos entgegenzuwerfen. Dann aber wurden die Nebel lichter, und in meiner Fantasie formte sich Viktors Gestalt: wie er uns entgegenkam, zuerst mir, dann Luna die Hand schüttelte, freundlich, aber unverbindlich, wie er Luna einen Moment zu lang in die Augen sah, ehe er fragte: »Kennen wir uns?« Was würde geschehen? Oder besser: Wie konnte ich verhindern, was geschehen könnte? Und wo begann meine Schuld? An dem Tag, an dem Luna in mein Leben zurückgekehrt war, um ihm ihre Farbe, ihr Gesicht, ihren Namen zu geben? Als ich Vanessa nach Viktor gefragt hatte, als ich ihre Einladung annahm, sie auf eine seiner Soireen zu begleiten? Oder erst, als ich mich selbst aus einer Laune heraus vor Victor, der keinen von uns sicher erkennen würde, weil wir alle nur Komparsen gewesen waren in einer Zeit, die lange zurücklag, verleugnet hatte? Hatte es einen Punkt gegeben, an dem es unmöglich geworden war, passiv zu bleiben, mich herauszuhalten, mich davonzustehlen? Einen Punkt, von dem an nichts folgte als ein langsames, unvermeidliches Abgleiten in fremde Geschichten? Und hatte ich mich überhaupt dazu entschieden, einzugreifen, mitzumischen, und wenn ja, wann? Es ließ sich nicht leugnen: Ich war Teil einer großen Geschichte geworden, und wenn ich mich auch nicht in der Mitte befand, so befand ich mich doch wesentlich länger als ich geglaubt hatte schon nicht mehr im schattigen Abseits der Zuschauer auf der Tribüne. War ich es nicht, die Luna Vanessa zugeführt hatte, an jenem Morgen in

Hamburg? War ich es nicht, die Juliens Sympathie erwidert und endlich ausgenutzt hatte? War es nicht mir zuzuschreiben, dass wir uns in diesem Moment unaufhaltsam auf Viktor zubewegten – und damit auf eine Gefahr, deren Ausmaße ich längst nicht mehr einschätzen konnte?

Was immer auch geschehen würde, wenn Luna und Viktor einander wiederbegegnen würden – es konnte nur hinter dem zurückbleiben, was Luna sich in ihren mutigen Träumen erhoffte. Es blieb mir nichts anderes übrig: Ich würde um alles in der Welt verhindern müssen, dass sie allein aufeinandertrafen.

Streifen blutroten Lichts zogen über Lunas kühle Silhouette. Ihr Atem ging ruhig, ihre Lider bewegten sich. Träumte sie? Gleichmäßig hob und senkte sich ihre Brust, und manchmal zuckten ihre Finger, als ertaste sie einen Gegenstand, einen Körper. Schützend umrahmte ihr Haar das schmale Kinn. Wie gern würde ich ihr Trost ins Ohr flüstern, ihr Dinge erzählen, die sie alles vergessen ließen! Sie zurücktragen in Alexanders Haus, sie auf das Sofa betten, ihr ein Lied singen, ihr Jakob in die Arme drücken, wispern: »Er ist dein Kind, er ist dein Junge …«

*

Viktor bewohnte ein dreieckiges herrenhausartiges Gebäude zwischen Ölbaumfeldern, Pinienhainen und Wäldern, das im siebten Jahrhundert erbaut und achthundert Jahre später zu einem Renaissanceschloss umgebaut worden war. Es war verwittert und efeuumrankt, verwunschen, aber äußerst hell.

Ein junger Kerl mit hellbraunem, akkurat geschnittenem Haar und englischem Maßanzug hieß uns willkommen und wies uns einen Parkplatz zwischen den Nobelkarossen zu, die gute hundert Meter vom Schloss entfernt auf einem Kiesplatz standen. Ein antikes Cabrio, unverkennbar Viktors Wagen, stand einsam ein Stück entfernt in einer nach vorn offenen Garage. (Es handelte sich dabei, wie man mir immer wieder mit glänzenden Augen erzählte, um einen perfekt restaurierten und aufgerüsteten Austin Healey 3000, den Viktor für ausgedehnte Landpartien dem Jeep und dem alten Aston Martin Vantage vorzog und den, wie man unter den Gästen munkelte, einen Sommer lang Alain Delon und Romy Schneider gefahren haben sollten.)

Von dem jungen Mann, der uns einige Meter vorausging, wurden wir durch einen Steingang in den Innenhof des Schlosses geführt, der von einem dreieckigen Bogengang und der Galerie im Stock darüber eingefasst war und einen Swimmingpool in Form eines Segelschiffs beherbergte, um den vielleicht zwanzig orangefarbene Liegestühle standen. Rund um den Pool im Zentrum war der Innenhof uneben gepflastert, Platanen und vereinzelte Akazien zierten ihn. Über drei Treppen an den Ecken zwischen den Gebäudeteilen gelangte man hinauf in den ersten Stock, wo je drei Kaminzimmer, ein Rittersaal und fast zwei Dutzend Schlafräume vom Laubengang abführten. Im Erdgeschoss befand sich jeweils ein Eingang in der Mitte der Gebäudeteile und führte in die Schlossgewölbe. Außerdem war eine kleine Kapelle aus dem elften Jahrhundert in den Bau integriert worden, und im ausgedehnten Garten hinter dem Schloss, den wir über die Brüstung einer Galerie betrachteten, befand sich zusätzlich zu den Brunnen, Zypressen und dem herrlichen Ausblick auf Olivenhain und Weinplantage ein kleines, zu einer rosenumwucherten Laube umgebautes Bauernhaus.

Als wir ankamen, hatte sich die Gesellschaft bereits in zwei Gruppen aufgeteilt: die, die Wert darauf legte, pünktlich und regelmäßig dem Schönheitsschlaf zu frönen, und die, die bis in die frühen Morgenstunden lustwandelte und an den langen Tischen unter lampionbehängten Eichen beieinander saß und ihre flirrenden, weinseligen Stimmen der Nachtluft anvertraute. Die Abenddämmerung senkte sich über die Wiese und beschattete Schloss, Innenhof und Garten, als wir unser Schlafzimmer im Hauptflügel zugewiesen bekamen, durch dessen Rundbogenfenster man auf die Gäste hinuntersehen konnte. Luna verschwand sofort im Badezimmer, um sich frisch zu machen, während ich den angrenzenden Rittersaal mit seinen Rüstungen und Waffen begutachtete und eine Runde in der Galerie drehte, um die schmucklosen, toskanisch anmutenden Säulen und die Reliefs anzuschauen. Vom Laubengang konnte ich in den Innenhof und auf den verlassenen Pool sehen, wo das Abendlicht mit dem klaren Wasser spielte und Muster auf die Fliesen warf, auf denen ein paar Vögel spazierten.

Luna trug ein ausladendes Cocktailkleid aus rosa Seidentaft mit einem Saum aus Spitze, als sie hinter dem Paravent in unserem Zimmer hervortrat, sie hatte Rouge und Lippenstift aufgetragen und war schön wie eine taubeglänzte Wiese. Sie glitt neben mir her die Treppe hinab und durch einen niedrigen Gang vom Innenhof hinaus in den Garten, im dem der Geruch von Hochsommer über dem Rasen sich mit dem Chor der Grillen verband. Wir liefen hinüber zu den Tischen, wo eine lose Gruppe junger Frauen an Cocktailgläsern hing. Der Blick war einzigartig: Vor uns öffnete sich ein Tal, in dem verstreut wie Pilze ein paar Steinhäuser die Landschaft sprenkelten, links fiel das Mondlicht durch die Olivenbäume wie durch einen Kamm und teilte sich in tausend spitze Strahlen, die punktförmig auf dem Boden auftrafen, rechts, an der Grenze zu den Terrassen der Weinplantage, stand ein Rasentraktor, mit dem einer von Viktors Bediensteten, oder er selbst, offenbar kürzlich erst das riesige Gartengelände gemäht hatte.

Die Frauen sahen nicht auf, als wir uns ihnen näherten. Sie lümmelten auf hölzernen Bänken herum, behäbig und gelangweilt, tranken und lachten viel, und einige von ihnen kamen mir von Viktors Pariser Soiree bekannt vor. Ihre Gesichter und das weiße Fleisch ihrer runden Schenkel und Arme waren gelb von den fliegenumschwirrten Lampions, die sich im Wind bewegten, und ein junges Mädchen, das nicht älter als achtzehn zu sein schien, erklärte uns mit frohlockender Stimme, dass die Männer noch »à la chasse« seien: auf der Jagd. Wir setzten uns zu ihnen und ließen uns in ein zielloses Gespräch über Rassehunde, die Sterne und den Garten verwickeln, in dem Beete mit südlichen Gewürzen oder Blumen wie verwilderte Inseln standen, denen Arrangements zerbrochener Tonkrüge, Vasen und Schalen einen morbiden Charme verliehen. Mir fiel auf, wie gewissenhaft hier – im Gegensatz zu der Party in St-Martin – jede Bemerkung, die auch nur im Entferntesten mit Viktor zu tun haben könnte, vermieden wurde, als wäre es eine Frage des Stolzes, das Privileg einer Einladung auf seine Grande Fête und jeden damit verbundenen Luxus als Selbstverständlichkeit zu behandeln.

Luna war in ihrem Element: Geschmeidig wie warmes Wachs hatte sie sich in die Ecke unserer Bank eingepasst, ihr Gesicht leuchtete, und wenn sie sprach, bewegte sie dazu leicht ihre Hand, nicht stärker als ein Zweig, der vom Wind bewegt wird, und redete über Dinge, von denen ich im Augenblick ihres Ausgesprochenwerdens, als sie von ihrem Mund fielen wie Zucker, wusste, dass sie ihr nichts bedeuteten. Sobald wir ausgetrunken hatten, huschte ein Schatten um unsere Schultern, und schon stand ein neues, gefülltes Glas vor uns, und das hob mich, zusammen mit dem alles bedeckenden Zirpen der Grillen, in einen Zustand, in dem mir alles wichtig und flüchtig erschien, erhaben und leicht.

Einige der Mädchen gähnten laut und entfalteten ihre Körper, um gleich darauf in Richtung Schloss zu entschwinden, und der Rest der schönen Frauen blieb zurück wie ein Säckchen ausgeschütteter, nach einem Spiel liegen gelassener Murmeln. Zusammen mit einer kleinen Gruppe Portugiesinnen mit schwarzen Augen entschieden wir uns, noch eine Weile im Kaminzimmer beieinander zu sitzen, und über den Innenhof und die Steintreppe liefen wir mit gerafften Kleidern hinauf in den Salon.

⋆

»Ah«, sagte Vanessa, »sieh mal einer an.«

Sie schritt durch die offene Tür auf uns zu, blieb auf halbem Wege kurz stehen und setzte sich schließlich uns gegenüber in einen Ohrensessel. Sie legte den spitzen Kopf schief, nahm ihren Hut ab und grinste.

»Ihr seid zu zweit da, wie reizend.«

Sie hatte ihr sonst so glattes Haar aufwendig gelockt, es lag wie eine steife Perücke um die Wangen und ließ ihr Gesicht ausgezehrt erscheinen. Mit blitzenden Zähnen trank sie den letzten Schluck aus ihrem Glas, das sie beim Sprechen in der Hand behielt und gegen uns erhob wie ein Schild.

»Bist du schon länger da?«, fragte ich arglos und beobachtete Luna aus den Augenwinkeln: Sie war gefasst, verzog keine Miene.

»Seit einigen Tagen.«

Sie lächelte spöttisch und zeigte mit dem Glas erst auf mich, dann auf Luna. »Ihr seid zusammen angereist?« Während sie mit mir sprach, hielt sie den Blick fest auf Luna gerichtet.

»Das wird Julien aber freuen«, sagte sie. »Heute wirst du ihn leider nicht mehr zu Gesicht bekommen. Die Männer sind« (sie schob einen Ärmel ihres hochgeschlossenen, auf der Brust geknöpften Wollkleides hoch, um ihr Handgelenk zu reiben) »auf der Jagd.«

Ich wandte den Blick ab und den Portugiesinnen zu, die in ihre Sessel drapiert kicherten und flapsten und ihre Münder aufrissen und aussahen wie schwülstige und in ihrer Übertriebenheit obszöne Lilien. Alles an ihnen wartete auf die Rückkehr der Männer.

»Wie wäre es mit einer kleinen Führung?«

Ich sah zu Luna. »Wir haben uns schon umgesehen«, sagte ich.

Vanessa nickte wütend. »Hübsch, nicht?«

»Ja.«

Vanessa erhob sich. »Ich gehe mir eine Limonade holen. Noch jemand Orangina?«

Sie rauschte davon, um nicht wiederzukommen. Einer der unsichtbaren Diener hatte dafür gesorgt, dass Jazz lief: eine klare, tiefe Frauenstimme, die von Großstädten und der Liebe sang. Für einen Augenblick war ich überzeugt, dass Luna aufstehen und zu Bett gehen würde, aber als ich sie ansah, war ihr Gesicht neugierig und wach, und ihre Augen blitzten wie polierte Stecknadelköpfe, wissbegierig, abenteuerlich. Sie atmete, als sauge sie alles ein – und alles war bereits Viktor. Ich glaube, ich sah sie nicht beobachten, nicht sammeln, nicht ergründen: Ich sah sie lieben. Es kam mir so natürlich wie ungewohnt vor und erinnerte mich an das verstörende Gefühl, mit dem ich zum ersten Mal einen Apfel von einem Apfelbaum fallen gesehen hatte.

Es wurde zwei. Uhren schlugen an unterschiedlichen Orten des Schlosses, leicht versetzt, und verwoben ihre dumpfen Stimmen zu einer, die dem Gurren der Frauen für Sekunden Einhalt gebot. Eine Fledermaus pendelte am Fenster vorbei. Die Flammen der Kerzen auf den großen, metallenen Ständern verkrochen sich im Docht und züngelten unter dem Flötenton des Windes erneut auf. Vom Fenster her hörte man das Gras oder die Bäume alle Geräusche des Tages loslassen.

Die Portugiesinnen kämmten mit den Fingern ihr Haar und waren dazu übergegangen, über ihre Männer und Liebhaber zu sprechen. Es schien sie zu erregen. Mit geschwollenen Busen und geröteten Wangen fielen sie einander ins Wort, verschütteten ihre Getränke und rutschten auf dem Polster der Sofas hin und her. Manchmal sahen sie zu uns herüber und lächelten eindringlich und vertraut. Luna hatte sich auf der Armlehne aufgestützt und war in die Betrachtung des Kamins versunken.

»Warum heizen sie ihn nicht an?«, fragte sie, »es wäre doch so schön.«

»Wahrscheinlich ist es zu warm«, vermutete ich.

Luna seufzte.

»Es ist nur, weil ich immer friere. Ich friere zehn Monate im Jahr. Darum liebe ich alles, was mit Hitze zu tun hat – ich kann nie genug davon bekommen.«

Sie legte eine Hand auf meinen Unterarm.

»Einmal war ich mit der Klasse Skifahren, es muss noch in der Grundschule gewesen sein. Ich hatte ein paar Freundinnen. Ich mochte sie nicht mehr als die anderen Mädchen, aber man hatte eben Freundinnen, und im Gegensatz zu mir waren diese Mädchen ganz versessen darauf, sich meiner zu versichern. Sie hatten das Gefühl, wir besäßen einander, und sie schrieben mir untertänige Briefe und alles Mögliche, und ich ließ sie in dem Glauben ... Ich denke, das ist wohl das Alter, in dem man zum ersten Mal ahnt, dass Liebe etwas mit Besitz zu tun haben muss, und man strengt sich an, die Menschen, von denen man glaubt, sie zu besitzen, dazu zu bringen, einen zu lieben, und man verausgabt sich damit. Jedenfalls haben wir in einer Art Ferienheim gewohnt, und jeden Tag sind wir Ski gefahren. Ich hasste die Kälte, sie machte mich wahnsinnig. Obwohl ich die meisten Pullover und sündhaft teure Handschuhe trug, fror ich regelmäßig so sehr, dass meine Hände und Füße taub wurden. Einmal, als alle anderen sich wieder zum Skifahren fertigmachten, beschlossen wir, meine Freundinnen und ich, zum Teich unterhalb der Herberge zu gehen und Schlittschuh zu laufen. Das war eine große Sache für sie, und sie machten eine Menge Sprüche drumherum. Sie waren übermütig. Auf dem Teich sind wir eine Weile rumgezogen. Katharina, ein Mädchen mit braunen Haaren, führte die Gruppe an, während ich ein wenig abseits meine Runden drehte. Am Rand des Sees entdeckte ich eine Stelle, an der zwei Fische nebeneinander eingefroren waren. Scheinbar war das Eis so schnell dicker geworden und reichte in der Nähe des Ufers bis auf den Grund, dass sie nicht mehr hatten verschwinden können, oder sie hatten geschlafen. Sie sahen friedlich aus, und ich hatte das Gefühl, etwas sehr Vertrautes zu sehen. Natürlich erzählte ich den Mädchen nichts davon. Kurze Zeit später passierte es: Eine der Kleinen, Ida, war an einer Stelle, wo der herunterhängende Ast eines Baumes mit eingefroren war, ins Wasser eingebrochen. Es ging sehr schnell. Alle waren heillos durcheinander und schrien und heulten wie wild. Katharina ging nah an die Stelle heran, wo das Eis gebrochen war. Sie legte sich flach auf den Boden und warf ihren Schal in Richtung des Lochs. Ich glaube, es war Daniela, die mich plötzlich entsetzt anglotzte und schrie: ›Warum machst du denn nichts?‹ Ich stand ein Stück abseits. Ich kann nicht genau sagen, was in mir vorging. Ich weiß nur noch, dass ich ganz ruhig war. Es regte mich nicht auf, was passierte. Ich blieb still stehen und beobachtete, wie Ida nach dem Schal griff. Sie schrie irgendetwas, das ich nicht verstand. Die anderen Mädchen feuerten sie an. Das alles war keinesfalls erschütternd für mich. Ich nahm eine Menge anderer Dinge wahr: den Himmel, an dem in diesem Moment schwere Wolken wie riesige Dampfer vorbeizogen, die Bäume, einen Vogel am Ufer. Ich wartete einfach, bis sie Ida herausgezogen und den Krankenwagen gerufen hatten. Katharina hatte eine Art Schock. Ida wurde in eine Heizdecke gehüllt und weggefahren. Daniela und die anderen waren außer sich. Den ganzen Abend wurde in der Herberge über nichts anderes geredet. Alle sprachen von Ida, wie sie war und was wohl aus ihr würde, und alle waren erregt von Todesfantasien und flüsterten mit angestrengten Stimmen. Sie unterschrieben auf einer Gute-Besserung-Karte und saßen auf den Hochbetten und erzählten sich Gruselgeschichten. Nichts davon rührte mich, ich fand nur einfach die Vorstellung widerwärtig, wie sie noch Jahre später mit aufgerissenen Augen davon erzählen würden. Von dem Tag an wechselte keines der Mädchen mehr ein Wort mit mir. Ich glaube, sie hielten mich für abnormal, vielleicht für grausam. Ich vergaß die ganze Episode. Sie war mir irgendwie natürlich vorgekommen, idyllisch beinahe. Seltsam, dass ich mich jetzt daran erinnere.«

Luna lachte. Dann streckte sie sich und gähnte. Mit einem Nicken deutete sie auf das Bild über dem Kamin, einen Kunstdruck von William Bouguereaus »L'Enlèvement de Psyche«, der ein nacktes Paar auf seinem Weg in den violetten Himmel zeigte.

»So etwas«, sagte sie, »berührt mich tiefer. Kommst du mit schwimmen? Ich glaube, ich drehe ein paar Runden im Pool.«

Ich schüttelte den Kopf und sah wohl entsetzt aus, denn Luna legte eine Hand an meine Wange und lächelte.

»Meine liebe Marion«, sagte sie und kicherte dunkel. »Immer muss ich dich erschrecken, nicht wahr?«

Ich blieb noch eine Weile sitzen. Unbemerkt war die Frauenstimme aus den Boxen zu einer Männerstimme geworden: Chet Baker, der seine traurigen, müden Fantasien wie Winterlandschaften um uns ausbreitete. Ein junger Kerl setzte sich leise neben mich. Wir sprachen wohl, Minuten später war er schon wieder verschwunden und hatte mir ein gefülltes Glas zurückgelassen, ein unsichtbarer Diener Viktors. Draußen wurde es kühler, aber die Wände gaben die gespeicherte Wärme des Tages ab, und der Alkohol wärmte von innen. Aus unbestimmter Ferne rollte ein Geräusch wie Donner heran, das zu voneinander unterscheidbaren, einzelnen Schüssen wurde: Die Männer kehrten zurück.

Als ich später im Zimmer und trotz eines Bades noch immer unruhig war, schlich ich mich auf die Galerie, um heimlich und beschämt Lunas einsame Bahnen zu verfolgen. Das von unten beleuchtete Wasser strahlte in hellem Glasblau, Luna war nur ein schwarzer, schlanker Körper, der geräuschlos und ernst zwischen Bug und Heck des Wasserschiffes hin und her glitt. Sie fühlte sich unbeobachtet, und aus unerfindlichen Gründen hatte ich erwartet, sie würde etwas Außergewöhnliches tun, sich durch irgendeine Handlung verraten. Nichts dergleichen geschah: Gleichmäßig schwamm Luna eine Schneise ins Wasser, die Wellen trieben bis zum Rand, und die Pistolenschüsse wurden vom Ruf eines Nachtvogels begleitet. Ewig aber war nur der Gesang der Grillen, der mich bis in meine Träume verfolgte und sich wie ein unsichtbares Band durch alle folgenden Tage und Nächte ziehen sollte, sie so eng zusammenraffte, dass sie sich nur durch den scharfen Unterschied zwischen grellem Licht und greller Finsternis voneinander unterschieden.

★

Am nächsten Morgen, geweckt von der trockenen Hitze, die bis in Ohren, Mund und Glieder vordrang, sodass ich lange vor Luna aufstand, ausgiebig duschte und mich ankleidete, wurde ich der Ausmaße der Grande Fête erst wirklich gewahr, als ich einen Blick in den Innenhof des Schlosses warf, in dem bereits gut einhundert Gäste einen weiteren sorglosen Tag begrüßten. Eine Gruppe Frauen in Bikinis und Bademänteln hatte die Liegestühle um den Swimmingpool besetzt, andere standen in kleinen Kreisen beieinander und tranken bereits wieder Prosecco und Champagner und ließen sich mit Viktors Spezialitäten seines Flying Buffet verwöhnen: pochierte Eier, Käse, Früchte, Kaviar, süßer Quark und Minzjoghurt auf Silbertabletts. Die Luft roch nach Kaffee, Schlaf und Chlor, und vor dem Eingang zu den großen Gewölbesälen, in denen man sich den ganzen Tag über abkühlen konnte, stand eine kleine Swingkapelle mit Schlagzeug, Cello, Keyboard und Saxophon, die in fröhlicher

Ungerührtheit ein Stück ans andere reihte. Viktor selbst war nicht zu sehen.

Bevor Luna erwachte, drehte ich eine kleine Runde über das Gelände: Im Rittersaal und den Kaminsalons hatten sich Männer und Frauen in Morgenmänteln zum Frühstücken versammelt, auf der Galerie flanierten zufällige Paare zwischen Gipsabgüssen berühmter Skulpturen, die mir am Abend nicht aufgefallen waren, im Hof tanzten die Portugiesinnen, die niemals schliefen, mit jungen Herren in Kammgarnanzügen, im Gewölbe saßen ein paar Männer und spielten Karten. Als ich in den Garten hinaustrat, in den sich kein einziger Gast verlaufen hatte und der vom Gesumm der Grillen und Fliegen bebte, erklomm die Sonne gerade die Wipfel der Zypressen. Satt lag der Frieden über den Wiesen, und ich dachte an Luna, die kein Mitleid hatte, weder mit der Welt noch mit sich selbst, und repetierte in Gedanken die ersten Zeilen eines Baudelaire-Gedichts (»In ihrem Kleid, das wie Perlmutter schimmert / Scheint sie zu tanzen, selbst wenn sie nur geht / Wie eine Schlange, die sich biegt und flimmert / Und auf des heiligen Gauklers Stab sich dreht. / Wie Wüstensand und Himmel unbekümmert / Um Menschenleid, das angstvoll ruft und fleht / So wie die Welle, die den Damm zertrümmert / Lebt sie dahin in träger Majestät …«), als ich am äußersten Rand der Wiese eine einsame Gestalt bemerkte: Oberkörper und Kopf zurückgelehnt, wie um die Sonne einzufangen, hob sie eine Hand und berührte einen der eng nebeneinander stehenden Weinstöcke der Plantage, um eine Rebe abzutrennen und sorgfältig zu betrachten. Es war unverkennbar Viktor: die breiten Schultern, der mächtige Kopf, der geschmeidige, kräftige Körper, der sich dunkel gegen die Sonne abhob. Er schien hinunterzusehen, auf die Häuser im Tal, die nichts weiter waren als schwarze Punkte auf endlosem Grün. Schloss sein Blick die Sonne mit ein, die Plantage, die Olivenbäume? Er lehnte sich vor, wie in einer Verbeugung. Ich erstarrte angesichts der heroischen Einsamkeit, die von ihm ausging.

»Allein?«

Vanessas scharfe Stimme zerschnitt den Faden meiner Gedanken.

»Wo bleibt denn Mademoiselle?«

»Sie schläft.«

»Oh.«

Vanessa pfiff durch die Zähne. Ich drehte mich um. Sie hatte ihr zerlegenes Haar unter einem Hut verborgen, trug ein Leinenkleid und war morgenblass, als wäre sie erst vor wenigen Minuten aufgestanden. Auf dem Hals war noch der Abdruck ihres Bettzeugs sichtbar. Mich ärgerte, dass sie durch die Zähne gepfiffen hatte, und ich beschloss zu verschwinden. Vanessa aber legte schnell ihre Hand auf meine Schulter und flüsterte:

»Es gibt jemanden, der dich gern sehen möchte.«

Da mir ein hinlänglicher Grund fehlte, die Begegnung mit Julien zu verweigern, lief ich ihr hinterher zum Durchgang in den Hof. Als ich mich ein letztes Mal umdrehte, war die Gestalt am Rand der Wiese verschwunden.

Vanessa hatte mich in einen Trakt des Hauptgebäudes geführt, der mir noch nicht bekannt war. Hinter einer hölzernen Tür gelangten wir in einen Vorraum mit weißen Ledersofas und Kronleuchtern, in denen sich das Sonnenlicht brach und alle Wände mit hellen Punkten bemalte. Ich setzte mich neben einen Kleiderständer aus Messing auf eine der Couchs und betrachtete den Strauß künstlicher Tulpen auf dem weißen Tisch vor mir. Vanessa verschwand durch eine der drei Türen, die vom Vorraum abgingen und hinter denen sich, wie ich vermutete, Viktors private Gemächer befanden. Wenig später kehrte sie mit Julien an ihrer Seite zurück, verschwörerisch lächelnd, und ließ uns allein. Ich hatte gehofft, der unvermeidlichen Verlegenheit, die diese Begegnung begleitete, aus dem Weg gehen zu können, nun war es zu spät. Julien, in einer Hand eine Flasche Champagner, in der anderen zwei blitzsaubere Gläser, nahm mit einem verrutschten Lächeln neben mir Platz.

»Schön, dass Sie da sind, Marion. Hatten Sie eine gute Fahrt? Ist Ihre Freundin wohlauf?«

»Luna? Der geht es gut. Sie schläft noch. Wir sind gestern angekommen.«

»Gefällt es Ihnen?«

Julien betrachtete mich mit einem Blick, der mir sagte, dass er einem Zusammentreffen mit mir ebenso gern wie ich aus dem Weg gegangen wäre. Hinter jeder Frage stand die Entschuldigung für unser Alleinsein: Wir hatten uns zu einer Charade hinreißen lassen, und auch wenn wir selbst alles dafür getan hätten, uns auf dieser Feier aus dem Weg zu gehen, war Vanessa offenbar wild entschlossen, uns zusammenzubringen, wobei sie sich nicht einmal durch unsere Unwilligkeit stören lassen wollte.

»Es ist sehr – groß …«

Julien lachte und beobachtete mich mit dem alten ehrlichen Interesse, beinahe zärtlich. Vielleicht hatte er eine Schwäche für meine Naivität gegenüber diesen Kreisen, vielleicht imponierte ihm mein skeptischer Blick auf diese Gesellschaft, deren Werte mir so schleierhaft und sinnlos vorkamen, wie sie für Julien vertraut waren.

»Das ist jetzt das siebte Mal, dass Viktor die Grande Fête gibt.

Man könnte meinen, es interessiert ihn nicht. Wenn er nicht gerade eines seiner Viertelstundenschläfchen hält, ist er gar nicht da, fährt runter nach Nizza oder St-Tropez und lässt seine Gäste allein. Aber wissen Sie, er hat einen komischen Ehrgeiz. Von Jahr zu Jahr optimiert er die Feier. Es ist ihm wichtig, dass alles stimmt, verstehen Sie? Er sucht nach der perfekten Form für das, was er das ›perfekte Leben‹ nennt. Letztes Jahr hat er steinerne Duschen neben dem Pavillon bauen lassen. Er hat neue Köche engagiert. Wenn Sie fragen würden, wie viel das kostet … Er nimmt das sehr ernst.«

Eine Brise wehte durchs Fenster herein und lupfte unsere Haare. Julien stand auf und machte ein paar langsame Schritte auf dem Parkett. Von hinten konnte man den Ansatz einer Glatze erkennen, ebenso wie die Unstimmigkeiten seiner Proportionen. Abrupt zog er die Gardinen zu, und als er sich umdrehte, fiel mir auf, dass sein linkes Auge wieder zuckte.

»Was halten Sie von einem kleinen Rundgang durch die geheimen Räume?«, fragte er, bemüht, seine Unsicherheit als souveräne Langeweile zu tarnen, was ihm nicht zuletzt deshalb misslang, weil er es nicht fertigbrachte, die Rührung, die ich offenbar in ihm auslöste, zu verhehlen.

»Ja«, sagte ich, »natürlich«, und spürte einen Geschmack von Eisen im Mund: Ich hatte mir auf die Zunge gebissen.

⋆

Als Luna splitternackt dem dampfenden Badezimmer entstieg, schwer von Düften und Cremes und so munter, als wäre ihr Schlaf lediglich ein Federkleid, das sie in den Kissen zurückließ, als sie lachte und sagte: »Mein Gott, Marion, ich habe einen Mordshunger. Es kommt mir vor, als hätte ich drei Tage geschlafen«, und als ich das Glück in ihren Augen sah (dieses seltsame, vollkommene Glück ewiger Vorfreude, das den Wartenden vorbehalten war, ungleich größer als die Zufriedenheit, die eine tatsächliche Beziehung mit ihrem muffigen Wohnzimmergeruch abwarf, jenes Glück, das nur wenige Momente lang dauerte und das Luna dennoch auf sechs lange Jahre ausgedehnt hatte, sechs Jahre, in denen sie sich mit nichts anderem beschäftigt hatte, als Braut zu sein und wenige, kostbare Erinnerungen immer und immer wieder zu reinigen, zu entstauben und an ihren Busen zu pressen, dafür, endlich jetzt hierher zu kommen, um den schillernden Viktor ihrer Träume einzutauschen und den wirklichen zu empfangen), wusste ich, dass ich ihr nichts erzählen würde. Nichts von Viktors prächtigem Waffenzimmer voll alter Gewehre, Pistolen, Messer, Säbel, Degen und Trophäen eigener Jagderfolge, nichts von Viktors geheimer Bar, diesem dunklen, kühlen Zimmer voller Spinnen und Regale, in denen die teuersten Flaschen lagerten, nichts von Viktors gigantischem Kleiderzimmer voller Paravents mit japanischen Blumenmustern und wehenden Gardinen und goldgefassten Spiegeln und Schränken voller Kleidung (Viktor liebte Hüte! Viktor liebte Schirme! Trenchcoats! Polos! Smokings! Pferdelederschuhe! Morgenmäntel! Baumwollkimonos! Lederschlappen! Charvet-Schlipse! Gestärkte Hemden! Schuhputzautomaten! Schlägermützen! …) Nichts von alldem …

Natürlich bemerkte man, dass Luna die Schönste von allen war: Ihr gehörten die Blicke der Männer, der abtrünnig gewordenen und der vermeintlich gebundenen, und von den Frauen schlugen ihr Bewunderung (von den heillosen Romantikerinnen und den Alten, um die schon lange nicht mehr gebuhlt wurde), Neid (von den aufgedonnerten jungen Jägerinnen und den Frauen der vermeintlich gebundenen Männer) und zärtliche Faszination (von denen, die glaubten, etwas in ihr zu erkennen) entgegen. Sobald sie die Treppe betrat und sich mit geschlossenen Augen so ausgiebig, wie nur Kinder oder Tiere es tun, streckte, schlugen ihr die Blicke sämtlicher Gäste entgegen, sodass sie, wenn sie sie bemerkt hätte, unter ihrer Wucht hätte umfallen müssen. Sie gähnte, fasste mich am Oberarm und fragte: »Wo bekommt man hier das beste Essen?«, und wir stiegen die Steinstufen hinab und drängten uns durch die aufgewühlte Menge an der Swing-Kapelle vorbei und ins Schlossgewölbe, wo auf Tischen mit weißen, bis zum Boden reichenden Decken ein Buffet angerichtet war. Luna füllte ihren Teller mit Eiersalat, Rosinenbrötchen, Blauschimmelkäse, Brioches und kandierten Früchten aus Apt, schüttete dampfenden Kaffee aus einer der Kannen in zwei Tassen und bedeutete mir, sie wolle sich in den Garten setzen. Schulter an Schulter entflohen wir dem Treiben des Innenhofs und liefen in den Garten, wo die Hitze eine andere war: leicht, anliegend und trocken vom Mistral.

Luna setzte sich auf eine der Holzbänke und streckte das Gesicht in die aufsteigende Sonne. Sie schob sich eine Apfelscheibe in den Mund, kaute darauf herum und sagte endlich:

»Weißt du, wie ich mich fühle, Marion?«

Sie öffnete die Augen und sah mich ernst an.

»Ich fühle mich schrecklich und wunderbar. Ich habe Angst und ich freue mich. Ich weiß genau, wie es sein wird! Der erste Moment, der erste Blick! Meinst du, er wird mich erkennen? Er muss mich einfach erkennen! Ich weiß es. Es ist ein scheußliches Gefühl, wenn die Dinge, auf die man seit Ewigkeiten wartet, endlich eintreten sollen. Es ist scheußlich und ganz wunderbar. Ich habe eine Gänsehaut, Marion.«

Nichts an ihrer Mimik deutete darauf hin, dass sie ihrer Ausführung durch eine nachfolgende Bemerkung Ironie verleihen würde. Erschrocken, über ihre Ehrlichkeit oder darüber, dass ein Mensch tatsächlich dafür hatte kämpfen können, so völlig ohne Bindungen zu sein und damit in meinen Augen ohne Anschluss an die Welt, also ohne Versicherung, tatsächlich zu existieren, beugte ich mich vor und musterte Lunas strenges Profil, als eine Libelle meinen Blick durchkreuzte.

»Ich muss ihn sehen«, sagte Luna, »und es ist ganz idiotisch, Angst zu haben.«

Heiseres, vielstimmiges Lachen schwappte aus dem Innenhof herüber, ein leichter Brandgeruch hing in der Luft, wie von fernen Lagerfeuern. Aus Lunas Gesicht wich die Farbe, als hätte sich die Sonne von ihr abgewendet.

»Wenn ich überlege, wie lange ich gewartet habe … Früher hatte ich wenigstens meinen Zynismus. Eigentlich gefiel er mir. Er stand mir gut. Ich glaubte nicht an die Liebe – an sie zu glauben hätte bedeutet, mir einzugestehen, dass ich sie nicht habe. Das hätte ich nicht ertragen. Aber ist nicht jeder Unglaube Verzweiflung, und ist nicht jede Verzweiflung am Ende Hoffnung? Die Hoffnung, jemand käme und würde dich zur Umkehr zwingen? Dazu, wirklich alles umzudrehen? Das Unglück, über das du dich definierst, in Glück zu verwandeln?«

Die leichte Unruhe, die durch ihr Gesicht gegangen war, wie die Projektion des Himmels mit seinen roten, krausen Wolken, löste sich in Glätte auf, und Luna lehnte sich zurück, als habe sie eine Entscheidung getroffen, als habe sie alles gesagt. In einem Gewürzbeet vor uns badete ein Vogel in einer der Tonschalen: Jemand musste Wasser hineingefüllt haben. Er plusterte sich auf, rieb seinen Bauch am Boden der Schale und spritzte mit seinen Flügeln Wasser in die Luft. Luna seufzte. Ein rätselhaftes Lächeln lag auf ihrem Mund. Sie blinzelte in die Sonne und kickte mit der Fußspitze ein paar Steine weg. Plötzlich stand sie auf, machte eine Bewegung mit den Armen, als erschiene ihr alles unendlich lächerlich, sinnlos und schön, blickte mich an, mit schief gelegtem Kopf, und sagte leise:

»Es wird schon gut werden …«

⋆

Dieser Nachmittag und die sechs Nachmittage, die ihm folgten, verbrannten unter festlicher Trägheit, um Nächten des Rauschs und der Verwirrung Platz zu machen, die jeden Einzelnen hier mit Leidenschaft und Leichtsinn erfüllten und seine Handlungen mit dem Stempel der Ausnahme versahen, als geschähe alles hier an einem Ort fern der Moral und es gälten die nachsichtigen, unlogischen und magischen Regeln der Märchen.

Natürlich gibt es keine Beziehung zwischen Mann und Frau, die nicht in irgendeiner Form von der Sexualität bestimmt wird. Das Erste, was sich zwischen einem Mann und einer Frau entscheidet, ist, ob sich ihre Körper für Momente miteinander verbinden wollen, und ob diesem Wunsch umgehend nachgegeben werden muss oder ob er als Option in der Schwebe gehalten wird, wobei Ersteres, nach den Moden dieser Zeit, durchaus wahrscheinlicher ist.

Die Keuschheit der Natur und des Lichts legte ihren Mantel aus Verständnis und Schweigen über die nächtlichen Eskapaden der Gäste. Viktor hatte eigens zu diesem Zweck in der untersten Etage der beiden Seitenflügel Schlafgemächer mit Himmelbetten und bestickter Bettwäsche eingerichtet, die selbstverständlich und diskret jeden Morgen gewechselt wurde.

Tagsüber brieten die Frauen ihre Körper in der Sonne, zogen ihre Bahnen im Pool, beäugt von den umstehenden Männern, tranken schon mittags Pastis und hüllten sich für den Abend in raffinierte Roben. Allein Luna, die traurige Fee, hielt sich aus dem Wechselspiel der Paarungen heraus: Oft saß sie nachts lange im Garten, und wir führten bei einem Châteauneuf-du-Pape, den sie von einem einfachen Tischwein nicht unterscheiden konnte, lange Gespräche, sie schlich im Schloss herum wie ein ruheloser Geist oder diskutierte auf der Galerie mit amüsierten älteren Herren, die mit übergeschlagenen Beinen und Havanna zwischen den Lippen hingerissen den resoluten Ansprachen Lunas lauschten, ohne ihren unwiderstehlichen absoluten Urteilen und Erklärungen etwas entgegensetzen zu können. Luna aber, von Scharen hübscher, vermögender Männer umgeben, die ihr auf tausend reizende Arten den Hof machten, blieb blind und taub für jeden von ihnen, und nur, wenn wir hin und wieder, spätabends, als die Sonne sich längst in das Tal zu den Steinhäusern gebettet hatte, den Trupp der von der Jagd wiederkehrenden Männer vom Fenster aus sahen und sich eine der Gestalten, stolzer als die anderen, als Viktor herausstellte, kehrte dieses innige Leuchten in Lunas Gesicht zurück, das in ihren Lippen, Wangen und Augen glomm, sooft Viktors Welt ihre berührte.

Am fünften Tag (wir waren Viktor noch immer nicht begegnet, aber wir wussten, dass der entscheidende Augenblick näher kam, und Luna kürzte ihr Warten nicht ab) ließ ich mich von Luna zu einem Ausflug mit Julien hinreißen, zu dem sich selbstverständlich auch Vanessa dazugesellte. In einem knallroten Chevy Corvair Cabrio aus Viktors Autoflotte, mit mir auf dem Beifahrersitz und Luna neben Vanessa auf der Rückbank aus schwarzem Leder, machten wir uns auf den Weg nach Grasse, der Hochburg des Lavendels und des Parfums.

Unsere Landpartie begann vielversprechend: Die Sonne schien, und während die Gäste, ermattet vom Ball am Vorabend, ihre Siesta hielten und bereits von neuen Abenteuern träumten, hatten Luna, Vanessa, Julien und ich das friedliche Gelände schon verlassen und schnurrten mit dem Chevy, dessen harte Federung uns jede Unebenheit spüren ließ, die hügelige Straße hinunter. Luna trug ein rosa Kopftuch und eine große, runde Sonnenbrille, und da sie jedes Mal, wenn wir die Spitze einer der kleinen, von Olivenbäumen gesäumten Hügel erreicht hatten, ein Juchzen von sich gab, nahm Julien die Kurven noch schneller, bis Vanessa einmal barsch rief: »He! Willst du uns umbringen, du Idiot?«

Einige der Felder, die wir passierten, waren noch nicht abgeerntet, und der blauviolette Lavendel leuchtete in der Sonne. Julien hatte uns erzählt, man könne von Grasse bis hinunter ans Meer sehen, und jetzt, auf den letzten Kilometern, als er hin und wieder scharf bremste, um den kleinen Vögeln auszuweichen, die auf den Straßen herumstelzten und von einem Bein aufs andere hüpften, als wäre der Boden zu heiß, um darauf zu gehen, strich er sich übers Haar und lachte, und das Zucken war aus seinem Auge beinahe verschwunden. Einzig Vanessa machte einen angespannten Eindruck: Sie kniff die Augen gegen die Sonne zusammen und biss ihre Kiefer aufeinander, dass die Muskeln hervortraten.

Grasse war ein hübsches, kleines Städtchen mit schiefen Häusern und engen Gassen, und das Erste, was uns begegnete, als wir ausstiegen und die Wagentüren zuwarfen, war ein alter Mann mit einem Handkarren voller Rosenblütenblätter. Luna zeigte mit dem Finger auf ihn und jubelte und schwor, nicht ohne einen ganzen Sack voller »Duftzeug« zurückzukehren.

Der Geruch von Orangenblüten und Jasmin hing zwischen der aufgehängten Wäsche, und wir flanierten eine Weile planlos auf den krummen Straßen, die durch Steintreppen miteinander verbunden waren, bis wir uns entschlossen, die Kathedrale Notre Dame du Puy mit ihrer klassischen Fassade und dem linkisch angepappten doppelten Treppenaufgang zu besichtigen. Vanessa bemerkte flapsig, dass die Rubens-Gemälde, die da hingen, »nichts taugten«, und erging sich mit Julien in einem kleinen, sinnlosen Streit über religiöse Kunst, in dessen Verlauf sie mehrmals den Ausdruck »Ich verschwende meine Zeit...« verwandte. Währenddessen war Luna uns abhanden gekommen: Sie besah sich Rubens' »Dornenkrone« und die »Fußwaschung« von Fragonard, und wenn ich mich jetzt an die Szene erinnere, glaube ich, dass sie der Auslöser für das tragische, hässliche Ende unseres Ausflugs gewesen sein muss.

Es ist nun einmal die Crux jeder Zusammenkunft von vier Leuten, dass, wenn zwei sich verbinden, den anderen beiden, die noch nichts gemein haben, als übrig zu sein, nichts anderes bleibt, als ihrerseits ein Paar zu bilden. So kam es, dass, als Julien sich mit mir zusammentat, um mit vorgelehntem Oberkörper und auf dem Rücken gekreuzten Händen eine Diskussion über Süsskinds »Parfum« zu eröffnen (das ich geradeheraus als »schrecklich« bezeichnete, was Julien ein nachsichtiges, träumerisches Lächeln entlockte), Vanessa und Luna einige Schritte hinter uns zurückblieben. Erst am Abend, als Luna gekrümmt zwischen den Laken hockte, konnte ich ihr entlocken, worum sich das Gespräch der beiden gedreht hatte: Natürlich war Luna nicht so dumm, sich Vanessa anzuvertrauen, es war Vanessa selbst gewesen, die das Thema auf Viktor brachte. Ich weiß nicht genau, wie das Gespräch ablief, aber es muss wohl so gewesen sein, dass Luna ihr Interesse für Viktor schwer verbergen konnte, worauf Vanessa dankbar und listig einging, indem sie Luna in das Netz der Vertraulichkeit zog, um ihr endlich – und dieses Vorgehen erfordert ein solches Maß an Kaltblütigkeit, dass es mich schaudern ließ – eine Reihe mehr oder weniger widerlicher Dinge über Viktor zu erzählen, etwa, dass er Innereien liebe (was tatsächlich stimmte), in den letzten Jahren mit einem Dutzend Frauen zusammengelebt und mit weit mehreren noch verkehrt habe (was ich mir leicht vorstellen konnte) und dass sein Jagen nichts anderes sei als eine Jagd auf Eidechsen, die zu erschießen mehr Geschick und Unerschrockenheit erfordere, als es bei anderen Tieren der Fall sei (was ebenfalls zutraf). Lunas echte Erschütterung aber, von der Julien und ich, als wir am Jardin des Plantes angekommen waren, nichts bemerkten, vielleicht, weil wir noch zu vertieft waren in unser eigenes Gespräch, vielleicht aber auch, weil es an einem Tag wie diesem unvorstellbar schien, dass sich solche Dinge tatsächlich ereigneten, führte dazu, dass Luna beinahe den gesamten Nachmittag lang schwieg und sich mit einer Schar übermächtiger Gedanken, Zweifel und Ahnungen herumschlagen musste, allein.

⋆

Vom Jardin des Plantes aus konnte man tatsächlich das Mittelmeer sehen, und wir bildeten uns sogar ein, im Vorbeiwehen einen Hauch salziger Meerluft zu erhaschen. Vanessa stand einige Schritte weiter vorn als wir, wie eine Galionsfigur, gestreckt und bis in die Fersen angespannt, und Luna riss Blätter von einem Baum neben uns und zerbröselte sie zwischen den Fingern.

»Habe ich euch zu viel versprochen, Mesdames?«

»Überhaupt nicht«, sagte ich, »es ist wunderbar.«

Vor uns lag Cannes, und dahinter das türkisblaue Meer wie ein Aquamarin auf einem Ring. Schuppen weißen Sonnenlichts wehten übers Wasser, und Schiffe zogen Linien ins Blau, die sofort wieder verschwanden. Es schien sehr nah zu sein, und doch so undeutlich, dass es jedes Meer hätte sein können.

Vanessa drehte sich um, reckte das Kinn vor und kniff die Augen zusammen.

»Wenn wir schon mal hier sind«, sagte sie, »können wir uns doch wenigstens eine der Fabriken anschauen.«

So kam es: Wir besichtigten die Parfümerien Molinard und Fragonard, wir machten sogar eine Führung durch die Räume und lernten etwas über Destillationsverfahren und Mischungsverhältnisse, und Luna, aus irgendwelchen Gründen heiterer als zuvor, kaufte sich in einer der angeschlossenen Boutiquen Unmengen von Lavendelkissen, Lavendelöl, Badeschaum, Parfum und Savon de Marseille, und obendrein kaufte sie einen Lavendelbusch, den sie selbst irgendwo einpflanzen wollte. Auf dem Weg zum Auto, als wir das Zeug einpacken wollten, um die Arme wieder frei zu haben, entdeckte sie ein Plakat, das die »Fête du Jasmin« für das erste Augustwochenende ankündigte, mit Blumenschlacht, Korso und Wahl der Jasminkönigin, und sie schwor, hierher zurückzukehren und mitzumachen, und sie lachte so fröhlich, als sie das sagte, dass niemand die Ernsthaftigkeit ihres Vorhabens anzweifeln konnte.

Es war sechs Uhr, und der Himmel war überzogen von einer dünnen Schicht Wolken, nicht dichter als Spinnennetze, die dem Licht einen unwirklichen Glanz verliehen und es nur gerade so stark dämpften, dass man die Sonnenbrille absetzen musste und über die Helligkeit, die von grauen, rosafarbenen und grünen Schlieren durchzogen war, erschrak.

Wir saßen zu viert an einem Tisch an der Place aux Aires, wo Markt gehalten wurde, vor einem der Cafés unter den Arkadenhäusern, die den Platz umschlossen. Luna spielte mit einer Schachtel Zigaretten, ehe sie eine herausschüttelte und sich anzündete. Vanessa rümpfte die Nase und schob den Aschenbecher in meine Richtung. Auf dem Platz spielten ein paar Kinder Boule, aber sie konnten es nicht richtig und stritten sich über die Regeln und darüber, wie man die Kugel werfen musste. Luna beobachtete ihre Auseinandersetzung interessiert, ehe sie ihr braunes Gesicht uns zuwandte und sagte:

»Es ist doch seltsam, mit wie viel weniger die Menschen hier leben. Es muss großartig sein, hier aufzuwachsen. Ohne alles, aber mit diesem Licht, diesen Sternen und dieser Aussicht.«

Vanessa warf ihr einen geringschätzigen Blick zu.

»Oh Gott, ich hätte mich wahnsinnig gelangweilt. Das ist doch bloß Koketterie! So kulturlos aufzuwachsen, im Ernst, das muss schrecklich sein.«

Julien, der eben noch die Karte inspiziert hatte, musterte Luna.

»Ich finde das gar nicht so abwegig«, sagte er eifrig. »Es ist doch alles da: ein Gesundheitssystem, Infrastruktur, Großstädte …«

Luna kicherte. Ein Kellner in weiten Hosen trat an unseren Tisch, wischte sich den Schweiß von der Stirn und zückte einen kleinen, zerfledderten Block.

Julien und Vanessa bestellten Kaffee, ich Milchkaffee und Luna ein Glas Apfelcidre. Als wolle sie Lunas Faszination für eine Szene nebenan (eine Frau nahm ihre Wäsche ab, prüfte, ob sie trocken sei, und legte sie langsam und sorgfältig zusammen. Neben ihr saß auf einem Fell ein nacktes Kleinkind, das mit seinen Zehen spielte und ab und an selig vor sich hin grinste, ohne vom Markttreiben Notiz zu nehmen) zerstören, bemerkte Vanessa barsch: »Das ist doch wieder so ein sinnloser Traum einer Generation, die alles hat und mit nichts zufrieden ist.« Abfällig fügte sie hinzu: »So etwas kann sich nur jemand wünschen, der noch nie gearbeitet hat.«

Zuerst dachte ich, Luna sei verletzt, aber als die den Blick hob, breitete sich ein Lachen auf ihrem Gesicht aus.

»Du hast vollkommen recht«, sagte sie, »aber solange ich so zurechtkomme, will ich das auch niemals ausprobieren. Ich glaube nicht, dass irgendjemand arbeiten würde, wenn er nicht müsste.«

»Blödsinn«, sagte Vanessa und schüttelte sich. Sie drückte zwei Finger gegen ihre Schläfen, als habe sie Kopfschmerzen. In diesem Moment verdunkelte der Schatten des Kellners die Sonne und wir blinzelten. Er stellte die Getränke auf unserem Tisch ab und schlurfte ins Innere des Cafés.

»Es gibt auch Menschen«, sagte Vanessa scharf, »die etwas tun, weil sie davon überzeugt sind. Und wenn alle so denken würden wie du …«

»Das sage ich ja nicht. Ich tue auch Dinge, von denen ich überzeugt bin. Ich bräune mich, ich lese, ich unterhalte mich, ich denke über alles Mögliche nach. Ich finde, das ist ziemlich viel, mich füllt es aus. Man kann es natürlich auch so sehen, dass es Menschen gibt, die für Arbeit gemacht sind, und andere, die dafür ungeeignet sind.«

Julien schmunzelte amüsiert und schlürfte an seinem Kaffee, die Stirn in Falten gelegt, sodass er die Frauen im Auge behalten konnte.

»Du bist also besser, ja? Besser als jemand, der daran glaubt, dass Dinge erledigt werden müssen, und der etwas von Solidarität hält.«

»Ich sage mal: Die Gesellschaft billigt mich.«

»Weil du von ihr profitierst! Menschen wie du sind Schmarotzer. Sie tragen nichts bei und nehmen doch an allem teil. Du hast nichts als dich selbst im Kopf! Du bist so unendlich selbstsüchtig!«

Vanessa hatte begonnen, mit dem Zeigefinger ein unrhythmisches Staccato auf die Tischplatte zu trommeln. Wie sie es so gern machte, wandte sich Luna nun an mich und hob die Stimme:

»Das ist falsch! Ich kann ohne die Gesellschaft leben. Marion! Sag es ihr! Und von mir ein Urteil über eine Generation abzuleiten, die in dieser Geschlossenheit überhaupt nicht existiert! Wenn du nur verstehen wolltest, dass ich die Welt nicht als ein zusammenhängendes System begreife und schon gar nicht an Dinge wie Solidarität und Gleichheit und Belohnung glaube, sondern im Gegenteil an Trägheit, solange sie stolz und überzeugt gelebt wird. Wer sich aufgrund äußerer Umstände betätigen muss, tut mir leid, wer es will, soll es tun, und wer es nicht will und dem allseitigen Aktionismus und der Religion der Vitalität standhält, dem gebührt mein Respekt. Das lässt sich als arroganter Autismus auslegen, aber es ist sicher weniger heuchlerisch als dieser neurotische Hierarchieglaube, den man braucht, um sich in der Arbeitswelt zu behaupten. Ich habe nichts mit der Gesellschaft zu tun. Und im Übrigen, meine Liebe, solltest du, was die Unterschiede zwischen Selbstsucht, Narzissmus und Egoismus angeht, deine Auffassung ein wenig verfeinern!«

Hasserfüllt richtete Vanessa ihren Blick auf den Tisch, und als sie ihn Sekunden später wieder hob, flammte Triumph in ihren Augen wie eine zweite, böse Sonne, ehe sie zu einem Rückschlag ausholte, der, obschon er Luna als Siegerin aus diesem Zwist hervorgehen ließ, neben alten, aufgerissenen Wunden neue verursachte, die keinen Zweifel an dem Unverständnis und der Feindschaft zwischen den beiden ließen, sodass nur eine einzige Frage auf unseren entsetzten Gesichtern zurückblieb: warum diese Schlacht so lange hatte auf sich warten lassen.

⋆

»Oh ja«, sagte Vanessa endlich und nahm eine aufrechte Haltung ein. »Ich weiß schon, warum du so freiwillig aus der Gesellschaft ausgeschieden bist …«

Luna war irritiert. Sie zog eine neue Zigarette aus der Schachtel, ohne die alte auszudrücken, und gab auch Julien, der stumm gestikulierte, eine. Er hielt Luna ein Feuerzeug hin, aber sie bemerkte es nicht und hielt ein Streichholz unter die Zigarette, bis sie glomm. Ich trank einen Schluck Kaffee und spürte, wie sich die Luft über uns verdickte, wie sich kleine Knötchen bildeten und zu Klumpen wurden, in deren Innerem sich Kräfte aneinander entluden.

»Weil du überall nichts als verbrannte Erde zurücklässt«, erklärte Vanessa feierlich, und spätestens jetzt war Luna und mir klar, worauf sie hinauswollte. Verstört fiel Luna, die eben noch sicher gewesen war, ihre rhetorische Überlegenheit würde über das Ende des Streits entscheiden, in ihrem Stuhl zusammen und ließ ihre Hand mit der Zigarette sinken. Zu diesem Zeitpunkt der Auseinandersetzung ging es Vanessa nicht mehr nur darum, Luna aus ethischen Gründen zu rügen, um ihrer eigenen Position den wohlfeilen Glanz moralischer Überlegenheit zurückzugeben – es ging ihr vor allen Dingen um das Erwidern einer Verwundung. Dies war der Kampf zwischen der provokanten, brüskierenden Ehrlichkeit eines Kindes und der verletzten Würde einer fest mit beiden Beinen im Leben stehenden Frau, die sie dazu zwang, ein weiteres Mal ihre Durchtriebenheit und das Geschick, mit dem sie ihr Wissen verwaltete, zu demonstrieren (und auf diesem Gebiet, das wusste ich, hatte Vanessa Lunas Zähigkeit nicht nur eine explosive, frustrierte Wut, sondern auch die Gewalt der Geschichte entgegenzusetzen, die gegen Luna sprach).

Der Himmel hatte sich mit schwarzen Wolken überzogen, was unsere Gesichter fremd und grotesk erscheinen ließ. Julien saugte verzweifelt an seiner Zigarette, mit einem tierischen Instinkt ausgestattet, der ihn augenscheinlich wünschen ließ, den Ort des Geschehens zu verlassen: Nervös scharrte er mit den Füßen auf dem Boden und verbarg sein zitterndes Lid unter einer Hand.

»So«, nutzte Vanessa die Gelegenheit, sich an den verstörten Hahn im Korb zu wenden, »pass gut auf, mein lieber Julien, denn die Geschichte, die ich dir jetzt erzähle, wird dir die Sprache verschlagen, falls du noch eine hast.«

Sie kicherte fröhlich und zwickte Julien, der sich räusperte und eine neue Zigarette anzündete, in die Schulter. Luna neben mir schüttelte hilflos ihre Locken und riss die Augen auf.

»Nein«, murmelte sie. »Bitte nicht! Oh, bitte nicht!«

Aber Vanessa dachte nicht daran, irgendjemanden zu schonen. Sie holte Luft, und Luna ließ die Zigarette fallen.

»Bitte nicht«, flüsterte sie.

»Die Geschichte beginnt sehr hübsch. Magst du Märchen, Julien?«

Julien reagierte weder panisch noch souverän: Er war ratlos. Er zuckte mit den Schultern, wandte sich hilfesuchend bald Luna, bald mir zu, und als er sah, was vor sich ging, wandelte sich sein hilfesuchender Blick in einen entschuldigenden, und er lehnte sich zurück, um, was immer auch folgen sollte, mit einem Mindestmaß an Fassung über sich ergehen zu lassen.

»Also«, sagte Vanessa und musterte uns mit höhnischer Freude. »Es war einmal eine Prinzessin. Sie wohnte in einer hübschen Stadt und war weder glücklich noch unglücklich. Sie war schön, umschwärmt und gelangweilt. Es war nun aber so, dass unsere Prinzessin, nennen wir sie der Einfachheit halber Luna, überzeugt davon war, ein Genie zu sein, und darum entschloss sie sich, ihr Glück am Theater zu versuchen.«

(An dieser Stelle verschluckte sich Julien, und Vanessa musste ihre Erzählung für zwei winzige Augenblicke, in die sich ein heftiges Schluchzen Lunas stürzte, unterbrechen.)

»Wie der Zufall es so wollte, traf die Prinzessin an einem kleinen, schmuddeligen Provinztheater ein Aschenputtel namens Marion, das sich ihm sogleich unterwürfig zeigte und das es in eine seltsame, ungleiche Freundschaft verstrickte. Da das Schicksal es gut mit unserer Prinzessin meinte, stellte es ihr schon bald einen exotischen Prinzen, genannt Monsieur Viktor« (sie rollte das »r« am Ende seines Namens so lange, dass es sich wie ein Knurren anhörte) »an die Seite. Aber wie es nun einmal so ist: Wo das Glück ist, ist auch immer das Unglück, und dieses Unglück trug den Namen Sylvie, die eine zweite Prinzessin war und die Gunst des schönen Prinzen alsbald an die berückende Luna verlieren sollte. Es kamen nun aber zwei Dinge zusammen: Zum einen war Prinzessin Sylvie ein recht schwaches Gemüt – sie neigte zu Schwermut –, zum anderen nahm Prinzessin Luna des verwöhnten Prinzen Liebelei ein wenig zu dramatisch, und so geschah es, dass sich der Prinz, aus einer Laune heraus Prinzessin Luna bevorzugend, die sich alsbald in wilde Träumereien voller Kinder und Zukunft und unsterblicher Liebe erging, von der Nebenbuhlerin abwandte.«

(Luna presste ihre Hände vors Gesicht und drehte immer wieder den Kopf hin und her, wie um etwas Lästiges abzuschütteln. Julien indes kaute auf einem Streichholz.)

»Naja«, sagte Vanessa und senkte ihre Stimme, »man kann sagen, er war ein wenig … verblendet. Prinzessin Luna aber, ihrem Wahn nun gänzlich verfallen, ließ einen Brief an ihre Feindin schreiben, der in inbrünstiger Sprache die Liebe zwischen Prinz Viktor und Prinzessin Luna beschwor und die andere darüber aufklärte, dass ihre Chance für immer verpasst sei.«

(Als das ausgesprochen wurde, zuckte Luna unwillkürlich zusammen und begann leise und stetig zu weinen. Einen Augenblick lang überlegte ich, Vanessa darüber aufzuklären, dass Luna mit dem Brief nichts zu tun hatte, dass es Alexander gewesen war, der ihn, ohne zu wissen, was er damit anrichtete, verfasst hatte – in der Hoffnung, der Brief würde Sylvie dazu bewegen, um Victor zu kämpfen, sodass ihm selbst Luna bliebe, deren verzweifelte Liebe er unterschätzte –, aber ich beließ es bei einem zornigen Blick, der Vanessa nur zu ermuntern schien. Selbst als einige Sätze später ein plötzlicher Hagel, der sich in der Verdunklung des Himmels angekündigt hatte, niederprasselte, als wolle er die Korbmöbel zerhacken, blieben wir, während die Marktstände eilig zusammengeräumt wurden, steif und artig sitzen.)

»Ich komme nun zum Höhepunkt der Geschichte, meine Herrschaften. Noch jemand etwas zu trinken? Julien? Luna? Vielleicht einen Scotch? Nein?«

Erregt von unseren versteinerten, nassen Gesichtern, aus denen der Schein des Nachmittagslichts verschwunden war und nichts als Gräue hinterlassen hatte, fuhr Vanessa fort.

»Also. Der letzte Teil meiner rührenden Geschichte spielt auf einem Boot. Richtig, Julien. Ein Boot mit einem Namen darauf. Kommt dir das bekannt vor? Wie hießen denn die letzten fünf Boote von Monsieur Viktor?«

(Juliens Auge zuckte.)

»Prinz Viktor, seiner körperlichen Gier und einem fixen Gedanken erlegen, bittet die gesamte Theatergruppe, darunter selbstverständlich auch Prinzessin Sylvie und unser liebes Aschenputtel, das mit alledem nichts zu tun hat, auch wenn es liebend gern alle Schuld auf sich laden würde, auf sein reizendes kleines Boot, das er gedenkt, an seine Angebetete zu verschenken. Er hat sogar beschlossen, sie zu heiraten.«

(Sie senkte ihre Stimme.)

»Gut, dass er's nicht getan hat. Er hätte sich schon am nächsten Tag darüber geärgert.«

(Sie hob die Stimme wieder an.)

»Das Problem ist aber nun der Brief! Richtig: Sylvie, in blinder Trauer über den Verlust ihrer ersten Liebe aufgelöst, fasst ihren traurigen Plan. Derweil feiern die Gäste auf dem Boot ausgelassen. Sie trinken, tanzen, was auch immer man auf solchen Feiern eben tut ... Und jetzt kommt mein Auftritt, in der Rolle der bösen Fee. Sylvie, das unglückliche Kind, weiß keinen anderen Ausweg, als sich in endlosem Schmerz von einem Hochhaus, oder nennen wir es: *Turm*, zu stürzen. Ich aber, die böse Fee, erfahre davon: Nicht etwa, weil ich dabei gewesen bin, sondern weil meine Mutter über einige Ecken mit der Mutter von Prinzessin Sylvie befreundet ist, und das Lauffeuer der Hausmütter ist nicht zu unterschätzen. Also tue ich, was ich tun muss: Eilig stoße ich zu den Feiernden auf dem Boot und verkünde, genau im Moment, da der Prinz um die Hand der Prinzessin anhält, die unheilvolle Nachricht. Wie nicht anders zu erwarten, erschrickt Prinz Viktor und fällt sogleich aus seinen falschen Wolken. Damit will er nichts zu tun haben! Prinzessin Luna, ihrerseits bestürzt und sofort schuldbewusst, ahnt, was zu tun ist: Sie kann mit der ständigen Erinnerung an diese Schuld nicht leben. Sie wird Prinz Viktor, wofür er ihr immer und ewig dankbar sein wird, verlassen – ihr Zusammensein würde sie jeden Tag an dieses tragische Opfer erinnern. Auf der Stelle, wie es in Märchen nun einmal so ist, taucht auch schon ein zweiter Traumprinz auf, der die hübsche, verwirrte Prinzessin auf sein stolzes Pferd hebt und bis an ihr Lebensende in einem Reihenhaus einsperren wird. Doch halt! Etwas muss da geschehen sein – sonst würde unser gefallener Engel doch nicht noch einmal aus dem Nichts wieder auftauchen ... Aber ... lassen wir den Schluss dieser Geschichte im Dunkeln. Ich finde, sie hat ihr Ende gefunden.«

Zufrieden lehnte Vanessa sich zurück und trank den letzten Schluck aus ihrer Kaffeetasse, ehe sie mit jubelnder Stimme den Kellner rief und eine Flasche Champagner bestellte, (»Den besten, versteht sich«), so beherzt, dass der Mann, im Glauben, Lunas Tränen seien Tränen der Rührung und Julien, der verdattert in seinem Stuhl kauerte, habe ihr soeben seine Liebe gestanden, Luna in echter Freude die Hand auf die Schulter legte und sie leicht drückte, ehe er verschwand. Sie aber, leer und inzwischen ohne Tränen, war nichts als ein schiefer Schatten, unstofflich und kraftlos, und blickte mit Augen, die nicht einmal mehr den

Hauch einer Anklage in sich trugen, in die Runde, ohne jemanden anzusehen, und selbst als die Jungen ihr Boulespiel nach dem Ende des Schauers wieder fortsetzten und voller Anteilnahme und Hochachtung vor so viel Schmerz zu uns herübersahen wie von weit her, wie aus einem Film, von dem uns die Leinwand trennte, tauchte Luna nicht einmal für einen winzigen Moment vom Grund ihres starren Schmerzes auf, um uns mit einem einzelnen, sparsamen Lächeln zu erwärmen.

*

Über die Rückfahrt lässt sich wenig berichten: Versöhnlich eroberte das Licht nach dem Gewitter die Felder zurück, unaufhaltsam wälzte es sich neben uns her, die wir schweigend und viel zu eng nebeneinander den Heimweg eingeschlagen hatten. Luna kauerte in einer Ecke der Rückbank, apathisch vor sich hinglotzend, ihr Kopf wippte auf und ab und schlug gegen die Brust, wenn wir über einen Hügel fuhren. Einmal, auf den letzten Kilometern, legte Julien kurz seine Hand auf mein Knie und zog sie sofort wieder zurück. Als wir Minuten später die Wagentüren aufstießen, um hinauszustolpern wie durchnässte, vom Wasser schwere Stoffpuppen, kam mir das Schloss gespenstisch vor, wie es in seinem Ring aus Nebel über dem Boden schwebte, und ich schleppte Luna auf unser Zimmer, das in dieser Nacht wie eine helle, freundliche Insel inmitten einer teerschwarzen Nacht aus Strudeln und Untiefen unsere wirren Gedanken und verängstigten Träume beherbergte.

Am sechsten Tag der Feier wagte sich Luna nicht einmal zum Essen aus dem Schutz unseres Schlafzimmers: Sie ließ sich von einem der zahlreichen Diener drei Mahlzeiten aufs Zimmer bringen, die sie alle fast unangerührt stehen ließ. Ich fürchtete, sie könnte ernstlich krank werden, und blieb beinahe die ganze Zeit bei ihr, unterbrochen nur von einem kurzen Streifzug über das Gelände, das in den letzten beiden Tagen leerer geworden war. Irgendwo in der Provence wütete ein Waldbrand, nicht bedrohlich nah, aber doch nur so weit entfernt, dass man bei einem bestimmten Wind den scharfen Geruch des Feuers bemerken musste.

Im Garten lagen ein paar versprengte junge Damen herum, die, in eine Art krankhafte Hypnose verfallen, schon kaum mehr einen Unterschied zwischen Tag und Nacht wahrnahmen. Sie waren betrunken und reagierten genauso hypersensibel auf Humor (alles, was auch nur im Entferntesten komisch war, ließ sie in hysterisches Gelächter ausbrechen) wie auch auf alles Tragische und Bedrückende, das in ihren vom dauernden Gelage ausgezehrten, nikotingeschwächten und schlaflosen Körpern lauten Widerhall verursachte und sie stundenlang niederdrücken konnte. Im Innenhof waren ein paar Angestellte Viktors mit der Beseitigung des Mülls und des zerstörten Mobiliars beschäftigt (es musste wohl einige Zwischenfälle gegeben haben – unter anderem erzählte man sich, ein junger Mann habe auf eine Abfuhr dermaßen überhitzt reagiert, dass er den Nachtschrank neben dem Himmelbett mit bloßen Händen zerschlug), und in den Kaminzimmern saßen ältere Herrschaften beieinander und versuchten verzweifelt, den Eindruck von Sittsamkeit und Würde, den sie zu Beginn der Grande Fête ausgestrahlt hatten, wiederzubeleben. Der Rest der Gäste, der trotz des Brandgeruchs noch geblieben war, kurierte die unangenehmen Folgen von zu viel Alkohol und Aufregung in ihren Gemächern aus, und nur die Leute vom Film und vom Theater, die Exzesse gewöhnt zu sein schienen, trafen sich weiterhin im Gewölbe des Hauptgebäudes, um zu tanzen, miteinander anzubandeln oder dramatisch miteinander zu streiten (im Gegensatz zu vielen Gästen, die gekommen waren, um anderen Gästen aus fremden Branchen und Milieus wiederzubegegnen, blieb die Gruppe der Schauspieler immer unter sich). Ich machte mir aus irgendeinem Grund Sorgen, dass Julien mit Viktor über uns sprechen könnte. Er würde dann nicht nur erfahren, dass ich ihm verschwiegen hatte, dass wir uns von früher kannten, sondern auch, dass Luna da war, die Luna aus dem Sommer vor sechs Jahren. Ich wusste nicht, was das zu sagen hatte, es löste nur ein ungutes Gefühl in mir aus, vielleicht waren die Verstrickungen, in die ich hineingeraten war, schon viel zu unübersichtlich geworden, um sie wieder zu entwirren, nicht zuletzt, weil jeder Versuch, sie zu lösen, eine Reihe von Lügen und Verdrehungen offenlegen würde.

Am Abend dieses seltsamen Tages saß ich bei Luna am Bett, und wir redeten leise von früher. Uns fielen die entlegensten Dinge wieder ein, zum Beispiel, wie wir nachts in meiner Studentenwohnung auf dem Teppich hockten und ich Luna zeichnete und Luna mir mit ironischer Stimme ihre Geschichten erzählte. Einmal, nach Mitternacht, bei einer Flasche Wein und Dutzenden Zigaretten, die Luna immer nur anpaffte, um sie halbgeraucht im Aschenbecher auszudrücken, lagen wir dicht beieinander und blickten aus dem Fenster über der Matratze: Der Himmel war sternenklar und wie aus Seide, hin und wieder zerschnitten von einem Flugzeug, das einem unbekannten Ziel entgegenjagte, und Luna flüsterte: »Marion? Wir werden uns doch nicht aus den Augen verlieren, oder? Ich meine: Alle Menschen verlieren sich aus den Augen. Aber wenn man etwas hat, das so wunderbar ist, dann sollte man es festhalten. Ich denke mir oft, dass das jetzt die Zeit ist, in der ich so glücklich bin, wie ich es nie wieder sein kann. Es ist noch nichts entschieden, und wir sind weich und formbar und wissen noch nicht, was aus uns wird.« Ich sah ihr in die Augen, die klar waren und ehrlich, und ich wusste, dass sie es ernst gemeint hatte, aber ich ahnte auch, dass etwas von dem, was sie sagte, nicht stimmte: Dieses Gefühl, auszuufern, ohne Grenzen zu sein, unfestgelegt und nach allen Seiten hin offen, war schon ihre Form, es war schon alles, was von ihr bleiben und aus ihr werden würde, und gerade deshalb würde es wichtig sein, mit welchen Leuten sie sich zusammentat. Ich spürte deutlich die Verantwortung, die sie mir, ohne es zu wissen, in diesen Minuten zuschob, und die damit verbundene Angst, sie an die falschen Hände zu verlieren. Aber meine Überlegungen waren noch zu unklar, als dass ich daraus etwas ableiten konnte, und mir wurde nur deutlich, dass es sinnlos war, zu versuchen, alles, was Luna sagte, in einen Zusammenhang zu bringen. Ich war unkonzentriert, und meine Gedanken waren wie Sternschnuppen, die verschwanden, wenn ich nach ihnen zu greifen oder sie auch nur zu orten versuchte, und bald überlagerte ein Gefühl zärtlicher Zuneigung jede Idee, die in meinem Kopf zurückgeblieben war.

★

Nach Norden zogen die Wolken. Die Sterne waren zurückgetreten hinter den purpurnen Vorhang, den der Tag vor ihnen zusammenraffte und mit einem goldenen Streifen am Horizont verschloss. Die Grillen erwachten, und der mächtige Scheinwerfer der Sonne überstrahlte das schlafende Schloss und entlockte ihm erste Geräusche: Gähnen, Knarzen und Rascheln breitete sich in den Gängen aus, schlich durch Türspalten, Schlüssellöcher und halboffene Fenster, verflocht sich mit dem Prasseln von Duschwasser und drängte über die offenen Türen und Steintreppen in den Innenhof, wo es wie in einem Becken zusammen floss.

»Heute«, sagte Luna, strampelte ihre Decke weg und strich sich das Haar von den Augen, »heute treffe ich Viktor.«

Über dem hellblauen Becken, das von einer Handvoll Frauenkörper gefüllt war, die gemächlich und schläfrig hintereinander schwammen, vermischte sich der Wasserdampf mit der grauen Luft, die über Nacht schwerer geworden war, schwerer und kratziger, und sich auf Zungen, in Nasen und Lungen legte.

»Guten Morgen, Schönheit«, sagte ein junger, lässig in Poloshirt und Jeans gekleideter Mann zu Luna, und Luna schenkte ihm ein vollkommenes Lächeln. In ihrem Gesicht standen heute Morgen Frische und Müdigkeit (keine physische, sondern eine endlose, mit der Luna schon geboren sein musste) nebeneinander, ihre Freude war einfältig und schlau, und die Dinge, die ich sah, prallten von ihr ab, aber die Dinge, mit denen ihre Erwartungen und Träume diesen Morgen bevölkerten und die für sie nicht minder wahrhaftig waren, bewegten Luna und umflorten ihre Gestalt mit einem phosphoreszierenden Funkeln, das stärker wurde, je näher man ihr kam. Wenn sie mir vorausging und eine Reihe von Leuten zwischen uns stand, kam sie mir klar vor, wenn ich neben ihr stand, verlor sie alles Fleischliche, und ich scheute mich, sie zu berühren, aus Angst, ich könnte durch sie hindurchfassen.

»Was denkst du denn wieder?«, sagte Luna und lachte.

Sie fasste mich am Arm, zog mich zum Buffet im Gewölbe und stellte uns ein üppiges Frühstück zusammen, während ich noch rätselnd in der Ecke stand. Sie kam auf mich zu und legte den Kopf schief.

»Du denkst viel zu viel über mich nach«, sagte sie unverwandt, »dabei gibt es da überhaupt nichts nachzudenken. Ich bin doch so transparent! Schau, ich bin wie ein Aquarium, und du wunderst dich immer noch darüber, dass ich von allen Seiten anders aussehe.«

Ich trottete Luna hinterher in den Garten, und wir setzten uns auf die Bank, auf der wir fast jeden Morgen zum Frühstück gesessen hatten. Drei Frauen in Kleidern, die ihnen bis über die Knöchel reichten, saßen neben uns. Sie grüßten uns flüchtig und setzten ihre Diskussion fort.

Am Mittag war es so heiß, dass die meisten Gäste sich in das kühle Gemäuer des Schlosses zurückzogen, um Siesta zu machen: Es war, als läge leichter Rauch wie eine Glocke über der Hitze, sodass sich die Luft um uns immer mehr auflud. Luna war wach geblieben. Sie lief seit einiger Zeit im Zimmer auf und ab. Ich lag auf dem Bett, starrte an die Decke und war zu keinem Gedanken fähig.

»Lass uns spazieren gehen«, sagte sie auf einmal. »Ich bin so unruhig.«

Es blieben noch einige Stunden bis zum Abend, der, wie immer, der Höhepunkt des Tages werden sollte. Die Neugierde, mit denen Viktors Gäste seine Vergnügungen in der vergangenen Woche erwartet hatten, hatte sich etwas gemildert, und nach Tanzabenden, Abendspaziergängen, Trinkgelagen, Orgien, Karaoke und Musikvorführungen war das Publikum zu Recht ein wenig ermattet und mürbe, und ein gutes Drittel, wenn nicht inzwischen noch mehr, war wegen des Brandgeruchs bereits vorzeitig abgereist.

»Gut«, sagte ich, stand auf, zog mich an und verschloss die Zimmertür hinter uns.

Unser Spaziergang führte uns auf einem schmalen Trampelpfad an der Weinplantage entlang und hinab in das kleine Tal mit den verstreuten Häusern. Wir gingen dicht nebeneinander, ohne zu sprechen, und als ich mich zur Seite drehte, sah ich, dass Luna lautlos weinte, aber sie blickte mich an und lächelte.

Als wir zurückkehrten, waren Viktors Diener, gekleidet in Fantasieuniformen mit Knöpfen und Manschetten, die nach einer Idee des Schlossherrn gefertigt sein mussten, schon dabei, eine Reihe Grills im Garten anzuheizen (Viktor war offensichtlich wild entschlossen, dem fernen Waldbrand sein eigenes Feuer entgegenzusetzen). Riesige Teller voller Steaks, Fischfilets, Würste und Gemüseratatouille standen auf weiß bezogenen Beistelltischen neben ihnen. Wir liefen nach oben auf unser Zimmer, um uns umzuziehen und frisch zu machen, und als wir zurückkehrten, war der Garten rappelvoll mit lärmenden Gästen. Die Luft hatte sich abgekühlt, und man hatte Gaspilze aufgestellt, in deren Lichtringen Mücken und Fliegen ihre störrischen Tänze vollführten. Der rote Nebel verwandelte die Gesichter in bizarre Masken und schöne Puppenköpfe, die an uns vorbeischwebten und irgendwo in der Luft stehen blieben, um sich unter einem lasziven, heiseren Lachen zu verzerren. Viktor war nirgendwo zu sehen. Luna stand verloren an einem der Grills herum und redete mit einem Diener. Ihr Gesicht war ernst, das des Dieners verzückt und stolz: Immer wieder blickte er sich um, ob ihn auch genug Augenpaare beim Gespräch mit ihr beobachteten. Mit gesenktem Kopf schlich sie sich zu mir zurück, legte ihre Lippen an meine Ohrmuschel und flüsterte:

»Ich muss eine Weile verschwinden, sonst werde ich wahnsinnig.«

Ich folgte ihr still die Treppe hinauf und zum Kaminsalon des linken Flügels, wo wir durch einen Türspalt eine Gruppe Männer erspähten, die sich auf Sofas um eine riesige, bunt verzierte Shisha gruppiert hatten und zurückgelehnt, die Lederschläuche mit der Zunge zwischen den Mundwinkeln hin und her schiebend, schmutzige Witze rissen. Hinter ihnen hatten Diener Regale mit Tabakwaren eingerichtet: jede Menge bester Zigarren, Zigaretten, Kau-, Schnupf- und Pfeifentabak. Sie berieten zwei ältere Herren mit Schnäuzern, beide entschieden sich schließlich für eine Havanna, die sie mit genießerisch zurückgelehnten Oberkörpern und gekreuzten Beinen unter Amor und Psyche auf ihrer Himmelfahrt pafften, dass dicke Rauchschwaden an der Decke fette Engel mit knödeligen Schenkeln und Armen formten.

Luna zog mich weiter, auf der Galerie, die im gruseligen Schein der Laternen und Gaslampen lag, zur nächsten Kaminzimmertür, hinter der das Kichern von Frauenstimmen zu hören war. Sie schob sie ein winziges Stück auf, und uns bot sich ein skurriles Bild: Der Salon war in eine Art Garderobe verwandelt worden. An den Wänden, über einer Reihe Schminktische, die den Raum säumten, hingen bunte, paillettenbesetzte Masken in allen Formen und Farben, jede Menge Perücken und anderer Kram, und die Gruppe Portugiesinnen, der wir am Tag unserer Ankunft im Garten begegnet waren, stürzte sich auf Puder und Schminke und verkleidete sich exzentrisch. Eines der Mädchen, es war pummelig und hatte glattes, schwarzes Haar, das bis weit über die Schultern reichte, stieß einen spitzen Schrei aus, als es Luna erblickte.

»Oh Gott«, sagte sie, »du hast das schönste Gesicht, das ich je gesehen habe! Bitte, lass mich dich schminken!«

Luna schickte mir einen ängstlichen, wirren Blick und zögerte, die Tür zu schließen, da hatte die Dicke sie schon am Arm gepackt und zog sie auf einen der freien Stühle. Die anderen Mädchen scharten sich sofort um sie, und ich stellte mich unschlüssig in eine Ecke und sah den Frauen zu, wie sie an der verschreckten Luna herumwerkelten. Eine knetete ihre Wellen zu kleinen, hübschen Locken, eine andere puderte ihr Gesicht, schminkte ihre Lippen kirschrot und bemalte die Lider mit einem hellen Goldton. Das pummelige Mädchen flatterte euphorisch um ihre Freundinnen herum, gab Anweisungen und stieß in kurzen Abständen immer wieder erstickte Schreie der Begeisterung aus. Sie wackelte zu einer imaginären Musik mit den Hüften und legte ihre angewinkelten Arme am Körper an (eine Bewegung, die sie sich von schlanken Frauen abgeguckt hatte und die an ihr die unfreiwillige Komik bekam, wie sie für mädchenhafte Gesten an stämmigen Körpern typisch war).

»Oh Gott!«, zwitscherte sie immer wieder, »so ein schönes Gesicht!«

*

Im dritten Kaminsalon war ein Tanzabend im Gange. Jemand hatte dafür gesorgt, dass außer den riesigen Kerzen an den Wänden kein Licht brannte, sodass die Tanzenden zu einem geschmeidigen, vielköpfigen Tierkörper verschmolzen. Die Zungen der Kerzenflammen leckten über die Wände bis hinauf zur

Decke, beleuchteten wahllos bald dieses, bald jenes Gesicht, und Luna schob mich durch die Tür, mitten hinein in den pulsierenden Pulk. »Nur weg von diesen Wahnsinnigen!«, flüsterte sie. »Was haben sie mit mir gemacht? Wie sehe ich aus?« Entsetzt starrte Luna an sich herunter, mit der ganzen Verzweiflung, die in ihr war, und mir fiel nichts Besseres ein als zu sagen: »Du siehst großartig aus. Wie Luna.« Luna blickte zu mir auf, packte den Schoß ihres Kleides und hob ihn hoch, als wolle sie mir etwas zeigen, einen irreparablen Schaden, einen schlimmen Fleck, aber ich wusste, es ging um etwas anderes: Jemand hatte sie in ihrer intimen Vorbereitung auf Viktor gestört, etwas war geschehen, das nicht im Plan vorgesehen war, jetzt geriet alles in eine Sackgasse, und Lunas Fantasie schnurrte zusammen und verkapselte sich wie eine Muschel, und dankbar stürzten sich Angst und Panik auf diesen winzigen Fehler, um eine von Aufregung ganz zerfressene Luna von der Aufgabe dieses Tages, der Aufgabe ihres Lebens freizusprechen. »Ich kann doch in diesem Aufzug unmöglich …«

Der junge Mann vom Morgen, noch immer in Jeans und Poloshirt, hatte sich zwischen uns geschoben. »Darf ich?« Luna verschwand in seiner fordernden Umarmung, wurde mit einem einzigen gefräßigen Schluck in den Bauch des Tieres gesaugt.

Noch immer unbeweglich, mit steifen Muskeln und Gelenken, in denen der Bass der Musik widerhallte, lehnte ich an der Wand und starrte auf den Punkt, an dem meine Freundin zuletzt gestanden hatte. Das Dröhnen der Basstrommel wanderte weiter, hinauf in die Brust, wo das dumpfe Gefühl von Enge zu einem ordentlichen Gewicht wuchs. Ich bettete meinen Blick auf die achtlos an den Rand geschobenen Sofas. (Wie oft gibt es sie, jene stofflichen Tagträume, die nur eine Verschiebung der tatsächlichen Welt sind, das zweite Bild im Alkoholrausch, knapp neben dem richtigen, nicht einmal wässriger, nicht einmal durch Unschärfe vom Original zu unterscheiden? Ich sah Lunas Körper aufflackern, für eine Sekunde, zwischen einer Frau mit zurückgeworfenem Kopf und einem Kerl mit offenem Hemd, und nicht weniger deutlich sah ich, wie diese beiden sie zwischen ihren wollüstig vorgeschobenen Bäuchen gleichgültig zerrieben: Sie rieben ihre Nabel aneinander, und dazwischen fielen Späne aus Lunas Fleisch, dann immer größere Stücke, wie von Gips oder Porzellan, und endlich kippte ihr Kopf, stehen geblieben in einem Ausdruck, den ich von früher kannte und auf den gewöhnlich ein »Meine liebe Marion … Wenn du mich länger so anschaust, sterbe ich!« folgte, in den Nacken, schlug geräuschlos auf dem Boden auf und rollte eine Weile zwischen den stampfenden Füßen herum, die ihn knapp verfehlten, ehe er aus meinem Blickfeld kullerte.) Die Luft, nach der ich schnappte, blieb mir im Hals stecken, und ich schüttelte den Kopf, um die Bilder so lange umherzuschleudern, bis sie sich freiwillig voneinander schieden.

»Marion!«

Wie lange hatte ich so gestanden? Wie viele Lieder lang?

Luna verzerrte die Lippen zu einem scheußlichen Lachen. Sie nötigte mir einen fremden, betrunkenen Blick auf, warf sich neben mir gegen die Wand und wischte sich mit der Hand übers Gesicht. Erst jetzt fiel mir auf, wie laut die Musik war. Mühelos erstickte sie Lunas Kichern, das unerbittlich aus ihrem Mund sprudelte wie eine grüne, schmierige Masse, und Blasen warf – eine fette Decke, die nicht mehr von ihr übrig ließ als ihre erbarmungswürdige Erscheinung: Die Träger ihres Kleides waren von ihren Schultern geglitten, der Stoff hing schief um ihre

Brüste, ihr Haar war zerzaust, die Schminke verwischt, als hätte ihr jemand Augen auf die Schläfen gemalt und ihre Lippen am Kinn angesetzt, und ihre Hände führten ein Eigenleben: immer wieder öffneten und schlossen sie sich zur Faust. (War das einer ihrer pathologischen Ausbrüche, ohne die Lunas ausuferndes Wesen nicht genug Raum hatte, sich zu artikulieren, ebenso wie sie Luna brauchten, um sich in ihrer endlosen Vielfalt darzustellen?)

»Marion! Tanz mit mir!«

Ihr Befehlston ließ mich zusammenschrecken. Ich stieß mich von der Wand ab, und im Moment, da ich Lunas eiskalte Hände in meine nahm, knickte sie in sich zusammen und fiel langsam und theatralisch erst auf die Knie, dann ganz zu Boden.

»Luna … Wach auf, Luna! Sieh mal – da draußen ist ein Feuerwerk …«

Mühsam schlug Luna ihre geröteten Augen auf. Dichte schwarze Ränder hatten sich unter ihnen gebildet, ihre Haut hatte die Farbe von Nikotin. Das Zimmer lag im schummrigen Licht der Sterne draußen, kühl und fremd drang die Nacht durchs Fenster ein. Ich setzte mich ans Fußende des Bettes und schob die Decke von Lunas Unterschenkeln. Ungläubig blickte sie an sich herunter. Ihre Stimme zitterte.

»Was ist los?«

»Draußen ist ein Feuerwerk. Siehst du? Wir verpassen es.«

»Ich habe geschlafen.«

»Nicht lange. Eine Stunde vielleicht.«

»Wo ist Viktor? Bin ich Viktor noch nicht begegnet?«

Lunas Stimme kratzte ein Loch in die Luft. Erschrocken stand sie auf, blieb unschlüssig vor dem Bett stehen und wankte zum Wandspiegel. Sie riss die Arme hoch und bedeckte ihr Gesicht.

»Oh Gott«, sagte sie. »Oh Gott.«

Ich blickte aus dem Fenster. Violette Blumen platzten im Himmel. Das Heulen der Raketen war das einzige Geräusch.

»Oh Gott«, sagte Luna wieder.

Wenn ich mich jetzt an diesen Moment erinnere, weiß ich instinktiv, dass es der letzte, vielleicht der einzige gewesen ist, in dem ich meine Freundin von ihrem Wunsch, ihrem Schicksal hätte abbringen können – eine winzige Lücke in der Zeit, und ich hätte nur ihren ganzen, heftigen Unmut bestärken müssen, der Furcht, die aus ihr sprach, beipflichten, und dankbar hätte Luna sich unterworfen. Mit etwas Glück wäre ihr diese Abwendung wie eine Erlösung erschienen, gottgewollt und zwangsläufig, und sie hätte die Kraft, die noch in ihr war, dazu genutzt, mit einer einzigen, unheimlichen Anstrengung ihre Auffassung von den Dingen zu überarbeiten, das System, das sie um alle Vorfälle konstruiert hatte, durch ein anderes zu ersetzen, an dessen Ende eine Genesung stünde. Es wäre ihr nicht schwer gefallen, binnen kürzester Zeit darin ebenso viel Sinn zu erkennen wie in der alten Ordnung, deren Mittel- und Endpunkt die Wiedervereinigung mit Viktor bildete, die harmonische Synthese ihrer Fantasiewelt mit der Realität, die Hochzeit ihrer Träume mit der Wirklichkeit (an die sie so heftig glauben konnte, weil sie mit ebenso großer Heftigkeit ihren Nichtglauben zelebriert hatte – bis zu dem Augenblick, in dem Viktor ihn in Glauben verwandelte).

Ich ließ den Moment verstreichen. Ich zog die falschen Schlüsse aus dem Schmerz in ihren Zügen, ihrem Zaudern, ihrer Traurigkeit – oder aber ich glaubte in diesem Augenblick selbst an eine Fügung, einen Zauber, und daran, dass es dazu keine Alternative gebe.

»Wir bekommen das alles hin«, sagte ich also, überzeugt und ehrlich, voller Sorge und Zuversicht und Liebe, ich nahm Luna bei den Schultern und sagte: »Irgendwie bekommen wir das hin.«

⋆

Hand in Hand liefen wir noch einmal die Treppe hinunter und in den Garten. Lunas Mut war vom Himmel auf sie zurückgefallen, rötete ihre Wangen und verschnörkelte jede ihrer Gesten. Sie stieß mit den Füßen den Saum ihres knöchellangen Kleides vor sich her, und alle Müdigkeit und Lethargie war, von ihr abgestreift, geradewegs in mich eingedrungen und verödete das Feld meiner Gedanken.

Der Teppich der Grillen ließ seinen Choral in den Himmel aufsteigen, zu den Raketen, die sich unaufhörlich, in schnellem Rhythmus und ausgeklügelten Mustern, hoch über den zurückgelehnten Köpfen mit den offen stehenden Mündern in bunte Kugeln, Sonnen, Schirme und Tränen verwandelten, um als Staubregen auf die Erde zurückzufallen. Etwa einhundert Menschen standen in langen Reihen vor den Tischen und blickten in die Richtung, wo der Garten in das Tal der Steinhäuser überging, gerahmt von Olivenbäumen zur Linken und Wein zur Rechten. Als wir von hinten an sie herantraten, war das Bild so schön, dass es mir einen Stich versetzte: glockenförmige Kleider, Männer in Westen, die Hände tief in den Hosentaschen, übermütige Frisuren, geschmeidige Posen – das alles hob sich schwarz gegen das Spektakel des Himmels ab, der in schnellem Wechsel grün, blau, rot, violett und orange aufleuchtete, als würde man dem

Scherenschnitt der Gesellschaft immer wieder andere Folien unterlegen. Wenn mehrere Raketen gleichzeitig den Himmel erhellten, ließen sich für kurze Zeit deutlich zwei verschiedene Schichten Wolken unterscheiden: Sehr tief, als könnten sie sich in den Haaren verfangen, hingen zerrupfte, unförmige Wolken, wie zerrissene Watte, und hoch darüber schwebten fein modellierte Wolkengebirge, weitläufige Landschaften mit Bergseen, den Zickzacklinien von Nadelwäldern und hohen Felsen, lichte, verheißungsvolle Paradiese.

»Na? Hübsch, nicht?«

Vanessa hatte sich von hinten angeschlichen und mich in den Oberarm gekniffen. Reflexartig blickte ich mich nach Luna um, aber sie war verschwunden. Ich konnte Vanessas Gesicht schlecht erkennen, ich sah nur, dass sie aufgetakelt und stark geschminkt war. Der knallrote Lippenstift hatte auf ihren Schneidezähnen einen Rand hinterlassen.

»Sehr«, antwortete ich. »Aber ich wusste gar nicht, dass man bei Waldbrandgefahr Feuerwerke machen darf.«

»Darf man auch nicht«, sagte Vanessa leichthin und kicherte albern und stolz, als wäre es ihre persönliche Idee gewesen (und damit die erste Übertretung einer Regel, die diese korrekte Frau, die sich gerade auf ihr Einverständnis mit der Welt so viel einbildete, jemals gewagt hätte).

»Das ist Viktors Trotz«, sagte sie ungerührt. Ich fragte mich, woher sie das Recht für die Unverschämtheit nahm, so intim, als dürfe sie ihn für etwas tadeln, von ihm zu sprechen.

Das Krachen der explodierenden Raketen ließ uns verstummen. Ein Raunen schwappte durch die Menge, gefolgt von Applaus, der sich von einem Ende der langen Reihe zum anderen ausbreitete und, einmal bis zum Äußersten angeschwollen, lange andauerte, ehe er immer mehr Lücken bekam und endlich verebbte wie Wasser auf lockerem Boden. Da sah ich ihn: Am rechten Ende, ganz außen, mit überkreuzten Beinen und einem in die Hüfte gestemmten Arm an einen der Weinbäume des Nachbargrundstücks gelehnt, stand Viktor, der Gastgeber, der strenge Herr, der über sein Gut blickte, der König, der seine Ländereien, sein Gefolge, die Schar seiner hysterischen Verehrer und demütigen Untergebenen, seinen Himmel und seine Erde in einem spöttischen, zärtlichen, unendlich liebenden und unendlich gleichgültigen Blick verschmelzen ließ. Lachte er? Der Kopf auf seinem sehnigen Nacken bebte, die Schultern hoben und senkten sich. (Ich glaube, ich habe niemals eine so traurige Gestalt gesehen.)

Wie von einer plötzlichen Faszination erfüllt, die einen Strick um meine Brust gelegt hatte und unerbittlich an mir zog, lief ich in seine Richtung. Noch einmal glühte der Himmel angestrengt, dann erlosch das letzte Licht wie ein ungehörter Seufzer, und die Schatten der Menschenschar, die sich quasselnd nach allen Seiten auflöste und auseinandersprengte, schoben sich in meinen Weg. Ein Mann, gekleidet mit Schottenrock und kurzärmeligem Hemd, übergab sich in weitem Bogen, mit einer großen, wellenförmigen Bewegung des ganzen Körpers, in ein Gebüsch, um danach wie eine nass gewordene Pappfigur in sich zusammenzuklappen, einer der älteren Herren erging sich lauthals und gestenreich in einem Vortrag über die Sinnlosigkeit allen Lebens, wobei er immer wieder zwischen gegenteiligen Positionen hin und her sprang (»Ich wünschte, Jacques wäre da. Jacques, dieser Idiot, dieser Holzkopf – er würde kein Stück verstehen, keinen Jota, dieser Arsch! Der kann mir gestohlen bleiben!«), um jeden einzelnen Teil seiner verzweigten Erörterung mit einem mehrfachen, laut herausgeschrienen »Bleibt mir vom Hals!« zu krönen, egal, wie wenig es zu den Sätzen vorher passte und ohne dass daraus hervorging, ob es sich gegen nichts im Besonderen, die Sinnhaftigkeit, die Gäste oder die Hirngespinste seiner eigenen Ideen richtete, und eine der Portugiesinnen, mit Maske und Perücke, hatte zwei Tische zusammengeschoben, um darauf einen Striptease zu tanzen. Ihr rotes Kleid hatte sie bereits schwungvoll in die hungrige Meute der Männer geworfen, die mit vorgeschobenem Becken jeden Zentimeter Haut in ihren Kopf abzeichneten. Eben beugte sie sich leicht vor, sodass ihr brauner Bauch drei tiefe Falten warf, und öffnete den Verschluss ihres Büstenhalters. Sie legte die Hände auf ihren Busen und schälte das spitzenverzierte Kleidungsstück von ihm ab, um es ebenfalls in die Menge zu werfen. Ihre Brüste waren schwer und geschwollen wie mit Wasser gefüllte Luftballons, die Frau bleckte die Zähne und biss in die Luft. Die Männer atmeten laut, als das Mädchen seine Hüften schwenkte, zwei Finger zu beiden Seiten unter die dünnen Fäden schob und kreisende Bewegungen mit ihnen machte. Sie ging leicht in die Hocke, hielt den schluckenden Männern ihren zwischen den Oberarmen zusammengedrückten Busen ins Gesicht und streifte unendlich langsam den Stoff von ihrem glatten, runden Po, um das fast haarlose, fremde Land ihrer Scham zu entblößen. Nun war sie völlig nackt, und im ersten Moment, da sie es bemerkte und die Männer es bemerkten, herrschte etwas wie Ratlosigkeit, und nur Sekunden später nahm das Mädchen Perücke und Maske ab und stieg geschäftig und lustlos vom Tisch, sodass jeder Zauber von ihren Gesten abfiel und der von zahllosen fremden Fantasien beklebte Körper nicht mehr war als eine Ansammlung hübsch geformter Teile, eine Frau ohne Kleider, die ihr schwarzes Haar im Nacken knotete, wie viele andere Frauen es in diesem Moment im Nacken knoteten, einfach so, ohne damit mehr zu tun, als das Haar zusammenzubinden.

Plötzlich stand Julien vor mir, mit lachenden Mundwinkeln und zuckendem Auge. Er hatte die Haare zurückgestrichen, trug Hemd und Bügelfaltenhose, nahm die Hände aus den Taschen und fasste sich verlegen in den Nacken.

»Marion!«

»Hallo, Julien. Ich habe Sie nicht kommen sehen.«

»Ich komme von …« Er machte eine unbestimmte Handbewegung und ließ den Arm sinken. Ich war unruhig und versuchte, an ihm vorbei einen Blick auf Viktor zu erhaschen, aber dort, wo er bis eben noch gestanden hatte, war nichts als blasse, trockene Dunkelheit.

»Was haben Sie denn heute getrieben? Ich habe Sie überhaupt nicht zu Gesicht bekommen.«

»Wir haben einen kleinen Spaziergang gemacht und uns ausgeruht. Luna geht es nicht so gut. Julien? Sagen Sie, Sie haben doch nicht mit Viktor gesprochen über … über das alles … Sie wissen schon?«

Julien wirkte betreten.

»Aber nicht doch. Kein Wort.«

»Das ist gut.«

»Ich habe Sie eben mit Vanessa gesehen. Was wollte sie denn? Ging es wieder um …?«

»Nein, nein. Wir haben uns nur über das Feuerwerk unterhalten. Nichts Besonderes. Sie hat von Viktor geredet.«

Ich versuchte, meinem Ton eine spöttische Schärfe zu geben.

»Sie redet von ihm, als wären sie beste Freunde …«

Verwundert hob Julien die Augenbrauen.

»Aber ja! Wussten Sie das nicht? Ich dachte, Sie … Sie sind

zusammen, seit … seit einiger Zeit schon. Ich habe sie einander vorgestellt. Ich weiß nichts Genaues, man sieht sie ja kaum zu zweit. Aber irgendwas müssen sie wohl aneinander haben. Ich dachte, Sie hätten davon gehört, Sie kennen sich doch von früher …«

Scharf senkte sich ein greller Blitz in meinen Kopf, schnitt mir gerade bis zu den Füßen eine Wunde durch den Körper und blieb brennend in der Brust stecken, wo er jedes Quäntchen Atem, das noch in mir war, verbrannte. Julien stotterte erschrocken:

»Sie weinen ja … Marion … Sie weinen ja …«

Er fand keine tröstenden Worte, so fremd war ich ihm in diesem Moment, er betrachtete mich nur verstört, mit der Scham und der Entgeisterung, mit der man fremde Schicksale in Krankenhäusern betrachtet, verstohlen und befremdet vom Schmerz der anderen, der höchstens ein Abglanz, eine Erinnerung an den eigenen ist, oder eine raue, schattige Vorausdeutung. Alle Tragik unserer Begegnung, alle Tragik dieser unmöglichen Beziehung lag in seinem traurigen Blick, in meinem Kopfschütteln, in dieser Fremde, die uns aneinanderkettete wie zwei von den Haarspitzen bis zu den Zehennägeln einbalsamierte Mumien, Kopf an Kopf zusammengepfercht in einem einzigen Sarkophag, getrennt von Licht und Luft und hundert Schichten von der Haut des anderen entfernt. So standen wir formlos und mit den Füßen kippelnd voreinander, und nichts daran war schön oder bewegend – es war nur jene geräuschlose, nüchterne Trauer, wie sie verlassene Baustellen, zerbrochene Gläser und auf weiter Flur allein stehende Brücken ohne dazugehörige Straßen ausstrahlen.

⋆

Die Augenblicke, in denen das Schicksal seinen trägen Blick auf unseren Flecken Erde warf, um launisch und zynisch mit seinen fetten Fingern ein paar Dinge zu zerdrücken, zu verschieben oder durcheinanderzubringen, waren von den anderen kaum zu unterscheiden: Ungestüm hatte sich ein Nachtwind unter die Feiernden gemischt und deckte einige Tische ab, während auf der Wiese unter den Gaspilzen ausgelassen Paarungen probiert wurden. Man tanzte zu Musik vom Band, erotisch und ohne Ernst, das heißt, man wiegte sich hin und her und suchte nach dem Mann, an dessen Schulter der Kopf am bequemsten lag, oder der Frau, deren Po am besten die Hände ausfüllte. Eingefasst vom warmen Licht, vom Himmel beobachtet und vom Gras belauscht, wogte die Menschenmenge hin und her, in einträchtiger Gleichmäßigkeit.

Ich hatte Julien stehen gelassen und drängte mich zwischen den Tanzenden hindurch, um unter ihnen Lunas Gesicht zu finden, aber sie war verschwunden, und hinter allen blonden Haarschöpfen und allen Rücken, die ich antippte, verbarg sich nicht ein Mädchen, das auch nur entfernte Ähnlichkeit mit ihr gehabt hätte. Mein Herz schlug gegen Rippen und Kehlkopf, es war viel zu dunkel, um etwas zu sehen, wie Eissplitter in einem Drink spickten die Sterne den Himmel, und alle, die ich nach Luna fragte, waren betrunken und hatten nichts als das rührige Mitleid Besoffener für mich. Ich rannte weiter hinunter, zur Plantage, wo ich Viktor hatte stehen sehen, und in der Finsternis stolperte ich über etwas und blieb bei den ersten Weinstöcken liegen. Laut und scharf rollte das Zirpen der Grillen über die Wiese, und das bleiche Mondlicht floss wie geschmolzenes Silber hinunter ins Tal zu den Häusern. Vor mir, zwischen zwei Weinstöcken, die einen schmalen Gang zwischen sich freigaben, hörte ich ein Geräusch.

»Luna?«

Leises, unterdrücktes Schnaufen, das Knacken von brechendem Gras.

»Luna? Bist du das?«

Als ich gerade wieder kniete und neben dem Eingang zur Plantage unwillkürlich, ohne es zu bemerken, eine Faust Gras aus der Wiese riss und zwischen den Fingern zerrieb, wurde das Geräusch lauter. Jemand atmete und schob Zweige zur Seite. Ich hielt die Luft an und verharrte in meiner unangenehmen Position, als eine gebückte Gestalt auf mich zutaumelte und sich langsam vor mir aufbaute. Ein Schimmer Mondlicht fiel auf ihr Gesicht, als sie die Reben auseinanderbog und auf die Wiese stolperte. Sie stieß einen Schrei aus, als sie mich bemerkte.

»Gott! Hast du mich erschreckt!«

Vanessa raffte ihre Robe zusammen, richtete sich auf und strich grob ihr Haar hinters Ohr.

»Hast du Viktor gesehen?«, fragte ich. Meine Stimme hörte sich schrill an.

Vanessa klopfte angewidert die Blätter von ihrem Kleid.

»Was?«

»Ob du Viktor gesehen hast!«

Sie zuckte mit den Schultern und schüttelte herrisch ihr Haar. Mit zusammengezogenen Brauen schaute sie mich an und hob ihren Blick über mich hinweg auf die Menge hinter meinem Rücken, dann schüttelte sie wütend den Kopf und kniff die Augen zusammen.

»Keine Ahnung. Ich suche ihn auch. Habe ihn seit einer halben Stunde nicht gesehen.«

Plötzlich fiel es mir ein. Der Pavillon! Dass ich nicht früher darauf gekommen war! Ich stand auf und rannte. Vanessas »He!

Was ist denn überhaupt los!« verpuffte hinter mir, ihre wegwerfende Handbewegung, ihr herablassender Blick, und ich lief, so schnell ich konnte, durch die Dunkelheit, in einem Bogen um die tanzende Meute, bis zur anderen Seite, wo der Pavillon stand, und in diesem Moment, der sich vor mir aufblähte, unter all meinen erschrockenen Fantasien, die wie Kobolde um mich herumtollten, sah ich, wie die Tür aufgeschoben wurde, und ich sah sie, zwei Schatten, Hand in Hand, die eilig über die Wiese liefen und im Durchgang zum Schloss verschwanden, und mein Herz machte ein Geräusch wie entweichende Luft, und ich jagte ihnen hinterher.

*

Damals, in der letzten Nacht dieses Sommers vor sechs Jahren, hatte niemand eine Träne vergossen.

Luna und ich saßen schweigend auf der Rückbank des Taxis. Sie hatte ihre Wange gegen die Scheibe gelehnt und ließ den Blick über die Pappkulisse der vorbeirauschenden Büsche und Bäume gleiten, und jedes Mal, wenn uns ein Wagen entgegenkam, ohne abzublenden, kniff sie die Augen zusammen. Ich saß vorgebeugt, als müsse ich dem Wind standhalten, dabei waren alle Fenster des Taxis geschlossen, und die Luft war so stickig, dass ich spürte, wie sich auf den Innenseiten meiner Oberschenkel ein dünner Schweißfilm bildete. Alles, was ich empfand, war Erschöpfung, aber ich war wach, und die Ereignisse erst so kurz vorbei, dass sie mich noch ganz durchdrangen. Wie immer, wenn etwas geschah, von dem ich ahnte, dass es mit seinen langen Armen noch Jahre später die Dinge, die uns umgaben, formen und verrücken würde, dass es uns aufspüren würde, egal wo wir wären, und uns einander erkennen ließe, als hätten wir alle das gleiche Mal auf der Stirn, war das Erste, was ich fühlte, ein ehrfürchtiges Erschrecken. Meine Gedanken waren unklar und abstrakt, voll schattiger Ahnungen, und mich überkam jenes Schaudern, das alle Menschen, denen einmal im Leben etwas widerfährt, das so gewichtig ist, dass es alle zukünftigen Entscheidungen in sich trägt, empfinden müssen. Ich fühlte, dass es mir, wenn ich einen Moment der völligen geistigen Klarheit herbeiführen könnte, in dieser Nacht möglich gewesen wäre, alles deutlich zu sehen, den Verlauf jedes unserer Leben, wie einen Strahl, der von hier aus gerade in die Ferne zeigte, von Bildern gesäumt, die ich nur lesen müsste, um bis in die Provence sehen zu können, erst unscharf, dann immer genauer, erst nur das Schloss und die Hügel, dann uns in unserem winzigen Wagen, und bis zu unserem Fenster, hinter dem Luna schlief, während ich wach lag und dem musikalischen Raunen vom Garten her lauschte, alles könnte ich sehen, selbst die Röte auf ihren Wangen, das Zucken ihrer Hand, die Farbe ihres Nachthemds, die Konturen ihres Traumes, denn ich wusste instinktiv, dass alles, was wir von nun an tun würden, nur noch eine Reaktion auf diesen Abend wäre. Von allem, was wir hätten werden können, dem Kreis der Möglichkeiten, uns zu entscheiden, hatte dieser Abend eine schmale Scheibe herausgeschnitten, und der ganze große Rest hatte sich in Luft aufgelöst, war zerfallen wie die Dunkelheit selbst, und ich war überzeugt davon, dass alles, aber auch alles von diesem Moment an vorherbestimmt war, man konnte es Schicksal nennen oder Logik.

So wusste ich etwa, dass Luna, würde sie sich zwischen einer Wohnung im Erdgeschoss und einer in der fünften Etage entscheiden müssen, immer die im Erdgeschoss wählen würde, ich wusste, ihre Lieblingsblumen würden für immer Tulpen sein.

Ich wusste, Vanessa war an diesem Abend auf die Rolle der Nachrichtenüberbringerin festgelegt worden, ihr Leben lang würde sie sich damit beschäftigen, zur richtigen Zeit am richtigen Ort mit Wissen zu handeln. Ich wusste, Lunas Unruhe würde immer den Grund haben, dass sie das Gefühl hatte, etwas nicht zu Ende gebracht haben zu können, und das würde so weit führen, dass sie sich dem ersten Mann, der sie vor keine Entscheidungen stellte, ausliefern würde. Ich wusste, dass Luna beim Anblick von Schiffen wie beim Geruch von Zigarren sentimental werden musste, dass Vanessa regelmäßig die Nachrichten im Fernsehen und Zeitungen verfolgen würde und dass ich mein Leben lang aus einer Position der Schuld heraus handeln sollte, ja, mehr noch: Ich würde mein Leben lang damit beschäftigt sein, Dinge in Einklang zu bringen, Harmonie zu erzeugen, Ordnung herzustellen, von den Listen, die ich machen würde, bis hin zu fremdem Glück, das herbeizuführen mir größere Befriedigung und Erfüllung verschaffen würde, als eigenes Glück es jemals könnte.

Von derlei Überlegungen erfüllt, die meinen Kopf durchschwirrten wie eine Schar nervöser Hornissen, war mir die Fahrt im Taxi wie ein Rausch vorgekommen, Jagd oder Flucht, und ich nahm nichts wahr als das Orange der Laternen, das Rot der Zahlen auf dem Armaturenbrett und das nüchterne, kalte Weiß der Autoscheinwerfer. Einmal griff ich nach Lunas Hand, und ich muss sie so hart gedrückt haben, dass Lunas Gesicht sich verzerrte und sie ein Stöhnen von sich gab. Als wir endlich ankamen, atmete ich tief ein und aus und vergaß beinahe, den Fahrer zu bezahlen. Luna war schon fortgelaufen, zum Haus, und ich stand auf der Straße und atmete und fühlte mich unendlich frei und wollte nichts als alles vergessen, da zerschoss die Stimme des Fahrers meinen einsamen Frieden. »He! Fräulein! Verliebt, oder was?« Ich zahlte ihn aus und rannte meiner Freundin hinterher.

Luna saß auf meiner Matratze, die Arme vor der Brust verschränkt, und trank Rotwein aus einem Becher. Sie hatte das Licht nicht angemacht, und als ich den Schalter berührte, hob sie ihre Hände vors Gesicht, und ich löschte die Lampe wieder. Die Spitze ihrer Zigarette glomm in der Dunkelheit, knisternd wurde sie heller, dann wieder schwach. Luna summte eine Melodie, die von der Kette der nächtlichen Wagen unten mitgenommen wurde, und plötzlich sagte sie:

»Ich kenne da einen Mann.«

Sehr leise erzählte sie von Alexander. Ich war nicht überrascht von dem, was sie sagte, ich lauschte einfach, und als sie alles gesagt hatte, was sie wollte, schaute sie mich an und riss die Augen auf.

»Er will mit mir zusammen sein«, sagte sie, »verstehst du?«

Ich erwiderte ihren Blick, ich erwiderte ihre Umarmung, und sie drückte ihre Hände so fest in meinen Rücken, dass es wehtat. Als sie von mir abließ und ihr Gesicht zum Fenster drehte, wusste ich, dass sie weinte, und als es vorbei war, lächelte sie. Sie griff an ihren Hinterkopf, löste die geflochtenen Zöpfe und kämmte sie mit den Fingern aus. Sie musterte mich und fragte etwas, und ich kann mich an den Klang ihrer Stimme erinnern – ein wenig rau, als hätte jemand Sand darauf gestreut –, und was blieb mir anderes übrig, als »Ja« zu sagen, als zu sagen: »Du hast dich richtig entschieden«, weil ich wollte, dass es so war, und weil sie wollte, dass es so war, und weil sie neben mir saß und noch nach Wasser roch und Sekt und Hoffnung.

*

Es kam mir fast vor, als müsste man die Spitzen des Feuers schon sehen können, wie die dreieckigen Hüte ferner Nadelwälder, näher rückend. Aber alles, was bei uns war, war grauer Rauch, der die Büsche niederdrückte, und während die Gesellschaft weiter feierte, lief ich Luna und Viktor nach, die im Hauptteil des Schlosses verschwanden, und da, wo sie gegangen waren, hatte sich der feine Duft erhitzter Körper in der Luft festgesetzt. Die Gewölbe im Erdgeschoss waren leer, und ich tastete mich am kalten Stein entlang, wich umgestürzten Stühlen aus und fand hinter einem Vorsprung die angelehnte Tür, hinter der ich zwei Stimmen wie pelzige Katzen einander umschleichen hörte. Deutlich erkannte ich Lunas alte Stimme, die von vor sechs Jahren, frisch und jugendlich, als spreche sie zum ersten Mal, und wahrscheinlich war es tatsächlich so: Alle aufregenden und quälenden Vorbereitungen der letzten Jahre, ihre Opfer und Träume, die Gespräche mit mir und anderen und das, was sie als ›Reinigung‹ bezeichnet hatte – jene schwere Anstrengung, mit der sie alles, was sie hatte altern lassen, beendete und leugnete und unter Aufbringung ihrer gesamten Kräfte ihre Vergangenheit unberührt und unverändert an den Kompromissen der Zeit vorbeigetragen hatte, um endlich da anzuknüpfen, wo ihrer Auffassung nach ihr Glück unterbrochen worden war –, zerfielen unter einem einzigen Blick Viktors zu Staub, und mit jedem ihrer Worte wurde Luna leichter.

Vorsichtig schob ich die Tür ein Stück weiter auf und schlich an der Wand entlang in den dunklen Raum. Als Viktor ein einziges, schummriges Deckenlicht anknipste, hatte ich es gerade hinter einen Paravent geschafft, der sich zwischen zwei eisenbeschlagenen Truhen erhob.

Das Paar stand nicht weit von mir entfernt, auf meiner Höhe. Viktor, die Hände in den Taschen seiner Anzughose vergraben, das Jackett zurückgestreift, lachte stolz. Luna stand lächelnd neben ihm, den Kopf gegen seine Schulter gelehnt, und blickte taub durch das Zimmer, ohne etwas zu sehen. Wir befanden uns in einer Kammer voller intimer Schätze, Viktors geheimer, sentimentaler Sammlung von Gegenständen und Möbeln – alten Sesseln, Gemälden, Statuen, Teppichen, Schränken, noch mehr Waffen und einer Vitrine, in der seine Jagdkleidung und Ausrüstung hing. Plötzlich erkannte ich zwischen allen diesen Überbleibseln aus tausend Zeiten etwas, das mir vertraut war: Auf einem Stuhl stand das Porträt Viktors als Fernando, das Gemälde eines Kunststudenten, das wir für »Stella« gebraucht hatten. Auch Luna entdeckte das Bild, ich las es in der Seligkeit ihres Lächelns. Sie drückte Viktors Hand.

»Das Bild dort!«, sagte sie zitternd. Sie deutete mit dem Finger darauf. Viktor kniff die Augen zusammen. Ich sah, wie er in seiner Tasche eine Faust ballte, dann entspannte sich seine Hand wieder. Mit einer lässigen Geste fuhr er sich durchs Haar.

»Das ist von früher, als ich Theater gespielt habe«, sagte er unvermittelt mit hohler Stimme. »Da war ich jung.«

Er räusperte sich, dann lachte er laut.

»Ist lange her …«

Luna zuckte zusammen. Ich konnte ihr Gesicht nicht sehen, es war von Viktors Schultern verdeckt. Das Scheppern seines Lachens verklang in den Ecken. Nach ewigen Sekunden hörte ich Luna etwas flüstern. Erst verstand ich es nicht, dann erkannte ich, dass es sich um Zeilen aus »Stella« handelte.

»… Kehr ich mit meinen Gedanken in das Geräusch der Welt – er ist da! Wenn ich so in der Loge saß und gewiss war, wo er auch steckte, ich mochte ihn sehen oder nicht, dass er jede meiner Bewegungen bemerkte und liebte, mein Aufstehen, mein Niedersitzen! Ich fühlte, dass das Schütteln meines Federbusches ihn mehr anzog als all die blinkenden Augen ringsum, dass alle Musik nur Melodie zu dem ewigen Liede seines Herzens war: – Stella! Stella! Wie lieb du mir bist!«

Nichts geschah. Stille wuchs die Wände empor. Fremd, wie das Geplapper aus einem Radio, kleckerten Geräusche vom Garten in den Raum, Kichern, Johlen. Endlich drehte Viktor sich zur Seite. Ich hörte nicht, was er sagte. Er schloss Luna in den Arm und erstickte ihr Weinen.

Als er sie Minuten später losließ und sagte: »Ich muss etwas klären«, blieb Luna ungerührt stehen. Viktor verließ den Raum. Eine unendlich lange Viertelstunde später kam er wieder, sein Gesicht war hart. Er ging auf Luna zu, fasste sie an den Schultern und sagte etwas, Vanessas Name fiel. Ich konnte erkennen, wie Luna hinter seinem breiten Rücken zusammenzubrechen drohte. Viktor richtete sie auf und umarmte sie erneut. Er strich ihr über Haar und Hals, dann hob er sie an, als wäre sie aus Papier, legte sie sich über die Schulter und wiegte sie. Lunas Kopf lag an seinem Rücken, ihr Haar reichte fast bis zum Boden, und sie schlang die Arme um ihn. Dann zog er sie wieder herunter, hielt ihr nasses Gesicht zwischen seinen Händen und küsste es heftig. Luna erwiderte seinen Kuss und drückte ihren schmalen Körper an seinen, dann ließ er sie erneut los und hielt sie mit gestreckten Armen von sich weg. Wieder sagte er etwas, das ich nicht verstand, und verließ mit unsicheren Schritten den Raum.

Es passierte zu schnell: Luna, mit verweinten Augen auf dem Boden hockend, richtete sich auf, ging zielstrebig auf den Schrank zu, in dem sich Viktors Jagdsachen befanden, öffnete ihn und zog seine Pistole aus dem Halfter.

*

Der Schuss hatte einen Teil der feiernden Meute im Garten aufgeschreckt, der größte Teil der Gesellschaft, der das Geräusch für eine letzte Rakete hielt oder ein paar Männer auf der Jagd wähnte, erfuhr von der Sache erst am nächsten Morgen, sodass erst am Mittag des folgenden Tages alle Gäste abgereist waren und das Schloss scheinbar unverändert zwischen den Hügeln ruhte.

An jenem Abend selbst war ich es, die hinter dem Paravent hervorkroch, zu Luna hinüberstürzte, nach ihrer Stirn fasste und ihr den Puls fühlte. Das blonde Haar umgab sie wie ein blutiger Kranz, und ich schloss ihre Lider und veränderte die verrenkte Position ihrer Beine, in die sie gefallen war. Ein letztes Mal noch erinnerte ich mich an die Art, wie sie ihre Hände in meine gelegt hatte, wie sie gelaufen war (mit diesem immer etwas zu weichen Gang), welchen Klang ihr Lachen gehabt hatte. Es war kein Film, der an mir vorbeizog, es waren Blitze, die zu schnell in der Erde verschwanden, als dass ich sie hätte halten können. Ich küsste Luna auf Augen und Wangen, und ein letztes Mal war es mir, als wollte sie meine Hand nicht loslassen, als wäre ich es, die sie trüge. Ich ging zu Viktor, der mir im Gewölbe entgegenkam, und sagte ihm, was geschehen war. Er setzte sich mit eisernen Augen auf einen der hundert Stühle im Gewölbe und rauchte eine Zigarette. Später kam auch Vanessa. Als sie hörte, dass Luna tot war, sagte sie nur: »Bloß gut, dass niemand verletzt wurde.«

Viktor trug Lunas leblosen Körper in ein leeres Schlafzimmer, wo wir sie auf ein Laken betteten und danach gemeinsam einen Schnaps tranken. Es war das einzige Mal, dass ich mit ihm allein war.

Als am Morgen darauf die Polizei Wind von der Sache bekam, wurde der Teil der Gäste, der noch anwesend war, befragt, und auch meine Aussage wurde von einem jungen, verschlafenen Beamten, dem das Entsetzen im Gesicht stand, zu Protokoll genommen. Ich verschwieg, dass ich im Raum gewesen war, als der Schuss fiel. Stattdessen sagte ich nur, ich hätte sie gefunden. Viel später, als der Fall geschlossen wurde, hörte ich, dass Viktor, als er aus dem Zimmer gegangen war, Vanessa getroffen hatte. Ich erfuhr niemals, worüber sie gesprochen hatten, aber wenige Tage später trennte er sich von ihr.

Eine Woche darauf (nach einem letzten, traurigen Treffen mit Julien) zog ich zurück nach Hamburg, in eine winzige Einzimmerwohnung in Altona. Lunas schmucklose Beerdigung fand an einem Donnerstag statt, der sich durch nichts auszeichnete als durch Gewöhnlichkeit: Es war weder warm noch kalt, weder sonnig noch bedeckt, weder Spätsommer noch Frühherbst – ein Tag, der in seiner Unentschlossenheit Lunas Wesen am allerwenigsten entsprach. Die Sonne schien, ohne warm zu sein, und in der Ferne standen die Säulen des Regens schon über der Hansestadt und zogen das Grau des Himmels bis hinunter zur Erde. Alexander und ich waren die einzigen Trauergäste, und mit dem Pfarrer teilten wir uns das Unvermögen, den Ort, an dem wir standen, für einen Augenblick auszufüllen. Während der Beerdigung musste ich daran denken, dass Alexander, hätte er ihn nicht aus einem anderen Anlass bereits früher an mich gerichtet, vermutlich an diesem Nachmittag den Satz geäußert hätte: »Schade, dass wir uns auf diese Weise begegnen müssen.« So aber nickte er mir nur zu, mit trockenen Augen, und als wir uns verabschiedeten, kam es kurz zu einer komplizierten Umarmung.

Danach lief tagelang alles weiter wie vorher. Ich wartete stoisch: Nichts geschah. Der Himmel zog weiter, Sonne und Wolken wechselten einander ab, Tage gingen in Nächte über und Nächte in Tage, die ersten Blätter wehten von den Bäumen, die ersten Tropfen fielen, ich kaufte den ersten Mantel für den Winter. Nichts geschah.

Es ist November, ein kühler Tag. Auf den Straßen laufen Menschen mit Schirmen und ins Gesicht gezogenen Mützen herum, die Kaufhäuser verströmen ihr Licht. Die Straßen glänzen vom Wasser, und Busse spritzen Passanten nass, die an Fußgängerampeln warten und mit Plastiktüten rascheln. Es ist Dezemberstimmung, die Luft riecht nach Weihnachten, und in dem Café, in dem ich saß, um Zeitung zu lesen, schenken sie Punsch aus.

Auf dem Friedhof ist es sehr still, alte Männer und Frauen in schwarzen Mänteln schlurfen zwischen den Gräbern umher, mit Kränzen und Sträußen beladen. Von den meisten Gräbern leuchten frische Blumen, und Vögel irren zwischen den Steinen umher und stoßen ihre Schnäbel in die Erde. Ein Mann weint verstohlen in seine Hand, und die Kastanien neigen ihre gewaltigen Köpfe, als wollten sie dem Tod recht geben, oder dem Leben, oder beidem.

Lunas Stein hat die Form eines Kreuzes, und unter ihren Lebensdaten wurde auf Alexanders Wunsch der Spruch eingemeißelt: »Die Liebe hört niemals auf. 1. Korinther 13, 8«, aus demselben Kapitel, aus dem auch ihr Trauspruch war.

Vielleicht bin ich zurückgekehrt, um noch einmal mit ihr Zwiesprache zu halten, aber jetzt, wo ich hier stehe, kommt es mir sinnlos vor zu sprechen. Es bleibt dabei: Ich lege eine welke Rose neben Alexanders überbordenden Kranz und erinnere mich an etwas, das Luna einmal, in diesem Sommer oder dem vor sechs Jahren oder in einem Traum, zu mir gesagt hatte: »Es gibt Dinge und Menschen, die das Unglück in sich tragen und es immerzu verströmen. Von ihnen muss man sich fernhalten! Jeden, der mit diesem Unglück in Berührung kommt, befällt es selbst, und wenn es einmal in Bewegung geraten ist, bleibt es nie wieder stehen. Nimm mich zum Beispiel: Ich bin für das Unglück bestimmt. Meine Urgroßmutter hat es in die Familie gebracht, und meine Großmutter hat es an mich weitergegeben.«

Vielleicht hat Luna mit dem, was sie gesagt hatte, recht behalten, auch wenn das Unglück auf einem anderen Weg zu ihr gelangt ist, über Viktor nämlich, und in einem Punkt muss ich ihr heute widersprechen: Die, die es verströmen, befällt es nicht. Das Unglück hat vor Viktor Halt gemacht, es hat ihn verschont, ein für alle Mal. Ich hege keinen Groll gegen ihn, wenn ich so denke. Vielleicht aber war Lunas viel größeres Unglück, dass sie an eine Kette des Glücks geglaubt hat, die der des Unglücks gegenübersteht.

Ich ertappe mich dabei, wie ich ein wenig Moos von dem Grabstein kratze, und schiebe meine Hände in die Taschen zurück. Was würde meine Freundin sagen, wenn sie noch sprechen könnte, was würde auf ihr »Meine liebe Marion …« folgen? Aber es bleibt still, denn es gibt nichts mehr auf der Erde, das ihr gehorcht, keinen Vogel, kein Wetter, kein Laub, und vielleicht ist es immer so gewesen: Man begriff Luna am besten in ihrer Abwesenheit. Sie war der veränderte Zustand, in den sie ihre Umwelt versetzt, das Leuchten oder Verglühen, das sie in den Dingen und Menschen entfacht hatte, der Geruch, den sie zurückließ, wenn sie ging: ein Duft wie nach einem sehr langen Sommer – verbrannte Felder, heiße Erde, Nebel –, von dem einen erst ein klarer, kalter Winter erlösen würde, mit seinem Geruch nach sauberem Nichts.

Und so ist kein Laut um mich, wenn ich hier stehe: Die Welt hat sich abgekehrt von ihrem gefallenen Engel. Alle Ohren sind taub, niemand weiß von ihr.

Es ist November. Ich habe beschlossen, zu Richard zurückzukehren. Nicht ganz, nicht für immer. Aber vielleicht.

Lesen Sie von derselben Autorin:

SUSANNE HEINRICH

IN DEN FARBEN DER NACHT

Erzählungen, 213 Seiten, gebunden, 2005

So hungrig nach Erfahrungen und zugleich erfahrungsgesättigt treten Debüts selten auf: In vierzehn konzentrierten Geschichten unternehmen Susanne Heinrichs Erzählerinnen Erkundungsfahrten zu den Nachtseiten des Lebens – sie sind jung, abgebrüht und trotzdem noch immer empfindlich. Sie werden begehrt und suchen zwischen ungenügenden Möglichkeiten nach Orientierung. Sie haben Sehnsucht und Angst, träumen von Nähe und trösten sich mit den Falschen. Bis zur Liebe kommt es nicht.
Susanne Heinrich malt die Nachthälften der Wirklichkeit in betäubend strahlenden Farben. Sie schreibt in einer erstaunlichen Verbindung von Härte und Poesie: Schonungslos, selbstbewusst, verstörend lässt sie ihre Figuren umherirren. Während einer Urlaubsreise oder im Bett, auf einem Konzert oder beim Frühstück am Morgen danach – immer erwartet man, dass etwas explodiert, aber die Erzählungen verharren in einer Anspannung, die gefangen nimmt.
»Ich stelle mir vor, dass ich glücklich bin« – Susanne Heinrich entwirft eine Welt, in der dieser Wunsch ohne Antwort bleibt.

»Abgründig, berührend ... Ein großes literarisches Talent«

Deutschlandradio